FANTASY

Die Welt der DRACHENLANZE im Goldmann und Blanvalet:

Die Chronik der DRACHENLANZE

1. Drachenzwielicht (24510) • 2. Drachenjäger (24511) • 3. Drachenwinter (24512) • 4. Drachenzauber (24513) • 5. Drachenkrieg (24516) • 6. Drachendämmerung (24517)

Die Legenden der DRACHENLANZE

1. Die Brüder (24527) • 2. Die Stadt der Göttin (24528) • 3. Der Krieg der Brüder (24530) • 4. Die Königin der Finsternis (24531) • 5. Der Hammer der Götter (24533) • 6. Caramons Rückkehr (24534)

Das Heldenlied der DRACHENLANZE

1. Das Ehrenwort (24587) • 2. Verrat unter Rittern (24589) • 3. Das Schwert des Königs (24591) • 4. Heldenblut (24593) • 5. Unter dunklen Sternen (24594) • 6. Die Stunde des Skorpions (24595)

Die Geschichte der DRACHENLANZE

1. Die Zitadelle des Magus (24538) • 2. Der Magische Turm (24539) • 3. Die Jagd des Todes (24540) • 4. Der Zauber des Palin (24541) • 5. Der edle Ritter (24542) • 6. Raistlins Tochter (24543)

Der Bund der DRACHENLANZE

1. Ungleiche Freunde (24602) • 2. Die Erben der Stimme (24603) • 3. Die Stunde der Diebe (24604) • 4. Finstere Pläne (24605) • 5. Das Mädchen mit dem Schwert (24606) • 6. Verspätete Rache (24607) • 7. Schattenreiter (24673) • 8. Das Siegel des Verräters (24674) • 9. Stahl und Stein (24675) • 10. Das Schloß im Eis (24676) • 11. Der Zauber des Dunkels (24677) • 12. Die Jäger der Wüste (24678)

Die Zauberprüfung (24907)

Die Krieger der DRACHENLANZE

1. Der Dieb der Zauberkraft (24816) • 2. Die Ritter der Krone (24817) • 3. Verhängnisvolle Fahrt (24845) • 4. Tödliche Beute (24846) • 5. Die Ehre des Minotaurus (24847) • 6. Die Ritter des Schwerts (24887) • 7. Theros Eisenfeld (24888) • 8. Der Lanzenschmied (24889)

Drachenauge – Stories aus der Welt der Drachenlanze (24908)

DRACHENLANZE – Die Neue Generation (24621)

Die Erben der DRACHENLANZE

1. Drachensommer (24708) • 2. Drachenfeuer (24718) • 3. Drachennest (24782) • 4. Die Grube der Feuerdrachen (24783)

Weitere Bände in Vorbereitung.

MARGARET WEIS · TRACY HICKMAN

Die Chronik der Drachenlanze 5

DRACHEN KRIEG

Aus dem Amerikanischen übertragen
von Marita Böhm

DRAGONLANCE®

BLANVALET

Die amerikanische Originalausgabe erschien
unter dem Titel »DRAGONLANCE® Saga, Chronicles 3:
Dragons of Spring Dawning« (Books 1 + 2)
bei TSR, Inc., 1801 Lind Ave SW, Renton, WA 98055, USA

Umwelthinweis:
Alle bedruckten Materialien dieses Taschenbuches
sind chlorfrei und umweltschonend.
Das Papier enthält Recycling-Anteile.

Deutsche Erstveröffentlichung

U. S., CANADA,
ASIA, PACIFIC &
LATIN AMERICA
Wizards of the Coast, Inc.
P.O. Box 707
Renton, WA 98057-0707
+ 1-206-624-0933

EUROPEAN HEADQUARTERS
Wizards of the Coast,
Belgium
P.B. 34
2300 Turnhout
Belgium
+32-14-44-30-44

Visit our website at http://www.tsr.com

Published in the Federal Republic of Germany by
Blanvalet Verlag, München
Blanvalet Taschenbücher erscheinen im Goldmann Verlag,
einem Unternehmen der Verlagsgruppe Bertelsmann GmbH.
Deutschsprachige Rechte beim
Blanvalet Verlag, München, in der
Verlagsgruppe Bertelsmann GmbH
Umschlaggestaltung: Design Team München
Umschlagillustration: TSR/Larry Elmore
Innenillustrationen: Jeffrey Butler
Satz: IBV Satz- und Datentechnik GmbH, Berlin
Druck: Elsnerdruck, Berlin
Verlagsnummer: 24516
V.B. · Herstellung: SC
Printed in Germany
ISBN 3-442-24516-8

Abanasinia
KRYSTALMIRSEE
XAK TSAROTH
SOLACE
Que-Kiri
Que-shu
Que-teh
TORWEG-PASS
DÜSTERWALD
HAVEN
QUALINOST
NEUHAFEN
QUALINESTI
Alte Straße
PAX THARKAS

TURM DER KLERIKER
PALANTHAS
NORDERGOTH
SOLAMNIA
SÜDERGOTH
NEUMEER
QUALINESTI
SIRRION SEE
SOLACE
THORBADIN
STAUBEBENE
TARSIS
EISWALL

NORDMAAR
KALAMAN
ESTWILDE
BLUTSEE VON ISTAR
NERAKA
KHUR
FLOTSAM
SANCTION
BALIFOR
SILVANESTI
N
ANSALON

Ewigan

»Sieh mal, Berem. Da ist ein Weg... Wie seltsam. In all den Jahren, die wir in diesem Wald jagen, haben wir ihn noch nie gesehen.«

»Das ist gar nicht so seltsam. Das Feuer hat einen Teil des Gebüsches niedergebrannt. Das ist alles. Vielleicht nur ein Tierpfad.«

»Dann laß uns ihm folgen. Wenn es ein Tierpfad ist, stoßen wir vielleicht auf einen Hirsch. Wir sind schon den ganzen Tag unterwegs und haben noch nichts erlegt. Ich möchte nicht mit leeren Händen nach Hause kommen.«

Ohne meine Antwort abzuwarten, geht sie auf den Pfad zu. Schulterzuckend folge ich ihr. Es ist angenehm, draußen zu sein – der erste warme Tag seit dem bitterkalten Winter. Die Sonne wärmt meinen Hals und meine Schultern. Man kann sich mühelos durch den vom Feuer zerstörten Wald bewegen. Keine Schlingpflanzen, die nach einem schnappen. Kein Gestrüpp, das an den Kleidern reißt. Wahrscheinlich Blitze während jenes Unwetters im vergangenen Herbst.

Aber wir laufen lange Zeit, und schließlich werde ich müde. Sie hat sich geirrt – es ist kein Tierpfad. Es ist ein von Menschen geschaffener Weg, und er ist sehr alt. Wir werden wahrscheinlich kein Wild finden. So wie wir schon den ganzen Tag lang kein Wild gefunden haben. Das Feuer, dann der harte Winter. Die Tiere sind tot oder haben das Weite gesucht. Heute abend wird es kein frisches Fleisch geben.

Wir laufen weiter. Die Sonne steht hoch am Himmel. Ich bin müde und hungrig. Keine Spur von einem Lebewesen.

»Laß uns umkehren, Schwester. Hier gibt es nichts...«

Sie bleibt stehen und seufzt. Sie schwitzt, ist müde und ent-

mutigt. Und zu mager. Sie arbeitet zu hart, erledigt sowohl Frauen- als auch Männerarbeit. Geht jagen, wenn sie zu Hause bleiben sollte, um auf die Freier zu warten. Sie ist hübsch, finde ich. Die Leute sagen, wir sähen uns ähnlich, aber ich weiß, daß sie sich irren. Es ist nur so, daß wir so eng verbunden sind – enger als andere Brüder und Schwestern. Aber wir müssen so eng verbunden sein. Unser Leben ist so hart…

»Du hast wohl recht, Berem. Ich habe auch nichts gesehen… Warte, Bruder… Sieh mal. Was ist das?«

Ich sehe ein helles, strahlendes Glitzern, unzählige Farben tanzen im Sonnenlicht – als würden alle Juwelen Krynns in einem Korb liegen.

Ihre Augen werden groß. »Vielleicht sind das die Pforten des Regenbogens!«

Ha! Die Phantasie eines kleinen, dummen Mädchens. Ich lache, laufe aber trotzdem weiter. Es ist nicht einfach, sie einzuholen. Obwohl ich größer und stärker bin, ist sie flink wie ein Hirsch.

Wir stoßen auf eine Lichtung im Wald. Wenn der Blitz in diesen Wald eingeschlagen hat, dann muß er hier besonders gewütet haben. Das Gebiet ist verbrannt und versengt. Einst muß hier ein Gebäude gestanden haben. Eingestürzte Säulen ragen aus dem geschwärzten Boden heraus wie abgebrochene Knochen, die sich durch verwestes Fleisch bohren. Ein beklemmendes Gefühl liegt über diesem Platz. Nichts wächst hier, seit vielen Jahren nicht. Ich will von hier weggehen, aber ich kann nicht…

Mir bietet sich der schönste, wundervollste Anblick, den ich je in meinem Leben, in meinen Träumen hatte… Ein Stück einer Steinsäule, mit Juwelen überzogen. Ich weiß nichts über Edelsteine, aber ich bin mir sicher, diese sind von unschätzbarem Wert! Mein Körper beginnt zu zittern. Ich eile nach vorn, knie mich neben den vom Feuer versengten Stein und wische den Schmutz weg.

Sie kniet sich neben mich.

»Berem! Wie wunderschön! Hast du so etwas schon einmal

gesehen? So wunderschöne Juwelen an so einem entsetzlichen Ort.« Sie blickt sich um, und ich spüre, daß sie zittert. »Ich frage mich, was hier früher war. Eine andächtige Stimmung liegt über diesem Ort, eine heilige Stimmung. Aber auch etwas Böses. Es muß ein Tempel vor der Umwälzung gewesen sein. Ein Tempel für die bösen Götter... Berem! Was machst du da?«

Ich habe mein Jagdmesser hervorgeholt und angefangen, den Stein um einen der Juwelen wegzukratzen – einen strahlenden, grünen Edelstein. Er ist so groß wie meine Faust und funkelt heller als die Sonne auf den grünen Blättern. Der Stein läßt sich mühelos mit meiner Klinge lösen.

»Hör auf, Berem!« Ihre Stimme klingt schrill. »Das... das ist Entweihung! Dieser Platz ist irgendeinem Gott geweiht! Ich weiß es!«

Ich spüre das kalte Kristall des Edelsteins, obwohl in ihm ein inneres grünes Feuer brennt! Ich achte nicht auf ihren Protest.

»Pah! Vorhin hast du gesagt, es wären die Pforten des Regenbogens! Du hattest recht! Wir haben unser Glück gemacht, wie man so sagt. Wenn dieser Ort den Göttern geweiht war, dann müssen sie ihn schon vor Jahren verlassen haben. Sieh dich um, nichts als Schutt! Wenn sie geblieben wären, sähe es hier ganz anders aus. Die Götter wird es nicht stören, wenn ich einige Juwelen mitnehme...«

»Berem!«

Ein Hauch von Furcht in ihrer Stimme! Sie hat wirklich Angst! Dummes Mädchen. Sie ärgert mich. Der Edelstein ist fast aus dem Stein gelöst.

»Sieh mal, Jasla.« Ich bebe vor Aufregung. Ich kann kaum reden. »Wir waren arm, aber jetzt! Diese Juwelen bringen genug Geld auf dem Markt von Gargath, daß wir diesen erbärmlichen Ort verlassen können. Wir gehen in eine Stadt, vielleicht nach Palanthas! Du wolltest schon immer die wundersamen Dinge dort sehen...«

»Nein! Berem, ich verbiete es dir! Das ist Gotteslästerung!«

Ihre Stimme ist streng. So habe ich sie noch nie erlebt! Einen

Moment lang zögere ich. Ich trete von dem zerstörten Stein mit seinen Juwelen zurück. Auch ich spüre allmählich etwas Furchteinflößendes und Bösartiges an diesem Ort. Aber die Juwelen sind so schön! Sie glitzern und funkeln im Sonnenlicht. Kein Gott ist hier. Kein Gott kümmert sich um sie. Kein Gott wird sie vermissen. Eingebettet in eine alte, morsche Säule.

Ich mache mich daran, den Juwel mit meinem Messer aus dem Stein zu befreien. Er ist von solch sattem Grün, er glänzt so hell wie die Frühlingssonne, wenn sie durch die jungen Blätter scheint…

»Berem! Hör auf!«

Ihre Hand greift nach meinem Arm, ihre Nägel graben sich in mein Fleisch. Es tut weh… Ich werde wütend. Und wieder überkommt es mich; wenn ich wütend werde, verdunkelt ein Schleier meine Sinne, und in mir spüre ich eine erstickende Schwellung anwachsen. In meinem Kopf pocht und hämmert es, bis meine Augen aus ihren Höhlen zu platzen scheinen.

»Laß mich in Ruhe!« Ich höre eine brüllende Stimme – meine eigene!

Ich stoße sie…

Sie stürzt…

Es passiert alles so langsam. Sie stürzt eine Ewigkeit. Ich wollte es nicht… Ich will sie auffangen… Aber ich kann mich nicht bewegen.

Sie stürzt gegen die zerbrochene Säule.

Blut… Blut…

»Jas!« flüstere ich und fange sie in meinen Armen auf.

Aber sie antwortet nicht. Blut bedeckt die Juwelen. Sie funkeln nicht mehr. Wie ihre Augen. Das Licht ist verschwunden…

Und dann spaltet sich der Boden! Säulen steigen aus der schwarzen, verbrannten Erde empor und bewegen sich in Spiralen durch die Luft! Eine tiefe Dunkelheit kommt auf, und ich spüre einen entsetzlichen brennenden Schmerz in meiner Brust…

»Berem!«

Maquesta stand auf dem Vorderdeck und starrte auf ihren Steuermann.

»Berem, ich rede mit dir. Sturm kommt auf. Ich will, daß das Schiff befestigt wird. Was machst du denn? Stehst hier rum und starrst auf das Meer. Übst du gerade Denkmal? Beweg dich, du Trottel! Statuen kriegen bei mir keine guten Löhne!«

Berem zuckte zusammen. Er erblaßte und wand sich vor Maquesta auf solch erbärmliche Weise, daß die Kapitänin der *Perechon* sich fühlte, als hätte sie ihre Wut an einem hilflosen Kind ausgelassen.

Mehr ist er auch nicht, erinnerte sie sich müde. Obwohl er fünfzig oder sechzig Jahre alt sein mußte, obwohl er einer der besten Steuermänner war, die sie kennengelernt hatte, war er geistig gesehen noch ein Kind.

»Es tut mir leid, Berem«, sagte Maque seufzend. »Ich meinte es nicht so. Es ist nur der Sturm... Es macht mich nervös. Sieh mich nicht so an. Wie sehr ich mir wünschte, daß du sprechen könntest! Ich wünschte, ich wüßte, was in deinem Kopf vorgeht – wenn da irgend etwas ist! Nun gut, vergiß es. Erledige deine Aufgaben, dann geh nach unten.«

Berem lächelte sie an – das einfache, unschuldige Lächeln eines Kindes.

Maquesta lächelte kopfschüttelnd zurück. Dann eilte sie weg, ihre Gedanken waren bei den Vorbereitungen, ihr geliebtes Schiff den Sturm gut überstehen zu lassen. Aus den Augenwinkeln sah sie Berem nach unten schlurfen, dann vergaß sie ihn prompt, als ihr Erster Offizier an Bord kam und ihr mitteilte, daß er den größten Teil der Mannschaft gefunden habe, von der ein Drittel so betrunken sei, daß sie nicht zu gebrauchen seien...

Berem lag in einer Hängematte auf dem Mannschaftsdeck der *Perechon*. Die Hängematte bewegte sich heftig hin und her, als die ersten Windstöße des Sturms auf die *Perechon* einschlugen, die im Hafen von Treibgut am Blutmeer von Istar vor Anker lag. Er legte seine Hände – die Hände, die für den Körper eines fünfzigjährigen Mannes zu jung waren – hinter seinen Kopf und starrte zur Lampe, die von den Holzplanken schaukelte.

»Sieh mal, Berem. Da ist ein Weg... Wie seltsam. In all den Jahren, die wir in diesem Wald jagen, haben wir ihn noch nie gesehen.«

»Das ist gar nicht so seltsam. Das Feuer hat einen Teil des Gebüsches niedergebrannt. Das ist alles. Vielleicht nur ein Tierpfad.«

»Dann laß uns ihm folgen. Wenn es ein Tierpfad ist, stoßen wir vielleicht auf einen Hirsch. Wir sind schon den ganzen Tag unterwegs und haben noch nichts erlegt. Ich möchte nicht mit leeren Händen nach Hause kommen.«

Ohne meine Antwort abzuwarten, geht sie auf den Pfad zu. Schulterzuckend folge ich ihr. Es ist angenehm, draußen zu sein – der erste warme Tag seit dem bitterkalten Winter. Die Sonne wärmt meinen Hals und meine Schultern. Man kann sich mühelos durch den vom Feuer zerstörten Wald bewegen. Keine Schlingpflanzen, die nach einem schnappen. Kein Gestrüpp, das an den Kleidern reißt. Wahrscheinlich Blitze während jenes Unwetters im vergangenen Herbst...

Flucht aus der Dunkelheit in die Dunkelheit

Der Offizier der Drachenarmee stieg langsam die Stufen von der zweiten Etage des Wirtshauses Zur salzigen Brise hinunter. Es war nach Mitternacht. Die meisten Gäste lagen schon längst in ihren Betten. Das einzige Geräusch, das der Offizier hört, war das Schlagen der Wellen gegen die Felsen.

Der Offizier hielt einen Moment auf der Treppe inne und warf einen Blick in den Schankraum, der sich unter ihm erstreckte. Nur ein Drakonier lag auf einem Tisch und schnarchte laut. Die Flügel des Drachenmannes bebten bei jedem Schnarcher. Der Holztisch unter ihm knarrte und schwankte.

Der Offizier lächelte bitter, dann ging er weiter. Er war in die stählerne Drachenschuppenrüstung gekleidet, eine Kopie der echten Drachenschuppenrüstung des Drachenfürsten. Der Helm bedeckte seinen Kopf und sein Gesicht, so daß seine Gesichtszüge kaum erkennbar waren. Nur sein rotbrauner Bart kam unter dem Helm hervor und ließ unter rassischen Gesichtspunkten sein Menschsein erkennen.

Auf der letzten Stufe kam der Offizier plötzlich zum Halten, offensichtlich verblüfft über den Anblick des Wirts, der noch wach war und über seinen Büchern gähnte. Mit einem leichten Nicken wollte der Offizier das Wirtshaus ohne ein weiteres Wort verlassen, wurde jedoch vom Wirt mit einer Frage aufgehalten.

»Erwartet Ihr heute nacht die Drachenfürstin zurück?«

Der Offizier blieb stehen und drehte sich halb um. Er holte ein Paar Handschuhe hervor und zog sie über. Draußen war es eisig kalt. Die Hafenstadt Treibgut war in der Gewalt eines Wintersturms, so wie man ihn seit dreihundert Jahren an den Küsten der Blut-Bucht nicht mehr erlebt hatte.

»Bei diesem Wetter?« knurrte der Offizier. »Höchst unwahrscheinlich! Nicht einmal Drachen sind schneller als dieser Sturmwind!«

»Das ist wahr. Weder für Mensch noch für Tier ist es eine angenehme Nacht«, stimmte der Wirt zu. Er beäugte den Drachenoffizier scharf. »Welche Geschäfte treiben dann Euch bei diesem Sturm nach draußen?«

Der Offizier musterte den Wirt kühl. »Ich glaube nicht, daß das deine Angelegenheit ist, wohin ich gehe oder was ich tue.«

»Nichts für ungut!« beschwichtigte der Wirt eilig und hob seine Hände, als ob er einen Schlag abwehren wollte. »Es ist ja nur, falls die Drachenfürstin zurückkehrt und Euch vermissen sollte, könnte ich ihr sagen, wo sie Euch finden kann.«

»Das wird nicht notwendig sein«, brummte der Offizier. »Ich... ich habe ihr eine Nachricht hinterlassen, die meine Abwesenheit erklärt. Außerdem werde ich bald zurück sein. Ich will nur an die frische Luft. Das ist alles.«

»Das kann ich mir vorstellen!« Der Wirt kicherte. »Ihr habt ihr Zimmer drei Tage lang nicht verlassen! Oder sollte ich drei Nächte sagen? Nun – werdet nicht wütend«, wandte er ein, als er den Offizier unter seinem Helm vor Zorn erröten sah. »Ich bewundere den Mann, der *sie* so lange zufriedenstellen kann! Wohin mußte sie denn verreisen?«

»Die Fürstin mußte in den Osten, irgendwo in der Nähe von Solamnia, um ein Problem zu lösen«, erwiderte der Offizier knurrend. »An deiner Stelle würde ich nicht weiterfragen.«

»Nein, nein«, antwortete der Wirt hastig. »Gewiß nicht. Nun, ich wünsche Euch einen schönen Abend – wie war Euer Name? Sie hat uns zwar miteinander bekannt gemacht, aber ich habe ihn leider vergessen.«

»Tanis«, antwortete der Offizier mit gedämpfter Stimme. »Tanis, der Halb-Elf. Und ich wünsche dir auch einen schönen Abend.«

Der Offizier nickte dem Wirt noch einmal kühl zu und zog noch einmal an seinen Handschuhen. Dann öffnete er die Tür und trat in den Sturm hinaus. Der eisige Wind fegte in den Raum, blies die Kerzen aus und wirbelte die Papiere des Wirts umher. Einen Moment lang kämpfte der Offizier mit der schweren Tür, während der Wirt fluchte und nach seinen umherwirbelnden Rechnungen griff. Schließlich gelang es dem Offizier, die Tür hinter sich zuzuschlagen.

Der Wirt starrte dem Offizier nach und sah ihn am vorderen Fenster vorbeigehen, den Kopf gegen den Sturm gebeugt, der Umhang bauschte sich hinter ihm auf.

Noch eine andere Gestalt beobachtete den Offizier. Als die Tür zugeschlagen wurde, hatte der Drakonier seinen Kopf gehoben, seine schwarzen Reptilienaugen funkelten. Er erhob sich verstohlen vom Tisch, seine Schritte waren schnell und sicher. Er schlich zum Fenster und spähte hinaus. Der Drakonier wartete einen Augenblick, dann riß er die Tür auf und verschwand in den Sturm.

Durch das Fenster sah der Wirt, daß der Drakonier die gleiche Richtung wie der Offizier einschlug. Man konnte bei dem

Wetter nicht viel erkennen, aber der Wirt glaubte zu sehen, daß der Offizier in eine Straße eingebogen war, die zur Stadtmitte führte. Sich in den Schatten haltend, schlich der Drakonier hinterher. Der Wirt schüttelte den Kopf und weckte den Nachtdiener.

»Ich habe das Gefühl, daß die Fürstin heute nacht kommt, ob Unwetter oder nicht«, sagte der Wirt dem verschlafenen Mann. »Weck mich, wenn sie kommt.«

Als er noch einmal in die Nacht starrte, erschauerte er, sah vor seinem geistigen Auge den Offizier durch die leeren Straßen von Treibgut laufen, von der schattenhaften Gestalt des Drakoniers gefolgt.

»Ich habe es mir anders überlegt«, murmelte der Wirt, »laß mich schlafen.«

Der Sturm brachte in dieser Nacht alles in Treibgut zum Erliegen. Die Tavernen, die normalerweise bis zum Morgengrauen geöffnet hatten, waren verriegelt und verschlossen, die Straßen waren verlassen. Niemand wagte sich nach draußen in den Wind, der einen Mann umwerfen konnte und selbst die wärmste Kleidung durchdrang.

Tanis ging schnell, mit gesenktem Kopf, und hielt sich in der Häusernähe. Sein Bart war bald von Eis umrahmt. Graupel stach in sein Gesicht. Der Halb-Elf schüttelte sich vor Kälte und verfluchte das kalte Metall der Drachenrüstung an seinem Körper. Gelegentlich blickte er sich um. Vielleicht hatte doch jemand ein besonderes Interesse an seinem Verlassen des Gasthauses gehabt. Aber er konnte so gut wie nichts erkennen. Graupel und Regen umwirbelten ihn, so daß er kaum die hohen Gebäude sehen konnte, die schemenhaft in der Dunkelheit aufragten. Nach einer Weile beschloß er, sich lieber auf seinen Weg durch die Stadt zu konzentrieren. Bald war er starr vor Kälte, und es wurde ihm gleichgültig, ob ihm jemand folgte oder nicht.

Er war noch nicht lange in Treibgut – genauer gesagt vier Tage. Und die meiste Zeit davon hatte er mit *ihr* verbracht.

Tanis verdrängte diesen Gedanken, als er durch den Regen

auf die Straßenschilder starrte. Er wußte nur vage, wohin er ging. Seine Freunde waren in einem Gasthaus am Rande der Stadt. Einen Moment lang fragte er sich verzweifelt, was er tun sollte, falls er sich verlaufen würde. Er konnte es nicht wagen, sich nach ihnen zu erkundigen...

Und dann fand er das Gasthaus. Er stolperte durch die verlassenen Straßen, glitt auf Eis aus und schluchzte fast vor Erleichterung, als er das Schild wild im Wind schaukeln sah. Er hatte sich nicht einmal an den Namen erinnern können, aber jetzt fiel er ihm wieder ein – Zum Wellenbrecher.

Dummer Name für ein Gasthaus, dachte er, während er, vor Kälte schlotternd, kaum den Türgriff fassen konnte. Als er die Tür öffnete, wurde er mit der Wucht des Windes hineingeblasen, und nur mit Mühe konnte er sie wieder hinter sich zudrükken.

Es gab keinen Nachtwächter – nicht in diesem schäbigen Gasthaus. Im Schein eines Kaminfeuers sah Tanis einen Kerzenstummel auf der Theke liegen. Seine Hände zitterten so sehr, daß er den Feuerstein kaum halten konnte. Er zwang seine steifgefrorenen Finger zu gehorchen, zündete die Kerze an und stieg die Treppe hoch.

Wenn er sich umgedreht und aus dem Fenster geschaut hätte, hätte er eine Gestalt im Türeingang auf der anderen Straßenseite erkennen können. Aber Tanis sah nicht aus dem Fenster, seine Augen waren auf die Stufen gerichtet.

»Caramon!«

Der kräftige Krieger saß sofort kerzengerade, seine Hand griff unwillkürlich nach seinem Schwert, noch bevor er sich umdrehte und seinen Bruder fragend ansah.

»Ich habe draußen ein Geräusch gehört«, flüsterte Raistlin. »So wie wenn eine Schwertscheide gegen eine Rüstung schlägt.«

Caramon schüttelte den Kopf, um die Schläfrigkeit zu vertreiben, und kletterte mit dem Schwert in der Hand von seinem Lager. Er schlich zur Tür, bis auch er das Geräusch wahrnahm, das seinen Bruder aus seinem leichten Schlaf geweckt hatte. Ein Mann in Rüstung bewegte sich verstohlen im Korridor vor ihren Räumen. Dann konnte Caramon das schwache Licht einer Kerze durch einen Türspalt sehen. Das Geräusch der klappernden Rüstung hörte direkt vor ihrem Zimmer auf.

Caramon machte Raistlin ein Zeichen. Raistlin nickte und verschmolz mit den Schatten. Seine Augen wirkten abwesend. Er rief sich einen Zauberspruch ins Gedächtnis.

Das Kerzenlicht unter der Tür flackerte. Der Mann mußte die Kerze in die andere Hand genommen haben, um seinen Schwertarm frei zu haben. Caramon schob langsam und geräuschlos den Türriegel zurück. Der Mann zögerte, vielleicht war er sich nicht sicher. Er wird es schon noch schnell genug herausfinden, dachte Caramon.

Caramon riß plötzlich die Tür auf. Er sprang vor, packte die dunkle Gestalt und zerrte sie ins Zimmer. Mit seiner ganzen Kraft schlug der Krieger den Mann zu Boden. Die Kerze fiel runter, ihre Flamme erstickte im geschmolzenen Wachs. Raistlin begann einen Zauberspruch zu singen, der ihr Opfer in einer klebrigen, spinnenähnlichen Substanz festhalten würde.

»Halt! Raistlin, hör auf!« schrie der Mann. Caramon, der die Stimme erkannte, ergriff seinen Bruder und schüttelte ihn, um seine Trance zu unterbrechen.

»Raist! Es ist Tanis!«

Zitternd kam Raistlin aus seiner Trance. Dann begann er zu husten und griff sich an die Brust.

Caramon warf seinem Zwillingsbruder einen besorgten Blick zu, aber Raistlin wehrte ihn mit einer Handbewegung ab. Caramon drehte sich um und half dem Halb-Elfen auf die Füße.

»Tanis!« schrie er und zerquetschte den Halb-Elfen fast in seiner freudigen Umarmung. »Wo warst du? Wir haben uns solche Sorgen gemacht. Bei allen Göttern, du frierst ja! Ich werde das Feuer schüren. Raist«, Caramon wandte sich an seinen Bruder, »ist mit dir wirklich alles in Ordnung?«

»Mach dir um mich keine Sorgen!« flüsterte Raistlin. Der Magier sank, nach Atem ringend, auf sein Lager zurück. Seine

Augen glitzerten golden im flackernden Feuer, als er den Halb-Elfen musterte, der sich dankbar neben dem Kamin niederkauerte. »Du solltest lieber die anderen holen.«

»Du hast recht.« Caramon steuerte auf die Tür zu.

»Zuerst würde ich mir etwas anziehen«, bemerkte Raistlin sarkastisch.

Caramon errötete und eilte zu seinem Bett zurück. Nachdem er eine Lederhose und ein Hemd angezogen hatte, ging er in den Korridor und schloß leise die Tür hinter sich. Tanis und Raistlin konnten hören, wie er an die Tür der Barbaren klopfte. Sie konnten Flußwinds ernste Frage und Caramons eilige, aufgeregte Erklärung hören.

Tanis sah kurz zu Raistlin – die seltsamen Stundenglasaugen des Magiers waren mit einem durchdringenden Blick auf ihn gerichtet – und drehte sich dann verlegen dem Feuer zu.

»Wo bist du gewesen, Halb-Elf?« fragte Raistlin mit seiner sanften, flüsternden Stimme.

Tanis schluckte nervös. »Ich wurde von einem Drachenfürsten gefangengenommen.« Er hatte sich schon eine Antwort zurechtgelegt, die er nun aufsagte. »Der Fürst dachte natürlich, ich wäre einer seiner Offiziere, und bat mich, ihn zu seiner Truppe zu begleiten, die außerhalb der Stadt stationiert ist. Natürlich mußte ich dem Befehl nachkommen, sonst wäre er argwöhnisch geworden. Erst heute nacht konnte ich verschwinden.«

»Interessant.« Raistlin hustete beim Sprechen.

Tanis sah schnell zu ihm hoch. »Was ist interessant?«

»Ich habe dich noch nie lügen hören, Halb-Elf«, antwortete Raistlin sanft. »Ich finde es... recht... faszinierend.«

Tanis öffnete den Mund, aber bevor er etwas sagen konnte, kam Caramon mit Flußwind, Goldmond und Tika zurück.

Goldmond eilte auf Tanis zu und umarmte ihn. »Mein Freund!« sagte sie, ihr versagte die Stimme und sie drückte ihn fest an sich. »Wir haben uns solche Sorgen gemacht...«

Flußwind umklammerte Tanis' Hand, sein sonst so ernstes Gesicht entspannte sich zu einem Lächeln. Sanft schob er seine

Frau aus der Umarmung mit Tanis, aber nur, um ihren Platz einzunehmen.

»Mein Bruder!« sagte Flußwind im Que-Shu-Dialekt der Barbaren und umarmte den Halb-Elfen. »Wir haben befürchtet, man hätte dich gefangengenommen! Getötet! Wir wußten nicht...«

»Was ist geschehen? Wo warst du?« fragte Tika neugierig und trat heran, um Tanis zu umarmen.

Tanis warf Raistlin einen Blick zu, aber der hatte sich wieder zurückgelegt, seine seltsamen Augen waren zur Decke gerichtet, an der Unterhaltung war er offenbar nicht interessiert.

Er räusperte sich, war sich bewußt, daß Raistlin zuhörte, und wiederholte seine Geschichte. Die anderen unterbrachen ihn gelegentlich mit interessierten und mitfühlenden Ausrufen und Fragen. Wer war dieser Fürst? Wie groß war seine Armee? Wo war sie jetzt stationiert? Was taten die Drakonier in Treibgut? Suchten sie wirklich nach ihnen? Wie war Tanis entflohen?

Tanis beantwortete all ihre Fragen ausweichend. Was den Fürsten anging, so hatte er nicht viel von ihm gesehen. Er wußte nicht, wer er war. Die Armee war nicht groß. Sie war außerhalb der Stadt stationiert. Die Drakonier suchten jemanden, aber nicht sie. Sie suchten einen Mann namens Berem oder so ähnlich.

Bei dieser Antwort warf Tanis Caramon einen Blick zu, aber das Gesicht des Kriegers zeigte nicht, daß er sich an irgend etwas erinnern würde. Tanis atmete erleichtert auf. Gut, Caramon erinnerte sich also nicht an den Mann, der auf der *Perechon* ein Segel geflickt hatte. Entweder erinnerte er sich nicht, oder er hatte den Namen des Mannes nicht verstanden.

Die anderen nickten, waren mit seiner Geschichte beschäftigt. Tanis seufzte vor Erleichterung. Und was Raistlin betraf... nun, es spielte keine große Rolle, was der Magier dachte oder sagte. Die anderen würden eher Tanis als Raistlin glauben, selbst wenn der Halb-Elf behaupten würde, daß Schwarz Weiß sei. Sicherlich war sich Raistlin dessen bewußt, und darum bezweifelte er nicht laut Tanis' Geschichte. Tanis gähnte und stöhnte, als wäre er total erschöpft. Er wollte weiteren Fragen entgehen, die ihn tiefer in Lügen verstricken würden.

Goldmond erhob sich augenblicklich, ihr Gesicht war besorgt. »Es tut mir leid, Tanis«, sagte sie sanft. »Wir sind egoistisch. Du frierst und bist müde, und wir halten dich mit Fragen auf. Und wir müssen morgen früh aufstehen, um an Bord zu gehen.«

»Verdammt, Goldmond! Sei keine Närrin! Bei diesem Sturm werden wir nirgendwo an Bord gehen!« fauchte Tanis.

Alle starrten ihn erstaunt an, sogar Raistlin hatte sich aufgerichtet. Goldmonds Augen waren dunkel vor Schmerz, ihr Gesicht verhärtete sich und erinnerte den Halb-Elfen, daß nie jemand zu ihr in diesem Ton sprach. Flußwind stand mit beunruhigtem Gesicht neben ihr.

Das Schweigen wurde peinlich. Schließlich räusperte sich Caramon. »Wenn wir morgen nicht aufbrechen können, dann versuchen wir es eben einen Tag später«, sagte er beruhigend. »Mach dir deswegen keine Sorgen, Tanis. Die Drakonier werden bei dem Wetter nicht rausgehen. Wir sind sicher...«

»Ich weiß. Es tut mir leid«, murmelte er. »Ich wollte dich nicht so anfahren, Goldmond. Die vergangenen Tage waren nur so nervenaufreibend. Ich bin so müde, ich kann nicht mehr richtig denken. Ich gehe auf mein Zimmer.«

»Der Wirt hat es weitervermietet«, sagte Caramon, dann fügte er hastig hinzu, »aber du kannst hier schlafen, Tanis. Nimm mein Bett...«

»Nein, ich kann auf dem Boden schlafen.« Tanis wich Goldmonds Blick aus und begann, seine Drachenrüstung abzulegen, seine Augen waren auf seine zitternden Finger gerichtet.

»Schlaf gut, mein Freund«, sagte Goldmond leise.

Er hörte in ihrer Stimme die Sorge, konnte sich ihre mitfühlenden Blicke vorstellen, die sie mit Flußwind wechselte. Der Barbar legte seine Hand auf seine Schulter. Dann gingen sie. Tika wünschte murmelnd eine gute Nacht, bevor sie die Tür hinter sich schloß.

»Ich helfe dir«, bot Caramon an, der wußte, daß Tanis an Rüstungen nicht gewöhnt war und Schwierigkeiten mit den Schnallen und Gurten hatte. »Soll ich dir etwas zu essen besorgen? Etwas zu trinken? Vielleicht Glühwein?«

»Nein«, antwortete Tanis erschöpft, »ich will einfach nur schlafen.«

»Dann nimm zumindest meine Decke«, beharrte Caramon, da der Halb-Elf vor Kälte zitterte.

Tanis nahm die Decke dankbar an, obwohl er nicht sicher war, ob er wegen der Kälte zitterte oder wegen seines inneren Aufruhrs. Er legte sich hin und hüllte sich mit der Decke und seinem Mantel ein. Dann schloß er die Augen und konzentrierte sich darauf, regelmäßig zu atmen, da er wußte, daß Caramon nicht eher schlafen würde, bis er sicher war, daß Tanis entspannt ruhte. Bald hörte er Caramon ins Bett gehen und kurz darauf schnarchen. Im anderen Bett hustete Raistlin.

Als er sicher war, daß die Zwillinge eingeschlafen waren, streckte Tanis sich aus und legte seine Hände unter den Kopf. Er lag wach da und starrte in die Dunkelheit.

Im Morgengrauen traf die Drachenfürstin im Wirtshaus Zur salzigen Brise ein. Der Nachtdiener bemerkte sofort die schlechte Laune der Fürstin. Sie hatte die Tür mit mehr Kraft als der Sturm aufgerissen und starrte wütend in den Schankraum, als ob seine Wärme und Behaglichkeit sie beleidigten. Tatsächlich schien sie mit dem draußen tobenden Sturm eins zu sein. Sie war es, die die Kerzen zum Flackern brachte, und nicht der heulende Wind. Sie war es, die die Dunkelheit hereinbrachte. Der Nachtdiener stolperte ängstlich auf seine Füße, aber die Augen der Fürstin waren nicht auf ihn gerichtet. Kitiara starrte den Drakonier an, der an einem Tisch saß und durch ein kaum wahrnehmbares Flackern in seinen dunklen Reptilienaugen signalisierte, daß etwas schiefgelaufen war.

Hinter der entsetzlichen Drachenmaske verengten sich die Augen der Fürstin bedrohlich, ihr Blick wurde kalt. Einen Moment lang stand sie in der Tür, ignorierte den eisigen Wind, der in das Gasthaus wehte.

»Komm nach oben«, sagte sie schließlich in ungnädigem Ton zu dem Drakonier.

Die Kreatur nickte und folgte ihr. Seine Klauenfüße klapperten über den Holzboden.

»Gibt es etwas...«, begann der Nachtdiener, zuckte dann zusammen, als die Tür mit einem lauten Knall zuschlug.

»Nein!« fauchte Kitiara. Mit der Hand am Schwert stolzierte sie an dem bebenden Mann vorbei, ohne ihn eines Blickes zu würdigen, und stieg die Stufen zu ihren Räumen hoch. Der Diener sank zitternd in seinen Stuhl zurück.

Kitiara hantierte mit ihrem Schlüssel und riß die Tür auf. Sie blickte sich schnell im Zimmer um.

Es war leer.

Der Drakonier wartete geduldig und schweigend hinter ihr.

Wütend riß Kitiara ihre Drachenmaske vom Gesicht. Sie schleuderte sie aufs Bett und befahl, ohne sich umzusehen:

»Komm herein und schließ die Tür!«

Der Drakonier gehorchte und schloß die Tür leise hinter sich.

Kitiara hatte die Hände an die Hüften gelegt und starrte grimmig auf das zerwühlte Bett.

»Er ist also verschwunden.« Es war eine Feststellung und keine Frage.

»Ja, Fürstin«, zischelte der Drakonier.

»Du bist ihm gefolgt, wie ich dir befohlen habe?«

»Natürlich, Fürstin.« Der Drakonier verneigte sich.

»Wohin ist er gegangen?«

Kitiara fuhr mit einer Hand über ihr dunkles, lockiges Haar. Sie hatte sich immer noch nicht umgedreht. Der Drakonier konnte nicht ihr Gesicht sehen, und er hatte keine Vorstellung, welche Gefühle – wenn überhaupt – sie verbarg.

»Ein Gasthaus, Fürstin. Am Stadtrand. Es heißt Zum Wellenbrecher.«

»Eine andere Frau?« Die Stimme der Fürstin war angespannt.

»Ich glaube nicht, Fürstin.« Der Drakonier lächelte verstohlen. »Ich vermute, Freunde von ihm wohnen dort. Wir erhielten Berichte über Fremde in dem Gasthaus, aber da sie nicht mit der Beschreibung des Hüters des Grünen Juwels übereinstimmen, sind wir der Sache nicht nachgegangen.«

»Steht dieses Gasthaus jetzt unter Beobachtung?«

»Gewiß, Fürstin. Man wird Euch unverzüglich informieren, wenn er – oder überhaupt ein Gast – das Gebäude verläßt.«

Die Fürstin stand einen Moment schweigend da, dann drehte sie sich um. Ihr Gesicht war zwar kalt und ruhig, aber äußerst blaß. Aber es konnte eine Menge Gründe für diese Blässe geben, dachte der Drakonier. Es war ein langer Flug vom Turm des Oberklerikers bis hierher. Den Gerüchten nach hatte ihre Armee eine schwere Niederlage erlitten, die legendäre Drachenlanze und die Kugeln der Drachen waren wieder aufgetaucht. Bisher war sie erfolglos beim Auffinden des Hüters des Grünen Juwels, der so verzweifelt von der Dunklen Königin gesucht wurde und der sich in Treibgut aufhalten sollte. Die Fürstin hat viele Probleme, dachte der Drakonier amüsiert. Warum regt sie sich dann über einen Mann auf? Sie hatte genügend Liebhaber, und die meisten waren charmanter als dieser launische Halb-Elf. Bakaris, zum Beispiel...

»Du hast deine Sache gut gemacht«, unterbrach Kitiara schließlich die Gedanken des Drakoniers. Sie schnallte ihre Rüstung ohne jedes Schamgefühl ab. Sie schien sich wieder unter Kontrolle zu haben. »Du wirst dafür belohnt werden. Jetzt laß mich in Ruhe.«

Der Drakonier verbeugte sich wieder und verließ, die Augen zu Boden gerichtet, das Zimmer. Aber die Kreatur ließ sich nicht zum Narren halten. Während der Drachenmann aus dem Zimmer trat, sah er, daß der Blick der Fürstin auf einem Pergamentbogen haftenblieb. Der Drakonier hatte das Pergament schon beim Eintreten bemerkt. Es war mit der zierlichen Elfen-Handschrift beschrieben. Als der Drakonier die Tür schloß, hörte er ein lautes Geräusch – die Drachenrüstung war mit voller Wucht gegen eine Wand geschleudert worden.

Verfolgung

Gegen Morgen hatte sich der Sturm ausgetobt. Das monotone Geräusch des vom Dachsims tröpfelnden Wassers hämmerte auf Tanis' schmerzenden Kopf ein. Fast wünschte er sich den heulenden Wind zurück. Der Himmel war grau und finster. Sein Bleigewicht drückte auf die Stimmung des Halb-Elfen.

»Es wird immer noch starker Seegang sein«, erklärte Caramon weise. Da er aufmerksam Williams Seemannsgeschichten (der Wirt des Wirtshauses Zum flötenden Eber in der Hafenstadt Balifor) gelauscht hatte, betrachtete sich Caramon als

Fachmann in Sachen Seefahrt. Niemand von den anderen widersprach ihm, da sie selber nichts davon verstanden. Nur Raistlin betrachtete seinen Bruder mit einem spöttischen Grinsen, wenn Caramon – der nur wenige Male in seinem Leben in kleinen Booten gehockt hatte – wie ein alter Seebär zu erzählen begann.

»Vielleicht sollten wir es gar nicht erst riskieren, hinauszugehen…«, begann Tika.

»Wir gehen. Heute!« sagte Tanis grimmig. »Und wenn wir schwimmen müssen, heute verschwinden wir aus Treibgut.«

Die anderen warfen sich Blicke zu, dann sahen sie wieder zu Tanis. Er starrte aus dem Fenster und sah weder ihre hochgezogenen Augenbrauen noch ihr Schulterzucken, aber er war sich ihrer Reaktionen bewußt.

Die Gefährten waren im Zimmer der Zwillinge versammelt. Es war noch eine Stunde bis zur Morgendämmerung, aber Tanis hatte sie geweckt, sobald der Wind zu heulen aufgehört hatte.

Er holte tief Luft, dann wandte er sich ihnen zu. »Es tut mir leid. Ich weiß, es klingt paradox«, sagte er, »aber es gibt hier Gefahren, die ich jetzt nicht erklären kann. Wir dürfen keine Zeit verlieren. Aber niemals zuvor waren wir in größerer Gefahr als in diesem Moment, in dieser Stadt. Wir müssen aufbrechen, und zwar sofort!« In seiner Stimme lag ein Hauch von Hysterie, und er brach ab.

Alle schwiegen. Dann sagte Caramon unruhig: »Sicher, Tanis.«

»Wir haben alle gepackt«, fügte Goldmond hinzu. »Wir können jederzeit verschwinden, sobald du bereit bist.«

»Dann laßt uns gehen«, sagte Tanis.

»Ich bin noch nicht fertig«, stammelte Tika.

»Dann mach. Beeil dich«, sagte Tanis.

»Ich helfe dir«, bot Caramon leise an.

Der große Mann, wie Tanis in die gestohlene Rüstung eines Drachenoffiziers gekleidet, und Tika verließen schnell das Zimmer. Wahrscheinlich wollen sie noch einige Minuten allein sein, dachte Tanis ungeduldig. Goldmond und Flußwind holten ihr

Gepäck aus ihrem Zimmer. Raistlin bewegte sich nicht. Er hatte alles, was er brauchte – seine Beutel mit seinen wertvollen Zauberzutaten, den Stab des Magius und die kostbare Kugel der Drachen.

Tanis konnte Raistlins seltsame Augen spüren, die sich in ihn bohrten. Es war, als könnte Raistlin die dunkle Stelle in der Seele des Halb-Elfen mit dem glitzernden Licht seiner goldenen Augen durchdringen. Aber der Magier sagte nichts. Warum? dachte Tanis wütend. Er würde Raistlins Fragen, seine Anschuldigungen fast begrüßen. Er würde eine Möglichkeit begrüßen, sich von der Last zu befreien und die Wahrheit zu sagen, trotz der Folgen, die das Ganze haben würde.

Aber Raistlin schwieg und hustete fast ununterbrochen.

Nach wenigen Minuten kehrten die anderen zurück.

»Wir sind bereit, Tanis«, sagte Goldmond mit gedämpfter Stimme.

Einen Moment lang konnte Tanis nicht sprechen. Ich sage es ihnen, beschloß er. Er holte tief Luft und wandte sich ihnen zu. Er sah ihre Gesichter, er sah das Vertrauen, den Glauben an ihn. Sie folgten ihm, ohne Fragen zu stellen. Er brachte es nicht fertig, sie zu enttäuschen. Er konnte diesen Glauben nicht erschüttern. Es war das einzige, woran sie sich klammern konnten. Seufzend schluckte er die Worte hinunter, die ihm auf der Zunge lagen.

»Gut«, sagte er mürrisch und ging zur Tür.

Maquesta Kar-Thon erwachte aus einem tiefen Schlaf durch ein Klopfen an ihrer Kabinentür. Da sie daran gewöhnt war, jederzeit geweckt zu werden, war sie sofort hellwach und griff nach ihren Stiefeln.

»Was ist los?« rief sie.

Bevor ihr geantwortet wurde, hatte sie bereits die Situation des Schiffes eingeschätzt. Ein Blick durch das Bullauge zeigte ihr, daß sich der Wind zwar gelegt hatte, aber aus der Bewegung des Schiffes konnte sie erkennen, daß schwerer Seegang war.

»Die Passagiere sind gekommen«, antwortete eine Stimme, die sie als die ihres Ersten Offiziers erkannte.

Landratten, dachte sie verbittert, seufzte und ließ den Stiefel fallen, den sie gerade anziehen wollte. »Schick sie weg«, befahl sie und legte sich wieder hin. »Heute legen wir nicht ab.«

Draußen schien eine heftige Auseinandersetzung stattzufinden, denn sie hörte, wie sich die Stimme ihres Ersten Offiziers in Wut hob und eine andere Stimme zurückschrie. Müde kämpfte sich Maquesta auf die Füße. Ihr Erster Offizier, Bas Ohn-Koraf, war ein Minotaurus – eine Rasse, der man nicht gerade ein gelassenes Temperament nachsagte. Er war außerordentlich stark und dafür bekannt, grundlos zu töten – ein Grund, warum das Meer ihn anzog. Auf einem Schiff wie der *Perechon* stellte niemand Fragen über die Vergangenheit.

Maque warf die Tür ihrer Kabine auf und stürmte aufs Deck.

»Was ist los?« fragte sie mit ihrer strengsten Stimme, während ihre Augen von dem Tierkopf ihres Offiziers zu dem bärtigen Gesicht des Drachenoffiziers fuhren. Aber sie erkannte die leicht geschlitzten braunen Augen des bärtigen Mannes und fixierte ihn kalt. »Ich sagte, daß wir heute nicht ablegen, Halb-Elf, und das ist mein Ernst...«

»Maquesta«, unterbrach Tanis sie schnell, »ich muß mit dir reden!« Er wollte sich an dem Minotaurus vorbeischieben, aber Koraf ergriff ihn und warf ihn zurück. Hinter Tanis knurrte ein kräftiger Drachenoffizier auf und trat einen Schritt vor. Die Augen des Minotaurus glänzten gierig auf, als er flink einen Dolch aus seiner weiten bunten Schärpe zog.

Die Mannschaft versammelte sich unverzüglich auf dem Deck und hoffte, einen Kampf zu erleben.

»Caramon...«, warnte Tanis.

»Koraf...!« schnappte Maquesta mit einem wütenden Blick, der ihren Ersten Offizier daran erinnern sollte, daß es sich bei der Gruppe um zahlende Kunden handelte, mit denen man höflicher umging, zumindest solange man sich noch im Hafen aufhielt.

Der Minotaurus knurrte, aber der Dolch verschwand genauso schnell, wie er aufgetaucht war. Dann drehte sich Koraf hochmütig um und verschwand. Die Mannschaft murmelte enttäuscht, aber trotzdem munter. Es versprach eine interessante Fahrt zu werden.

Maquesta half Tanis auf die Füße und musterte ihn mit dem aufmerksamen, prüfenden Blick, wie sie einen Mann musterte, der sich bei ihr um Arbeit bewarb. Sie erkannte sofort, daß der Halb-Elf sich in den vier Tagen, seit sie mit dem großen Mann den Handel für eine Schiffsreise auf der *Perechon* abgeschlossen hatte, drastisch verändert hatte.

Er sah aus, als wäre er durch die Hölle gelaufen und wieder zurück. Wahrscheinlich ist er in Schwierigkeiten, schloß sie mitleidig. Aber sie war nicht bereit, ihn aus diesen Schwierigkeiten herauszuholen! Nicht, wenn ihr Schiff auf dem Spiel stand! Andererseits hatten er und seine Freunde die Hälfte des Preises bezahlt. Und sie brauchte das Geld. In diesen Zeiten war es für einen Piraten schwer, mit den Drachenfürsten zu konkurrieren...

»Komm in meine Kabine«, sagte Maque ungnädig und führte ihn nach unten.

»Bleib bei den anderen, Caramon«, sagte der Halb-Elf. Der Mann nickte. Caramon warf dem Minotaurus einen düsteren Blick nach, denn ging er zu den Gefährten.

Tanis folgte Maque in ihre Kabine. Die *Perechon* war ein schmuckes Schiff, auf schnelles Segeln und schnelle Manöver ausgerichtet. Ideal für Maquestas Gewerbe, da es notwendig war, schnell in Häfen hinein- und wieder hinauszufahren, Frachtgut ein- oder auszuladen (das nicht unbedingt ihr gehörte). Gelegentlich besserte sie ihre Einnahmen auf, indem sie ein reiches Handelsschiff überfiel, es plünderte und dann schnell die Flucht ergriff.

Auch war sie geschickt genug, den großen Schiffen der Drachenfürsten zu entrinnen, denn sie hatte es sich zum Prinzip gemacht, ihnen aus dem Wege zu gehen. Aber nur allzu häufig wurden Schiffe der Drachenfürsten gesichtet, die Handelsschiffe ›begleiteten‹. Maquesta hatte auf ihren beiden letzten

Fahrten Verluste erlitten; das war ein Grund, warum sie sich herabließ, Passagiere zu befördern, was sie unter anderen Umständen nie getan hätte.

Der Halb-Elf nahm seinen Helm ab und setzte sich an den Tisch – beziehungsweise fiel auf den Stuhl, da er an die schaukelnde Bewegung des Schiffes nicht gewöhnt war. Maquesta blieb stehen und behielt mühelos das Gleichgewicht.

»Nun, was willst du?« fragte sie gähnend. »Ich habe dir bereits gesagt, daß wir nicht ablegen können. Das Meer ist zu...«

»Wir müssen«, unterbrach Tanis.

»Sieh mal«, sagte Maquesta geduldig (sie ermahnte sich selbst zur Geduld, da er ein gut zahlender Kunde war), »wenn du dich in irgendwelchen Schwierigkeiten befindest, so ist das nicht *mein* Problem! Ich setze nicht mein Schiff und meine Mannschaft aufs Spiel...«

»Es geht nicht um mich«, unterbrach Tanis wieder und musterte Maquesta aufmerksam, »es geht um dich.«

»Um mich?« fragte Maquesta erstaunt.

Tanis faltete seine Hände auf dem Tisch und sah zu ihr hoch. Das schwankende Schiff und seine Erschöpfung ließen Übelkeit in ihm aufsteigen. Als sie die blaßgrüne Färbung seiner Haut unter seinem Bart und die dunklen Schatten unter seinen tiefliegenden Augen sah, dachte Maquesta, daß die Leichen, die sie gesehen hatte, besser aussahen als dieser Halb-Elf.

»Was meinst du?« fragte sie angespannt.

»Ich... ich wurde von einem Drachenfürsten gefangengenommen... vor drei Tagen«, begann Tanis. Er sprach sehr leise und starrte auf seine Hände. »Nein, gefangengenommen ist wohl das falsche Wort. E...er sah mich so gekleidet und nahm an, daß ich einer seiner Männer sei. Ich mußte ihn in sein Lager begleiten. Ich war dort – in diesem Lager – in den vergangenen Tagen, und i...ich habe etwas herausgefunden. Ich weiß, warum der Fürst und die Drakonier Treibgut durchsuchen. Ich weiß, wonach... besser, wen sie suchen.«

»Ja?« half Maquesta nach, während sie von seiner Furcht angesteckt wurde. »Nicht die *Perechon*...«

»Deinen Steuermann.« Tanis sah endlich zu ihr hoch. »Berem.«

»Berem!« wiederholte Maquesta verblüfft. »Warum? Der Mann ist stumm! Ein Halbverrückter! Ein guter Steuermann, ja, aber nicht mehr. Was könnte er verbrochen haben, daß die Drachenfürsten ihn suchen?«

»Ich weiß nicht«, antwortete Tanis erschöpft, während er gegen die Übelkeit ankämpfte. »Ich war nicht in der Lage, es herauszufinden. Ich bin mir auch nicht sicher, ob *sie* es überhaupt wissen! Aber sie haben den Befehl, ihn um jeden Preis zu finden und ihn lebendig...«, er schloß die Augen, um die schwankenden Lampen nicht zu sehen, »zur Dunklen Königin zu bringen...«

Das anbrechende Licht der Dämmerung warf gekrümmte rote Strahlen über die rauhe See. Einen Augenblick lang schien es auf Maquestas glänzende schwarze Haut, ein Blitz wie Feuer fuhr von ihren goldenen Ohrringen aus, die fast bis zu ihren Schultern baumelten. Nervös fuhr sie sich durch ihr kurzgeschnittenes schwarzes Haar.

Maquestas Kehle schnürte sich zusammen. »Wir werden ihn schon los!« brummte sie und schob sich vom Tisch fort. »Wir setzen ihn an Land ab. Ich kann einen anderen Steuermann finden...«

»Hör mir zu!« Tanis packte Maquesta am Arm und hielt sie fest. »Sie wissen bereits, daß er hier ist! Und selbst wenn sie es nicht wissen und ihn erwischen, macht es keinen Unterschied. Wenn sie erst einmal herausfinden, daß er hier *war*, auf diesem Schiff – und sie *werden* das herausfinden, glaub mir das; sie haben ihre Methoden, um selbst einen Stummen zum Reden zu bringen –, werden sie dich und alle anderen auf diesem Schiff festhalten. Entweder nehmen sie dich fest, oder sie werden versuchen, dich loszuwerden.

Er nahm seine Hand von ihrem Arm weg; ihm war klargeworden, daß er nicht die Kraft hatte, sie festzuhalten. »So haben sie es in der Vergangenheit gemacht. Ich weiß es. Der Fürst hat es mir erzählt. Ganze Dörfer zerstört. Leute gefoltert, umgebracht. Jeder, der mit diesem Mann in Kontakt steht, ist verdammt. Sie befürchten, daß er irgendein schreckliches Geheimnis weitergegeben hat, und das können sie nicht zulassen.«

Maquesta setzte sich. »Berem?« hauchte sie ungläubig.

»Sie konnten wegen des Sturms noch nichts unternehmen«, sagte Tanis, »und der Fürst wurde nach Solamnia zu einer Schlacht gerufen. Aber ... der Fürst kommt heute zurück. Und dann ...« Er konnte nicht weitersprechen. Sein Kopf sank in seine Hände, ein Schauder zog durch seinen Körper.

Maquesta beäugte ihn argwöhnisch. Konnte das die Wahrheit sein? Oder tischte er diese Geschichte nur auf, um sie von seinen eigenen Schwierigkeiten abzulenken? Maquesta fluchte leise. Sie konnte Männer sehr gut beurteilen. Das war auch notwendig, um über ihre rauhbeinige und rücksichtslose Mannschaft die Kontrolle zu behalten. Und sie wußte, daß der Halb-Elf nicht log. Zumindest nicht sehr. Sie vermutete, daß er einige Dinge verschwiegen hatte, aber diese Geschichte über Berem – so seltsam sie auch war – klang wahr.

Alles ergab plötzlich einen Sinn, dachte sie beunruhigt und verfluchte sich. Sie brüstete sich mit ihrem Urteilsvermögen, ihrem klaren Verstand. Dennoch hatte sie Berems seltsame Art ignoriert. Warum? Ihre Lippen kräuselten sich spöttisch. Sie mochte ihn – zugegeben. Er war wie ein Kind, fröhlich, unschuldig. Und deshalb hatte sie seinen Widerwillen, an Land zu gehen, seine Angst vor Fremden, seine Bereitschaft, einerseits für Piraten zu arbeiten, andererseits aber seinen Anteil an der Beute abzulehnen, übersehen. Maquesta saß einen Moment da. Sie blickte nach draußen und beobachtete, wie die goldene Sonne über die Schaumkronen glitzerte, und dann von den tiefhängenden grauen Wolken verschluckt wurde. Es würde gefährlich sein, das Schiff aus dem Hafen zu führen, aber wenn der Wind gut stand ... »Ich bin lieber auf dem offenen Meer«, murmelte sie mehr zu sich als zu Tanis, »als wie eine Ratte an Land gefangen.«

Da Maque sie ihren Entschluß gefaßt hatte, erhob sie sich schnell und ging zur Tür. Dann hörte sie Tanis aufstöhnen. Sie drehte sich um und betrachtete ihn mitleidig.

»Nun mach schon, Halb-Elf«, sagte sie nicht unhöflich. Sie legte ihre Arme um ihn und half ihm beim Aufstehen. »Du wirst dich oben an der frischen Luft besser fühlen. Außerdem solltest du deinen Freunden sagen, daß dies keine erholsame Kreuzfahrt wird. Ist dir das Risiko bewußt, das du auf dich nimmst?«

Tanis nickte. Er lehnte sich schwer an Maquesta und ließ sich auf das schlingernde Deck führen.

»Du hast mir nicht alles erzählt, das steht fest«, sagte Maquesta schweratmend, als sie die Kabinentür aufstieß und Tanis die Stufen zum Hauptdeck hinaufhalf. »Ich wette, Berem ist nicht der einzige, nach dem der Fürst sucht. Aber ich habe das Gefühl, es ist nicht die erste Krise, die du und deine Freunde überstanden habt. Ich hoffe nur, euer Glück hält an!«

Die *Perechon* schlingerte auf hoher See. Das Schiff segelte mit halben Segeln und schien kaum vorwärts zu kommen, kämpfte um jeden Millimeter. Glücklicherweise drehte sich der Wind. Er blies beständig aus Südwesten und brachte sie direkt in das Blutmeer von Istar. Ihr eigentliches Ziel war zwar Kalaman, das nordwestlich von Treibgut am Nordmeerkap lag, aber es störte Maquesta nicht, daß sie vom Kurs abwichen. Sie wollte das Land so weit wie möglich hinter sich lassen.

Es bestand sogar die Möglichkeit, klärte sie Tanis auf, in nordöstlicher Richtung nach Mitras zu segeln, der Heimat der Minotaurier. Zwar kämpften einige Minotaurier in den Armeen der Fürsten, aber die meisten von ihnen hatten sich der Dunklen Königin noch nicht zur Treue verpflichtet. Wie Koraf sagte, beanspruchten die Minotaurier die Kontrolle über das östliche Ansalon als Gegenleistung für ihre Dienste. Und die Kontrolle über den Osten war gerade einem neuen Drachenfürsten übergeben worden, einem Hobgoblin namens Toede. Die Minotaurier hatten weder für Menschen noch für Elfen etwas übrig, und zum gegenwärtigen Zeitpunkt konnten sie mit den Fürsten auch nichts anfangen. Maquesta und ihre Mannschaft hatten sich schon zuvor gelegentlich in Mitras versteckt. Dort würden sie wieder in Sicherheit sein, zumindest eine Zeitlang.

Tanis war über diese Verzögerung nicht erfreut, aber das Schicksal lag nicht mehr in seinen Händen. Während er darüber nachdachte, blickte der Halb-Elf zu dem Mann, der mitten im Wind allein dastand. Berem war am Steuer und lenkte es mit sicheren Händen, sein ausdrucksloses Gesicht wirkte unbesorgt.

Tanis starrte angestrengt auf die Brust des Steuermanns, vielleicht könnte er einen grünen Schimmer ausmachen... Welch dunkles Geheimnis lag in dieser Brust, an der er vor Monaten in Pax Tarkas den grünen, glänzenden Juwel im Fleisch des Mannes gesehen hatte? Warum verschwendeten Hunderte von Drakoniern ihre Zeit, um diesen Mann zu suchen, wenn doch der Krieg auf Messers Schneide stand? Warum war Kitiara so erpicht darauf, Berem zu finden, daß sie das Kommando über ihre Streitmacht in Solamnia aufgegeben hatte, um die Suche in Treibgut zu überwachen, die nur auf einem Gerücht beruhte, daß Berem dort gesehen worden war?

»Er ist der Schlüssel!« erinnerte sich Tanis an Kitiaras Worte. »Wenn wir ihn gefangennehmen, wird Krynn der Dunklen Königin zufallen. Dann wird uns keine Kraft im Lande mehr besiegen können!«

Zitternd, mit sich hebendem Magen starrte Tanis den Mann ehrfürchtig an. Berem wirkte so – so abgesondert von allem, so über allen Dingen stehend, als würden ihn die Probleme der Welt überhaupt nicht berühren. War er halb verrückt, wie Maquesta sagte? fragte sich der Halb-Elf. Er erinnerte sich an Berem, wie er ihn in jenen kurzen Sekunden inmitten des Entsetzens in Pax Tarkas erlebt hatte. Er erinnerte sich an den Blick des Mannes, als er sich von dem Verräter Eben in einem verzweifelten Fluchtversuch wegführen ließ. Er war nicht angsterfüllt oder teilnahmslos oder gleichgültig gewesen. Er war wie gewesen? Resigniert? Das war es! Als ob er um das Schicksal wüßte, das ihn erwartete, und direkt darauf losginge. Gerade als Berem und Eben die Tore erreicht hatten, waren Hunderte Tonnen Gestein heruntergestürzt und hatten die beiden unter sich begraben. Nur ein Drache hätte das Gestein heben können. Beide schienen verloren.

Zumindest Ebens Körper war auch verloren. Kurze Zeit darauf, auf der Hochzeit von Goldmond und Flußwind, hatten Tanis und Sturm Berem wiedergesehen – lebend! Bevor sie ihn aufhalten konnten, war der Mann in der Menge untergetaucht. Und sie hatten ihn nicht mehr wiedergesehen. Erst vor drei, nein, vor vier Tagen fand Tanis ihn dann auf diesem Schiff.

Berem hielt das Schiff auf seinem Kurs, sein Gesicht war von Frieden erfüllt. Tanis lehnte sich über die Reling und übergab sich.

Maquesta sagte der Mannschaft nichts von Berem. Ihre Erklärung für die plötzliche Abfahrt war, daß sie Nachricht erhalten hätte, der Drachenfürst wäre ein wenig zu sehr an ihrem Schiff interessiert – es wäre klüger, in See zu stechen. Niemand bezweifelte das. Sie hatten für die Fürsten nichts übrig, und die meisten waren lang genug in Treibgut gewesen und hatten ihr ganzes Geld ausgegeben.

Auch Tanis enthüllte seinen Freunden nicht den Grund ihrer Eile. Die Gefährten kannten alle die Geschichte von dem Mann mit dem Grünen Juwel. Aber obwohl sie alle zu höflich waren, um es zu sagen (mit Ausnahme von Caramon), wußte Tanis, daß sie dachten, er und Sturm wären auf der Hochzeit zu betrunken gewesen. Sie fragten nicht nach den Gründen, warum sie ihr Leben aufs Spiel setzten. Sie vertrauten ihm völlig.

An Seekrankheit wie auch an beißenden Schuldgefühlen leidend, krümmte sich Tanis elend auf dem Deck und starrte auf das Meer. Goldmonds Heilkräfte linderten ein wenig sein Leiden, aber offenbar konnten selbst Kleriker wenig gegen den Aufruhr in seinem Magen ausrichten. Und der Aufruhr in seiner Seele überstieg ihre Kräfte.

Er saß auf dem Deck und starrte aufs Meer, ständig in Furcht, die Segel eines Schiffs am Horizont zu sehen. Die anderen litten weniger unter den erratischen Bewegungen des Schiffes, das sich durch das unruhige Gewässer stürzte, vielleicht weil sie ausgeruhter waren. Sie waren nur bis auf die Knochen durchnäßt von den hohen Wellen, die gelegentlich über das Schiff brachen.

Selbst Raistlin schien sich recht wohl zu fühlen, wie Caramon erstaunt feststellte. Der Magier kauerte abseits von den anderen unter einem Segel, das ein Matrose aufgespannt hatte, damit die Passagiere einigermaßen trocken bleiben sollten. Der Magier war nicht mehr krank. Er hustete kaum noch. Er schien nur in Gedanken verloren; seine goldenen Augen glitzerten heller als die Morgensonne, die zuweilen hinter den Sturmwolken auftauchte.

Maquesta zuckte die Schultern, als Tanis seine Befürchtung über eine Verfolgung äußerte. Die *Perechon* war schneller als die massiven Schiffe der Fürsten. Sie waren in der Lage gewesen, sich sicher aus dem Hafen davonzuschleichen; die einzigen Schiffe, die ihre Abreise bemerkt hatten, waren Piratenschiffe gewesen. Und in dieser Bruderschaft stellte niemand Fragen.

Das Meer wurde ruhiger und bei gleichbleibender Brise flach. Den ganzen Tag über hingen die Sturmwolken bedrohlich tief, wurden aber von dem auffrischenden Wind weggeblasen. Die Nacht war klar und sternenhell. Maquesta konnte noch mehr Segel setzen. Das Schiff flog über das Wasser. Als die Gefährten am nächsten Morgen erwachten, bot sich ihnen ein entsetzlicher Anblick.

Sie befanden sich am äußersten Rand des Blutmeers von Istar.

Die Sonne war eine riesige goldene Kugel, die über dem östlichen Horizont balancierte, als die *Perechon* durch Wasser segelte, das so rot war wie die Robe des Magiers, rot wie Blut, das seine Lippen näßte, wenn er hustete.

»Der Name trifft zu«, sagte Tanis zu Flußwind, als sie an Deck standen und auf das rote, trübe Wasser starrten. Sie konnten nicht weit sehen. Wieder herrschte stürmischer Wind, der das Wasser mit einem bleigrauen Vorhang überzog.

»Ich habe es nicht geglaubt«, sagte Flußwind ehrfürchtig und schüttelte den Kopf. »William hat uns davon erzählt, und ich habe zugehört, so wie ich seinen Geschichten über Meerdrachen zugehört habe, die Schiffe und Frauen verschlingen und Fischflossen anstelle von Beinen haben. Aber das...« Der Barbar schüttelte den Kopf und betrachtete unbehaglich das blutfarbene Wasser.

»Glaubst du, daß dies hier wirklich das Blut all jener ist, die in Istar gestorben sind, als das feurige Gebirge den Tempel des Königspriesters zerstörte?« fragte Goldmond, die sich zu ihrem Gatten gesellt hatte.

»Was für ein Unsinn!« knurrte Maquesta, während sie auf die Gefährten zuging.

»Ihr habt dem Schweinsgesicht William zugehört!« lachte sie. »Er ängstigt gern Landratten. Das Wasser hat seine Farbe von der ausgewaschenen Erde. Vergeßt nicht, der Meeresboden hier besteht nicht aus Sand. Hier war einst Festland – die Hauptstadt von Istar und das umgebende fruchtbare Gebiet. Als das Feuergebirge herabfiel, wurde das Land gespalten. Der Ozean stürzte in diese Spalte und schuf ein neues Meer. Jetzt liegt der Reichtum von Istar tief unter den Wellen begraben.«

Maquesta starrte mit verträumten Augen über die Reling, als ob sie das unruhige Wasser durchdringen und den sagenhaften Reichtum der verlorenen Stadt sehen könnte. Sie seufzte sehnsüchtig auf. Goldmond warf der dunkelhäutigen Kapitänin einen verächtlichen Blick zu, in ihren Augen standen Traurigkeit und Entsetzen bei dem Gedanken an die furchtbare Zerstörung und die unzähligen Todesopfer.

»Warum wird die Erde so aufgewühlt?« fragte Flußwind stirnrunzelnd. »Selbst bei der Bewegung der Wellen und den Gezeiten müßte die schwere Erde doch zur Ruhe kommen.«

»Da hast du recht, Barbar.« Maquesta musterte den hochgewachsenen, gutaussehenden Mann von den Ebenen mit Bewunderung. »Aber soviel mir bekannt ist, seid ihr Barbaren Bauern und wißt eine Menge über den Erdboden. Wenn du deine Hand in das Wasser tauchst, kannst du die groben Erdkörner fühlen. Es heißt, daß im Blutmeer ein Mahlstrom die Erde mit gewaltiger Kraft aufwirbelt. Aber ich kann nicht sagen, ob es stimmt oder ob es nur eine der vielen Geschichten von Schweinsgesicht ist. *Ich* habe ihn nie erlebt, noch kenne ich jemanden, der ihn erlebt hat, und ich fahre seit meiner Kindheit über die Meere und habe alles von meinem Vater gelernt. Niemand, den ich kenne, war dumm genug, in einen Sturm zu segeln, der mitten über dem Meer hängt.«

»Wie kommen wir dann nach Mitras?« murrte Tanis. »Es liegt auf der anderen Seite des Blutmeeres, wenn deine Berechnungen stimmen.«

»Wir können Mitras erreichen, indem wir in südlicher Richtung fahren, falls wir verfolgt werden. Wenn nicht, dann können wir den westlichen Rand des Meeres umkreisen und auf die nördliche Küste vom Nordmeer zuhalten. Mach dir keine Sorgen, Halb-Elf. Zumindest kannst du sagen, daß du das Blutmeer gesehen hast. Eines der Wunder auf Krynn.«

Maquesta drehte sich um, um nach hinten zu gehen, als sie vom Ausguck gerufen wurde.

»Schiff von Westen!« schrie der Matrose.

Sofort holten Maquesta und Koraf ihre Ferngläser hervor und richteten sie auf den westlichen Horizont. Die Gefährten wechselten besorgte Blicke und versammelten sich. Sogar Raistlin verließ seinen Platz unter dem schützenden Segel und trat zu ihnen, während er mit seinen goldenen Augen in den Westen starrte.

»Ein Schiff?« fragte Maquesta Koraf.

»Nein«, grunzte der Minotaurus. »Eine Wolke vielleicht. Aber sie ist schnell, sehr schnell. Schneller, als ich je eine gesehen habe.«

Jetzt konnten sie alle die dunklen Flecken am Horizont erkennen, Flecken, die beim Beobachten immer größer wurden.

Dann spürte Tanis einen heftigen Schmerz, als wäre er von einem Schwert durchbohrt worden. Der Schmerz kam so schnell und unerwartet, daß er aufkeuchte und sich an Caramon klammerte. Die anderen sahen ihn besorgt an, und Caramon legte seinen kräftigen Arm um seinen Freund.

Tanis wußte, was auf sie zuflog.

Und er wußte, wer es anführte.

Die Dunkelheit nimmt zu

Eine Drachenschar«, sagte Raistlin, der nun neben seinem Bruder stand. »Fünf, glaube ich.«

»Drachen!« keuchte Maquesta. Einen Moment lang klammerte sie sich mit zitternden Händen an die Reling, dann wirbelte sie herum. »Alle Segel setzen!« befahl sie.

Die Mannschaft starrte nach Westen, ihre Augen und ihr Denken waren von dem nahenden Entsetzen gebannt. Maquesta hob ihre Stimme und schrie nochmals ihren Befehl; ihr einziger Gedanke galt ihrem geliebten Schiff. Die Kraft und Ruhe in ihrer Stimme durchbrach die ersten schwachen Anzeichen der Drachenangst, die über die Mannschaft kroch. Einige sprangen automatisch auf, um ihren Befehl auszuführen, dann folgten die anderen. Koraf half mit seiner Peitsche nach und schlug jeden Mann, der sich nicht schnell genug bewegte. Innerhalb von Sekunden blähten sich die Segel auf.

»Halte das Schiff nahe am Rand des Sturms!« gellte Maque zu Berem. Der Mann nickte langsam, aber seinem ausdruckslosen Gesicht war nicht zu entnehmen, ob er sie überhaupt gehört hatte.

Offenbar hatte er aber gehört, denn die *Perechon* schwebte am Rand des Sturms, der über dem Blutmeer hing, glitt über die Wellen, angetrieben vom nebelgrauen, heftigen Wind.

Es war blanker Leichtsinn, und Maque war sich dessen bewußt. Wenn nur ein Rundholz weggeblasen würde, ein Segel platzte, ein Tau riß – sie wären verloren. Aber sie mußte das Risiko eingehen.

»Sinnlos«, bemerkte Raistlin kühl. »Du kannst Drachen nicht entkommen. Sieh doch, wie schnell sie aufholen. Man verfolgt dich, Halb-Elf. Du wurdest schon verfolgt, als du das Lager verlassen hast... entweder das«, die Stimme des Magiers zischte, »oder du hast sie zu uns geführt!«

»Nein! Ich schwöre...«, Tanis hielt inne.

Der betrunkene Drakonier!... Tanis schloß die Augen und verfluchte sich. Natürlich hatte Kit ihn bewachen lassen! Sie vertraute ihm nicht mehr als den anderen Männern, mit denen sie ihr Bett teilte. Was für ein Narr er doch war! Zu glauben, daß er für sie etwas Besonderes war, zu glauben, sie würde ihn lieben! Sie liebte niemanden. Sie war unfähig zu lieben...

»Ich muß verfolgt worden sein!« sagte Tanis mit zusammengebissenen Zähnen. »Ihr müßt mir glauben. Ich habe nicht damit gerechnet, daß man mich in diesem Sturm verfolgen würde. Aber ich habe euch auch nicht verraten! Ich schwöre es!«

»Wir glauben dir, Tanis«, sagte Goldmond, stellte sich zu ihm und warf Raistlin einen wütenden Blick zu.

Raistlin sagte nichts mehr, aber seine Lippen kräuselten sich verächtlich. Tanis mied seinen Blick und beobachtete die Drachen. Jetzt konnten sie die Kreaturen deutlich erkennen: die enormen Flügelspannen, die langen, sich schlängelnden Schwänze, die grausamen Krallenklauen, die unter den riesigen blauen Körpern hervorragten.

»Einer trägt einen Reiter«, berichtete Maquesta grimmig, die die Drachenschar mit ihrem Fernglas beobachtete. »Einen Reiter mit einer gehörnten Maske.«

»Ein Drachenfürst«, bemerkte Caramon unnötigerweise, denn alle wußten nur zu gut, was diese Beschreibung bedeutete. Er wandte sich mit einem nachdenklichen Blick an Tanis. »Du erzählst uns lieber, was los ist, Tanis. Wenn dieser Fürst dachte, du wärst einer seiner Soldaten, warum nimmt er dann die Mühe auf sich, dir nachspionieren zu lassen und dich persönlich zu verfolgen?«

Tanis wollte antworten, aber seine stammelnden Worte gingen in einem verzweifelten, unverständlichen Aufschrei unter; ein Aufschrei, in dem sich Angst und Entsetzen und Wut vermischten, so tierähnlich, daß die Gedanken eines jeden von den Drachen abgelenkt wurden. Er kam vom Schiffsteuer. Mit ihren Händen an den Waffen drehten sich die Gefährten um. Die Mannschaft hielt in ihrer hektischen Arbeit inne, selbst Koraf hörte auf, mit seiner Peitsche zu hantieren, sein Tiergesicht verzerrte sich vor Verblüffung, als das Geschrei immer lauter und furchtsamer wurde.

Nur Maquesta verlor nicht die Nerven. »Berem«, rief sie und begann, zu ihm zu laufen, ihre Angst gab ihr plötzlich ein graueneinflößendes Verstehen seines Gemüts. Sie sprang über das Deck, aber es war zu spät.

Mit einem Ausdruck wahnsinniger Angst fiel Berem in Schweigen und starrte auf die näher kommenden Drachen. Dann brüllte er wieder auf, ein Aufheulen der Angst, das selbst dem Minotaurus das Blut gefrieren ließ. Das mit vollen Segeln fahrende Schiff schien über die Wellen zu hüpfen, aber trotzdem holten die Drachen weiter auf.

Maquesta hatte ihn fast erreicht, als er seinen Kopf wie ein verwundetes Tier schüttelte und das Steuerrad herumriß.

»Nein! Berem!« kreischte Maquesta.

Berems plötzliche Bewegung drehte das kleine Schiff so schnell um die eigene Achse, daß es fast kenterte. Das Besansegel zerbrach von der Belastung, als das Schiff sich auf die Seite legte. Takelwerk, Wanten, Segel und Männer stürzten in das Blutmeer.

Koraf bekam Maquesta zu fassen und riß sie vom fallenden Mast weg. Caramon fing Raistlin in seinen Armen auf, ließ sich auf den Boden fallen und bedeckte den zerbrechlichen Körper seines Bruders mit seinem eigenen, als das Gewirr von Seilen und gesplittertem Holz auf sie niederstürzte. Matrosen überschlugen sich auf dem Deck oder knallten gegen das Schott. Die Gefährten klammerten sich verzweifelt an Seile oder was auch immer sie greifen konnten. Die Segel flatterten beängstigend wie die Flügel toter Vögel, das Takelwerk löste sich, das Schiff quälte sich hilflos in den Wellen.

Aber der erfahrene Steuermann, zwar fast wahnsinnig vor Panik, war immer noch ein Matrose. Instinktiv hielt er das Steuer fest. Langsam führte er das Schiff in den Wind zurück. Langsam kam die *Perechon* wieder in die richtige Lage. Segel, die schlaff und leblos herunterhingen, wurden vom Wind erfaßt und blähten sich wieder auf. Die *Perechon* nahm wieder Kurs auf.

Erst als ein grauer Schleier des vom Wind getragenen Nebels das Schiff einschloß, wurde allen an Bord klar, daß ein Versinken im Meer einen schnelleren und einfacheren Tod bedeutet hätte.

»Er ist verrückt! Er lenkt uns direkt in den Sturm«, sagte Maquesta mit gebrochener, kaum hörbarer Stimme, während sie sich auf die Füße zog. Koraf wollte auf Berem zugehen, sein Gesicht verzerrte sich zu einem Knurren, in seiner Hand hielt er einen Enterhaken.

»Nein! Koraf!« keuchte Maquesta und hielt ihn zurück. »Vielleicht hat Berem recht! Das könnte unsere einzige Chance sein! Die Drachen werden nicht wagen, uns in den Sturm zu folgen. Berem hat uns hierhergebracht, er ist der einzige Steuermann, der uns hier überhaupt wieder herausholen kann! Wenn wir nur am Rand bleiben können...«

Ein gezackter Blitz riß durch den grauen Vorhang. Der Nebel teilte sich und enthüllte ein grauenhaftes Bild. Schwarze Wolken wirbelten im tosenden Wind, grüne Blitze krachten, die die Luft mit dem beißenden Geruch von Schwefel erfüllten. Das rote Wasser hob und senkte sich. Weiße Schaumkronen sprudelten auf der Oberfläche wie der Schaum auf dem Mund eines sterbenden Menschen. Einen Augenblick lang konnte sich niemand bewegen. Sie konnten einfach nur starren und sich klein und nichtig fühlen unter den furchteinflößenden Naturgewalten. Dann schlug der Wind auf sie ein. Das Schiff wurde hin und her geworfen und auf die Seite gedrückt. Plötzlicher Regen peitschte herab, Hagel prasselte auf das Holzdeck, der graue Vorhang schloß sich wieder um sie.

Unter Maquestas Befehlen krochen einige Männer nach oben, um die übriggebliebenen Segel zu reffen. Eine andere Gruppe versuchte verzweifelt, den zerbrochenen Mast, der wild umherschwang, wegzuschaffen. Die Matrosen gingen mit Äxten auf ihn los, schlugen die Taue ab und ließen den Mast in das blutrote Wasser fallen. Das Schiff, nun vom Gewicht des Mastes befreit, kam wieder in die richtige Lage. Obwohl immer noch vom Wind hin und her gerissen und mit nur einem Teil der Segel, schien die *Perechon* auch ohne Hauptmast aus dem Sturm zu kommen.

Die unmittelbare Gefahr hatte sie fast die Drachen vergessen lassen. Da es nun schien, daß sie wohl doch etwas länger leben würden, starrten die Gefährten wieder durch den stürmischen bleigrauen Regen.

»Glaubt ihr, daß wir ihnen entkommen sind?« fragte Caramon. Der Krieger blutete aus einer tiefen Wunde am Kopf. In seinen Augen konnte man den Schmerz erkennen. Aber seine ganze Sorge galt seinem Bruder. Raistlin schwankte an seiner Seite, unverletzt, aber er hustete so stark, daß er kaum stehen konnte.

Tanis schüttelte grimmig den Kopf. Er blickte sich schnell um und gab der Gruppe Zeichen, näher zu kommen. Einer nach dem anderen stolperte durch den Regen, sich an die Taue klammernd, bis sie sich um den Halb-Elfen versammelt hatten. Alle starrten zurück auf das tosende Meer.

Zuerst sahen sie nichts; man konnte durch den Regen und das aufgewühlte Meer kaum das Schiffsheck erkennen. Einige Matrosen fingen sogar an zu jubeln, da sie meinten, den Drachen entkommen zu sein.

Aber Tanis, dessen Augen nach Westen starrten, wußte, daß nur der Tod die Drachenfürstin in ihrer Verfolgung aufhalten konnte. Das Jubelgeschrei der Matrosen schlug auch bald in Entsetzensschreie um, als der Kopf eines blauen Drachen plötzlich durch die grauen Wolken stieß, seine feurigen Augen glühten rot vor Haß, sein mit Fangzähnen versehenes Maul war weit geöffnet.

Der Drache kam immer näher, seine großen Flügel bewegten sich selbst bei den Windböen und Regen und Hagel gleichmäßig. Ein Drachenfürst thronte auf seinem Rücken. Die Fürstin trug keine Waffe, erkannte Tanis mit Bitterkeit. Sie brauchte auch keine. Sie würde Berem nehmen, dann würde ihr Drache den Rest erledigen, die anderen töten. Tanis senkte seinen Kopf, ihm war übel angesichts des Wissens, was passieren würde, ihm war übel angesichts des Wissens, daß *er* dafür verantwortlich war.

Dann sah er hoch. Es gibt eine Chance, dachte er hektisch. Vielleicht würde sie Berem nicht erkennen... und sie würde nicht wagen, sie zu vernichten, aus Furcht, ihn zu verletzen. Als Tanis sich zu dem Steuermann drehte, starb seine verzweifelte Hoffnung. Es schien, als ob sich die Götter gegen sie verschworen hätten.

Der Wind hatte Berems Hemd aufgerissen. Selbst durch den grauen Regenvorhang konnte Tanis den Grünen Juwel in der Brust des Mannes erkennen, der heller glänzte als die grünen Blitze, wie ein fürchterliches Signalfeuer, das durch den Sturm leuchtete. Berem bemerkte es nicht. Er sah nicht einmal den Drachen. Seine Augen waren starr auf den Sturm gerichtet, während er das Schiff immer tiefer in das Blutmeer von Istar lenkte.

Nur zwei Menschen sahen den glitzernden Juwel. Alle anderen wurden von der Drachenangst in Bann gehalten, waren unfähig, den Blick von der riesigen blauen Kreatur, die über ihnen schwebte, abzuwenden. Tanis sah den Edelstein, so wie er ihn vor Monaten gesehen hatte. Und die Drachenfürstin sah ihn. Die Augen hinter der Metallmaske waren auf den funkelnden Juwel gerichtet, dann trafen die Augen der Fürstin Tanis' Augen.

Ein plötzlicher Windstoß erfaßte den blauen Drachen. Er schwankte leicht, aber der Blick der Fürstin blieb standhaft. Tanis sah die entsetzliche Zukunft in diesen braunen Augen. Der Drache würde herabsausen und Berem in seinen Klauen hochreißen. Die Fürstin würde einen langen, quälenden Moment über ihren Sieg jubeln, dann dem Drachen befehlen, sie alle zu vernichten...

Tanis sah dies in ihren Augen genauso deutlich, wie er einige Tage zuvor die Leidenschaft in ihnen gesehen hatte.

Die Drachenfürstin wandte ihre Augen nicht von ihm ab, als sie eine behandschuhte Hand erhob. Es konnte ein Signal für den Drachen bedeuten, hinabzutauchen; es konnte ein Lebewohl für Tanis sein. Er sollte es nie erfahren, denn in diesem Moment übertönte eine brüchige Stimme mit unglaublicher Macht das Tosen des Sturms.

»Kitiara!« schrie Raistlin.

Der Magier schob Caramon beiseite und lief auf den Drachen zu. Er glitt auf dem nassen Deck aus, seine rote Robe schlug über ihn in dem immer stärker werdenden Wind. Eine Böe riß seine Kapuze vom Kopf. Regen glitzerte auf seiner metallfarbenen Haut, seine Stundenglasaugen strahlten golden durch die zunehmende Dunkelheit des Sturms.

Die Drachenfürstin packte ihr Reittier an seiner stacheligen Mähne und zog den Drachen so abrupt nach oben, daß Skie vor Protest aufbrüllte. Sie versteifte sich vor Entsetzen, ihre braunen Augen waren hinter ihrem Drachenhelm weit aufgerissen, als sie auf ihren zerbrechlichen Halbbruder starrte, den sie großgezogen hatte. Ihr Blick wanderte zu Caramon, der sich zu seinem Zwillingsbruder gestellt hatte.

»Kitiara?« wisperte Caramon, er erbleichte vor Abscheu, während er den Drachen beobachtete, der über ihnen schwebte.

Die Fürstin wandte ihren Kopf noch einmal Tanis zu, dann gingen ihre Augen zu Berem. Tanis hielt den Atem an. Er sah den Aufruhr in ihrer Seele, sah ihn sich in ihren Augen widerspiegeln.

Um Berem zu bekommen, mußte sie den kleinen Bruder töten, der alles über die Fechtkunst von ihr gelernt hatte. Sie würde seinen zerbrechlichen Zwillingsbruder töten müssen. Sie würde den Mann töten müssen, den sie – einst – geliebt hatte. Dann sah Tanis ihre Augen kalt werden, und er schüttelte vor Verzweiflung den Kopf. Es spielte keine Rolle. Sie würde ihre Brüder töten, sie würde ihn töten. Tanis erinnerte sich an ihre Worte: »Wenn wir Berem erwischen, liegt ganz Krynn uns zu Füßen. Die Dunkle Königin wird uns so reich belohnen, wie wir es uns nie erträumt haben.«

Kitiara zeigte auf Berem und lockerte ihren Griff. Mit einem grausamen Kreischen bereitete sich Skie auf den Sturzflug vor. Aber Kitiaras Zögern erwies sich als verhängnisvoll. Berem, der sie unentwegt ignorierte, hatte das Schiff tiefer in das Zentrum des Sturms gelenkt. Der Wind heulte und riß am Takelwerk. Wellen stürzten über den Bug. Der Regen peitschte herab wie Messer, und Hagelkörner häuften sich auf dem Deck und überzogen es mit einer Eisschicht.

Plötzlich war der Drache in Schwierigkeiten. Er wurde von einer Windböe getroffen, dann wieder. Skies Flügel schlugen wild, als eine Böe nach der anderen auf ihn eintrommelte. Der Hagel trommelte auf seinen Kopf und drohte sich durch die ledernen Flügel zu reißen. Einzig der eiserne Wille seiner Herrin hielt Skie davon ab, diesem gefährlichen Sturm zu entfliehen und in die Sicherheit zu fliegen.

Tanis sah, wie Kitiara wütend auf Berem zeigte. Er sah, wie

Skie einen kühnen Versuch unternahm, sich dem Steuermann zu nähern.

Dann traf eine Windböe das Schiff. Eine Welle brandete über sie. Weißschäumendes Wasser stürzte auf sie nieder, drückte die Männer zu Boden, schleuderte sie über das Deck. Das Schiff bekam Schlagseite. Alle hielten sich an dem fest, was sie fassen konnten – Taue, Netze, alles, um nicht über Bord gespült zu werden.

Berem kämpfte mit dem Steuer, das wie lebendig in seinen Händen hüpfte. Segelstangen zerbrachen, Männer verschwanden angstvoll schreiend im Blutmeer. Dann richtete sich das Schiff langsam wieder auf, sein Holz ächzte. Tanis sah schnell hoch.

Der Drache – und Kitiara – war verschwunden.

Maquesta, von der Drachenangst befreit, sprang tatkräftig auf, entschlossen, ihr untergehendes Schiff zu retten. Ihre Befehle schreiend, stürzte sie nach vorn und stolperte in Tika.

»Geht nach unten, ihr Landratten!« schrie Maquesta Tanis wütend zu. »Nimm deine Freunde und geh nach unten! Ihr steht uns im Weg! Geht in meine Kabine.«

Betäubt und abgestumpft konnte Tanis nur nicken. Instinktiv, als wäre er in einem Traum, führte er die anderen nach unten.

Der gehetzte Blick in Caramons Augen bohrte sich in sein Herz, als der Krieger mit seinem Bruder im Arm an ihm vorbeistolperte. Raistlins goldene Augen überfluteten ihn wie eine Flamme, die seine Seele verbrannte. Dann waren sie an ihm vorbei, taumelten in die kleine Kabine, die bebte und zitterte, und in der sie herumwirbelten wie Stoffpuppen.

Tanis wartete, bis alle in der winzigen Kabine waren, dann ließ er sich gegen die Holztür fallen, unfähig, sich umzudrehen, unfähig, sie anzusehen. Er hatte den gehetzten Blick in Caramons Augen gesehen, als der Mann an ihm vorbeigetaumelt war, er hatte das frohlockende Aufblitzen in Raistlins Augen gesehen. Er hörte Goldmond leise weinen und wünschte, er könnte auf der Stelle sterben.

Aber es sollte nicht so sein. Langsam drehte er sich um. Flußwind stand neben Goldmond, sein Gesicht war düster und grüblerisch. Tika kaute auf ihren Lippen, Tränen flossen über ihre Wangen. Tanis blieb an der Tür stehen und starrte stumm auf seine Freunde. Lange Zeit sagte niemand ein Wort. Nur der Sturm war zu hören und die Wellen, die auf das Deck brachen. Wasser tröpfelte auf sie herab. Sie waren durchnäßt und froren und zitterten vor Angst und vor Jammer und Bestürzung.

»Es... es tut mir leid«, begann Tanis und leckte über seine salzigen Lippen. Seine Kehle schmerzte, er konnte kaum sprechen. »Ich... ich wollte es euch sagen...«

»*Das* also hast du in diesen vier Tagen gemacht«, sagte Caramon mit sanfter, leiser Stimme. »Mit unserer *Schwester* warst du zusammen. Unserer Schwester, der Drachenfürstin!«

Tanis ließ den Kopf hängen. Eine neue Welle ließ ihn in Maquestas Schreibtisch taumeln, der am Boden festgeschraubt war. Er fing sich wieder und schob sich langsam wieder zurück. Der Halb-Elf hatte in seinem Leben viele Schmerzen erlitten – den Schmerz des Vorurteils, den Schmerz des Verlustes, den Schmerz von Messern, Pfeilen, Schwertern. Aber diesen Schmerz glaubte er nicht ertragen zu können. Der Vorwurf des Verrats in ihren Augen führte direkt in seine Seele.

»Bitte, ihr müßt mir glauben...« Was für einen Unsinn sage ich da, dachte er wütend. Warum *sollten* sie mir glauben! Ich habe nichts anderes getan als sie angelogen, seitdem ich zurückgekehrt bin. »Nun gut«, fing er noch einmal an, »ich weiß, ihr habt keinen Grund, mir zu glauben, aber hört mir zumindest zu! Ich bin durch Treibgut gelaufen, als mich eine Elfe angriff. Sie hat mich in diesem Aufzug gesehen«, Tanis zeigte auf seine Drachenrüstung, »und dachte, ich wäre ein Drachenoffizier. Kitiara hat mir das Leben gerettet, dann erkannte sie mich. Sie dachte, ich wäre in die Drachenarmee eingetreten! Was sollte ich sagen? Sie...«, Tanis schluckte und wischte sich über sein Gesicht, »sie nahm mich mit in ihre Herberge und... und...« Er würgte, konnte nicht weitersprechen.

»Und du hast vier Tage und Nächte in liebevoller Umarmung

mit einer Drachenfürstin verbracht!« sagte Caramon, seine Stimme wurde vor Wut lauter. Er taumelte auf die Füße und zeigte anschuldigend auf Tanis. »Dann hast du nach vier Tagen ein wenig Ruhe gebraucht! Du hast dich also an uns erinnert und bist zurückgekommen, um sicherzugehen, daß wir immer noch auf dich warten! Und das haben wir! Wie eine Herde gutgläubiger Lämmer...«

»Na gut, ich war mit Kitiara zusammen!« schrie Tanis plötzlich wütend. »Ja, ich habe sie geliebt! Ich erwarte nicht, daß einer von euch das versteht! Aber ich habe euch niemals verraten! Das schwöre ich bei den Göttern! Als sie nach Solamnia aufbrach, war das die erste Gelegenheit zu entkommen, und die habe ich genutzt. Ein Drakonier ist mir gefolgt, offensichtlich auf Kits Befehl hin. Ich bin vielleicht ein Narr. Aber ich bin kein Verräter!«

»Pah!« Raistlin spuckte aus.

»Hör mir zu, Magier!« knurrte Tanis. »Wenn ich euch verraten hätte, warum war sie so entsetzt, euch zu sehen – ihre Brüder! Wenn ich euch verraten hätte, warum habe ich dann nicht einfach ein paar Drakonier zum Gasthaus geschickt, um euch zu holen? Das hätte ich jederzeit tun können. Ich hätte sie auch zu Berem schicken können. *Er* ist es nämlich, den sie will. *Er* ist derjenige, den die Drakonier in Treibgut suchten! Ich wußte, daß er auf diesem Schiff war. Kitiara bot mir die Herrschaft über Krynn an, wenn ich es ihr sagen würde. So wichtig ist er für sie. Ich hätte Kit nur zu ihm zu führen brauchen, und die Königin der Finsternis hätte mich fürstlich belohnt!«

»Erzähl mir nicht, daß du das nicht in Erwägung gezogen hast!« zischte Raistlin.

Tanis öffnete den Mund, schwieg dann aber. Er wußte, daß seine Schuld in seinem Gesicht genauso sichtbar war wie der Bart, den kein Elf haben konnte. Er würgte, dann legte er eine Hand über die Augen, um ihre Gesichter nicht zu sehen. »Ich... ich habe sie geliebt«, sagte er mit gebrochener Stimme. »All die Jahre. Ich habe mich geweigert, zu sehen, was sie war. Und selbst als ich es erkannte, konnte ich nicht anders. Du liebst«, seine Augen richteten sich auf Flußwind, »und du«, er wandte sich an Caramon. Das Schiff schlenkerte wieder. Tanis hielt sich am Schreibtisch fest, als das Deck unter seinen Füßen zu kippen schien. »Was hättet ihr getan? Fünf Jahre lang war sie in meinen Träumen!« Er hielt inne. Sie waren still. Caramons Gesicht war ungewöhnlich nachdenklich. Flußwinds Augen waren auf Goldmond gerichtet.

»Als sie gegangen war«, fuhr Tanis fort, seine Stimme klang weich und schmerzerfüllt, »lag ich in ihrem Bett und *haßte* mich selbst. Ihr haßt mich vielleicht jetzt, aber ihr könnt mich nicht so hassen, wie ich mich verabscheut und gehaßt habe! Ich dachte an Laurana und...«

Tanis schwieg und hob seinen Kopf. Noch beim Sprechen war ihm die veränderte Bewegung des Schiffes aufgefallen. Die anderen blickten sich auch um. Man mußte kein erfahrener Seemann sein, um zu bemerken, daß sie nicht länger wild herumschlingerten. Jetzt bewegten sie sich in einer weichen, nach vorn gerichteten Bewegung, einer irgendwie unheilvollen Bewegung, weil sie so unnatürlich war. Bevor sich jemand fragen konnte, was das zu bedeuten hatte, zersplitterte ein Klopfen fast die Kabinentür.

»Maquesta sagt, ihr sollt hochkommen!« schrie Koraf heiser.

Tanis warf seinen Freunden schnell einen Blick zu. Flußwinds Gesicht war düster; seine Augen trafen die des Halb-Elfen und hielten stand, aber in ihnen war kein Licht mehr. Der Barbar hatte lange Zeit allen mißtraut, die nicht menschlich waren. Erst nach Wochen gemeinsam erlebter Gefahren hatte er allmählich gelernt, Tanis wie einen Bruder zu lieben und ihm zu vertrauen. War das jetzt alles zerstört? Tanis hielt seinem Blick stand. Flußwind senkte seinen Blick, und ohne ein Wort zu sagen, wollte er an Tanis vorbeigehen, hielt dann aber inne.

»Du hast recht, mein Freund«, sagte er und sah zu Goldmond, die sich erhob. »Ich habe geliebt.« Dann wandte er sich abrupt um und ging aufs Deck.

Goldmond blickte Tanis stumm an, als sie ihrem Gatten folgte, und in ihrem Blick sah er Mitgefühl und Verständnis.

Caramon zögerte, dann ging er an ihm vorbei, ohne ihn anzusehen oder etwas zu sagen. Raistlin folgte schweigend, aber seine goldenen Augen blieben auf Tanis haften. Lag in diesen goldenen Augen ein Funken Schadenfreude? War Raistlin, von den anderen seit langem beargwöhnt, glücklich, zu guter Letzt Gesellschaft bekommen zu haben? Der Halb-Elf hatte keine Vorstellung, was der Magier dachte. Dann ging Tika an ihm vorbei und streichelte ihn am Arm. Sie wußte, was es hieß zu lieben...

Tanis stand einen Moment lang allein in der Kabine, verloren in seiner eigenen Dunkelheit. Dann folgte er seufzend seinen Freunden.

Sobald er auf Deck war, wurde Tanis klar, was geschehen war. Die anderen starrten über die Reling, die Gesichter bleich und angespannt. Maquesta schritt auf dem Vorderdeck auf und ab, schüttelte den Kopf und fluchte in ihrer Sprache.

Als sie Tanis kommen hörte, sah sie auf, in ihren schwarzen Augen funkelte der Haß.

»Du hast uns vernichtet«, sagte sie giftig. »Du und dieser gottverfluchte Steuermann!«

Maquestas Worte schienen überflüssig, eine reine Wiederholung von Worten, die bereits in seinen eigenen Gedanken waren. Tanis fragte sich, ob sie überhaupt gesprochen hatte oder ob er sich selbst gehört hatte.

»Wir sind im Mahlstrom gefangen.«

»Mein Bruder...«

Die *Perechon* flog so leicht wie ein Vogel über das Wasser. Aber es war ein Vogel mit gestutzten Flügeln, der auf den wirbelnden Wellen eines Wasserzyklons in eine blutrote Dunkelheit ritt.

Die entsetzliche Kraft zog das Wasser glatt, bis es wie bemaltes Glas aussah. Ein tiefes, ewiges Grollen erhob sich aus den schwarzen Tiefen. Sogar die Sturmwolken kreisten unaufhörlich über dem Mahlstrom, als ob die ganze Natur in ihm gefangen wäre und in ihre eigene Zerstörung geschleudert würde.

Tanis klammerte sich mit Händen an die Reling, die von der

Anspannung schmerzten. Er starrte in das dunkle Zentrum des Wirbels, er spürte keine Angst, kein Entsetzen – nur ein seltsam dumpfes Gefühl. Es spielte auch keine Rolle mehr. Der Tod würde schnell kommen, er war ihm willkommen.

Alle an Bord des dem Untergang geweihten Schiffes standen schweigend da, ihre Augen waren vor Angst aufgerissen bei dem Anblick, der sich ihnen bot. Sie waren immer noch vom Zentrum entfernt; der Strudel hatte einen meilenweiten Durchmesser. Das Wasser floß ebenmäßig und schnell. Über ihnen und um sie herum heulte noch der Wind, peitschte der Regen noch auf ihre Gesichter. Aber es spielte keine Rolle. Sie merkten es nicht mehr. Sie nahmen nur wahr, daß sie unaufhaltsam in das Zentrum der Dunkelheit getrieben wurden.

Dieser furchterregende Anblick reichte aus, um Berem aus seiner Lethargie zu wecken. Nach dem ersten Schock schrie Maquesta verzweifelte Befehle. Benommen führten die Männer sie aus, aber ihre Bemühungen waren vergeblich. Segel und Taue wurden vom Wirbelwind zerrissen, Männer stürzten schreiend ins Wasser. Sosehr Berem sich auch abquälte, er konnte das Schiff nicht wenden oder es aus dem Schreckensgriff des Wassers befreien. Koraf half ihm, das Steuer zu halten, aber sie hätten genausogut versuchen können, die Welt aufzuhalten, sich zu drehen.

Dann gab Berem auf. Seine Schultern sackten zusammen. Er starrte in die wirbelnden Tiefen, ignorierte Maquesta, ignorierte Koraf. Tanis bemerkte, daß sein Gesicht einen gelassenen Ausdruck angenommen hatte; dieselbe Gelassenheit, mit der er in Pax Tarkas Ebens Hand genommen und mit ihm in jene tödliche Mauer herunterstürzender Steinblöcke gerannt war. Der Grüne Juwel in seiner Brust glühte in einem gespenstischen Licht, das blutrote Wasser reflektierend.

Tanis spürte eine starke Hand an seiner Schulter, die ihn aus seinem entrückten Entsetzen riß.

»Tanis! Wo ist Raistlin?«

Tanis drehte sich um. Einen Moment lang starrte er Caramon an, ohne ihn zu erkennen, dann zuckte er die Schultern.

»Was macht das schon aus?« murmelte er bitter. »Laß ihn dort sterben, wo er es möchte...«

»Tanis!« Caramon schüttelte ihn. »Tanis! Die Kugel der Drachen! Ihre Magie! Vielleicht kann sie helfen...«

Tanis kam zu sich. »Bei allen Göttern! Du hast recht, Caramon!«

Der Halb-Elf blickte sich um, sah aber kein Anzeichen vom Magier. Ihn schauderte. Raistlin war in der Lage, ihnen zu helfen – oder nur sich selbst! Schwach erinnerte sich Tanis an die Elfenprinzessin Alhana, die erklärt hatte, daß die Kugeln der Drachen von ihren magischen Schöpfern mit einem starken Überlebenswillen versehen worden waren.

»Nach unten!« schrie Tanis. Als er zum Bodenluk sprang, hörte er Caramon hinterherstampfen.

»Was ist los?« rief Flußwind von der Reling.

Tanis schrie zurück: »Raistlin. Die Kugel der Drachen. Komm nicht mit. Überlaß das mir und Caramon. Bleib bei den anderen.«

»Caramon...«, schrie Tika und lief ihm nach, bis Flußwind sie faßte und zurückhielt. Sie warf dem Krieger einen gequälten Blick zu, schwieg aber und warf sich gegen die Reling.

Caramon bemerkte nichts. Er holte Tanis ein, sein schwerer Körper bewegte sich mit erstaunlicher Schnelligkeit. Tanis stolperte hinter ihm die Treppe hinunter und sah, daß die Tür zu Maquestas Kabine offenstand und mit der Bewegung des Schiffes hin- und herschwang. Der Halb-Elf stürzte hinein und hielt abrupt an der Türschwelle inne, als ob er kopfüber in eine Wand gerannt wäre.

Raistlin stand in der Mitte der kleinen Kabine. Er hatte eine Kerze in einer Lampe entzündet. Die Flamme ließ das Gesicht des Magiers wie eine Metallmaske glitzern, seine Augen funkelten im goldenen Feuer. In seinen Händen hielt Raistlin die Kugel der Drachen, ihre Beute aus Silvanesti. Sie war gewachsen und hatte nun die Größe eines Spielballs. Unzählige Farben wirbelten in ihr. Tanis wurde beim Zusehen schwindelig, und er zwang sich wegzusehen.

Vor Raistlin stand Caramon, das Gesicht des Kriegers war so weiß wie das der Leiche in dem Silvanesti-Traum, als der Krieger tot zu seinen Füßen lag.

Raistlin hustete und drückte eine Hand an seine Brust. Tanis wollte vorspringen, aber der Magier sah schnell auf.

»Komm nicht näher, Tanis!« keuchte Raistlin zwischen blutbefleckten Lippen.

»Was machst du da?«

»Ich fliehe vor dem sicheren Tod, Halb-Elf!« Der Magier lachte auf unangenehme Weise, das seltsame Lachen, das Tanis erst zweimal zuvor gehört hatte. »Was glaubst du denn?«

»Wie?« fragte Tanis. Eine seltsame Angst beschlich ihn, als er in die goldenen Augen des Magiers sah, in denen sich das wirbelnde Licht der Kugel widerspiegelte.

»Indem ich meine Magie anwende. Und die Magie der Kugel der Drachen. Es ist ganz einfach, obwohl es wahrscheinlich über deinen schwachen Verstand geht. Ich verfüge jetzt über die Macht, die Energie meines Körpers und die Energie meines Geistes zu verschmelzen. Ich werde reine Energie werden – Licht, wenn du dir das so vorstellen kannst. Und indem ich Licht werde, kann ich durch den Himmel wie die Strahlen der Sonne reisen und in diese körperliche Welt zurückkehren, wann immer und wo immer ich will!«

Tanis schüttelte den Kopf, Raistlin hatte recht – der Gedanke ging über sein Verstehen. Er konnte ihn nicht fassen, aber er schöpfte Hoffnung.

»Kann die Kugel das für uns alle machen?« fragte er.

»Möglicherweise«, antwortete Raistlin hustend. »Aber ich bin mir nicht sicher. Und ich will es nicht ausprobieren. Ich weiß, daß *ich* entkommen kann. Die anderen interessieren mich nicht. Du hast sie zu diesem blutroten Tod geführt, Halb-Elf. Also hol sie auch wieder heraus!«

Wut wallte in Tanis auf und ersetzte seine Angst. »Wenigstens dein Bruder...«, begann er hitzig.

»Niemand«, sagte Raistlin, seine Augen verengten sich. »Bleib zurück.«

Eine wahnsinnige, verzweifelte Wut tobte in Tanis. Irgendwie mußte er Raistlin zur Vernunft bringen! Irgendwie würden sie alle diese seltsame Magie zur Flucht verwenden! Tanis wußte genug über Magie, um sich im klaren zu sein, daß Raistlin jetzt keinen Zauber wagen würde. Er würde seine ganze Kraft nötig haben, um die Kugel der Drachen zu kontrollieren. Tanis ging nach vorn, als er in der Hand des Magiers etwas Silbernes aufblitzen sah. Anscheinend aus dem Nichts war ein kleiner silberner Dolch erschienen, am Gelenk des Magiers unter einem geschickt getarnten Lederriemen verborgen. Tanis hielt inne, seine Augen trafen Raistlins.

»Nun gut«, sagte Tanis schweratmend. »Mich würdest du, ohne einen zweiten Gedanken zu verlieren, töten. Aber du würdest deinen Bruder nicht verletzen. Caramon, halte ihn auf!«

Caramon trat einen Schritt zu seinem Bruder. Raistlin hob warnend den silbernen Dolch.

»Mach das nicht, mein Bruder«, sagte er sanft. »Komm nicht näher.«

Caramon zögerte.

»Geh weiter, Caramon!« sagte Tanis bestimmt. »Er wird dich nicht verletzen.«

»Erzähl es ihm, Caramon«, flüsterte Raistlin. Die Augen des Magiers starrten in die seines Bruders. Seine Stundenglasaugen weiteten sich, das goldene Licht flackerte gefährlich auf. »Erzähl Tanis, wozu ich in der Lage bin. Erinnere dich. So wie ich mich erinnere. Diese Erinnerung kommt immer wieder, sobald wir uns ansehen, nicht wahr, mein lieber Bruder?«

»Was soll er mir erzählen?« fragte Tanis, der nur halb zuhörte. Wenn er Raistlin ablenken konnte... sich auf ihn stürzen...

Caramon wurde leichenblaß. »Die Türme der Erzmagier...« Er stammelte. »Aber uns wurde verboten, darüber zu sprechen! Par-Salian hat gesagt...«

»Das ist jetzt egal«, unterbrach ihn Raistlin. »Es gibt nichts, was Par-Salian mir anhaben könnte. Wenn ich erst einmal besitze, was mir versprochen wurde, dann wird nicht einmal der große Par-Salian die Macht haben, mir gegenüberzutreten! Aber das ist nicht euer Problem.«

Raistlin holte tief Luft, dann begann er zu sprechen, seine seltsamen Augen waren immer noch auf seinen Bruder gerichtet. Tanis, der nur halb zuhörte, schlich sich näher, sein Herz pochte in seiner Kehle. Eine schnelle Bewegung, und der zerbrechliche Magier würde stürzen... Dann wurde Tanis von Raistlins Stimme festgehalten, gezwungen, einen Moment stehenzubleiben und zuzuhören, fast als ob Raistlin einen Zauber geworfen hätte.

»Die letzte Prüfung im Turm der Erzmagier, Tanis, war gegen mich selbst gerichtet. Und ich habe versagt. Ich habe ihn getötet, Tanis. Ich habe meinen Bruder getötet«, Raistlins Stimme klang gelassen, »oder zumindest dachte ich, es wäre Caramon.« Der Magier zuckte die Schultern. »Wie sich herausstellte, hatten sie diese Illusion geschaffen, damit ich die Tiefen meines Hasses und meiner Eifersucht erkenne. Sie glaubten, auf diese Weise meine Seele von der Dunkelheit zu reinigen. Aber was ich in Wirklichkeit gelernt habe, war, daß mir jede Selbstbeherrschung fehlt. Da dies jedoch nicht Teil der wahren Prüfung war, wurde mein Versagen nicht angerechnet – mit Ausnahme von einer Person.«

»Ich habe beobachtet, wie er mich getötet hat!« weinte Caramon jämmerlich. »Sie ließen mich beobachten, damit ich ihn verstehen würde!« Der Mann schlug die Hände vor sein Gesicht, sein Körper zuckte in einem Schauder. »Ich verstehe es!« schluchzte er. »Ich habe es dann verstanden! Es tut mir leid! Aber geh nicht ohne mich, Raist! Du bist so schwach! Du brauchst mich...«

»Nicht mehr, Caramon«, flüsterte Raistlin mit einem sanften Seufzen. »Ich brauche dich nicht mehr!«

Tanis starrte beide an, ihm war vor Entsetzen übel. Er konnte es nicht glauben! Nicht einmal von Raistlin! »Caramon, geh weiter!« befahl er heiser.

»Bring ihn nicht dazu, näher zu kommen, Tanis«, sagte Raistlin. Seine Stimme war liebenswürdig, als ob er Tanis' Gedanken gelesen hätte. »Ich versichere dir – ich bin dazu fähig. Was ich mein ganzes Leben lang gesucht habe, ist jetzt in meiner Reichweite. Ich werde nicht zulassen, daß man mich aufhält. Sieh Caramon an, Tanis. Er weiß es! Ich habe ihn einst getötet. Ich kann es wieder tun. Leb wohl, mein Bruder.«

Der Magier legte beide Hände auf die Kugel der Drachen und hielt sie hoch zu der flackernden Kerze. Die Farben wirbelten wie irre in der Kugel. Eine mächtige, magische Aura legte sich um den Magier.

Tanis kämpfte gegen seine Angst, während er seinen Körper anspannte, um in einem letzten verzweifelten Versuch Raistlin aufzuhalten. Aber er konnte sich nicht bewegen. Er hörte Raistlin seltsame Worte singen. Das funkelnde, wirbelnde Licht wurde so hell, daß es seinen Kopf durchdrang. Er bedeckte seine Augen mit den Händen, aber das Licht brannte sich durch sein Fleisch, versengte sein Gehirn. Der Schmerz war unerträglich. Er stolperte zurück gegen den Türrahmen, hörte Caramon neben sich qualvoll aufschreien und den Körper des Mannes mit einem dumpfen Aufschlag auf den Boden fallen.

Dann war alles still, die Kabine war in Dunkelheit getaucht. Zitternd öffnete Tanis die Augen. Einen Moment lang konnte er außer dem Nachbild einer riesigen roten Kugel, die in sein Gehirn eingebrannt war, nichts sehen. Dann gewöhnten sich seine Augen an die eisige Dunkelheit. Die Kerze tropfte, heißes Wachs tröpfelte auf den Holzboden der Kabine und bildete eine weiße Pfütze neben Caramon, der bewegungslos dalag. Die Augen des Kriegers waren weit aufgerissen und starrten ausdruckslos in das Nichts. Raistlin war verschwunden.

Tika Waylan stand am Deck der *Perechon* und starrte in das blutrote Meer und versuchte angestrengt, nicht zu weinen. Du mußt tapfer sein, sagte sie sich immer wieder. Du hast gelernt, tapfer in der Schlacht zu kämpfen. Caramon sagte das. Jetzt mußt du auch tapfer sein. Zumindest werden wir jetzt zusammensein, zusammen sterben. Er darf mich nicht weinen sehen.

Aber die vergangenen vier Tage waren für alle nervenaufreibend gewesen. Vor Angst, von den Drakoniern in Treibgut entdeckt zu werden, hatten sich die Gefährten in der schmuddeligen Herberge versteckt gehalten. Tanis' seltsames Verschwinden hatte sie verängstigt. Sie waren hilflos, wagten nichts, nicht einmal, nach ihm zu fragen. Lange Tage waren sie gezwungen gewesen, in ihren Räumen zu bleiben, und Tika mußte sich ständig in Caramons Nähe aufhalten. Die Anspannung, die starke Anziehung, die zwischen ihnen bestand, nicht ausdrükken zu können, war eine Qual gewesen. Sie wollte ihre Arme um Caramon legen, seine Arme um sich spüren, seinen starken, muskulösen Körper an ihren drücken.

Caramon wollte das gleiche, dessen war sie sich sicher. Er sah sie manchmal mit solch einer Zärtlichkeit in seinen Augen an, daß sie sich danach sehnte, sich eng an ihn zu schmiegen und seine Liebe zu teilen, um die sie wußte.

Aber das würde nie der Fall sein, nicht, solange sich Raistlin in der Nähe seines Zwillingsbruders aufhielt und an Caramon wie ein zerbrechlicher Schatten klebte. Immer wieder wiederholte sie Caramons Worte, die er ihr gesagt hatte, bevor sie Treibgut erreicht hatten.

»Meine Verpflichtung liegt bei meinem Bruder. Im Turm der Erzmagier sagten sie mir, daß seine Kraft helfen würde, die Welt zu retten. Ich bin seine Stärke – seine körperliche Stärke. Er braucht mich. Meine erste Pflicht liegt bei ihm, und solange sich das nicht ändert, kann ich keine anderen Verpflichtungen eingehen. Du hast jemanden verdient, bei dem *du* an erster Stelle stehst, Tika. Und darum gebe ich dich frei, damit du so einen Mann findest.«

Aber ich *will* keinen anderen, dachte Tika traurig. Und dann liefen wieder die Tränen. Sie drehte sich schnell um, um sie vor Goldmond und Flußwind zu verbergen. Sie würden es falsch verstehen und denken, daß sie vor Angst weinte. Nein, die Angst vor dem Sterben war etwas, was sie vor langer Zeit besiegt hatte. Ihre größte Angst war, *allein* zu sterben.

Was machen sie? fragte sie sich verzweifelt und wischte ihre

Tränen weg. Das Schiff trieb immer näher auf das schreckliche dunkle Auge zu. Wo war Caramon? Ich muß sie finden, entschied sie. Tanis oder nicht.

Dann sah sie Tanis langsam nach oben kommen, Caramon halb mit sich zerrend, halb tragend. Ein Blick auf das blasse Gesicht des Kriegers genügte, um Tikas Herz aussetzen zu lassen.

Sie versuchte zu rufen, brachte aber kein Wort heraus. Auf ihren unartikulierten Aufschrei hin drehten sich jedoch Goldmond und Flußwind um. Als Flußwind Tanis mit seiner Last stolpern sah, sprang er ihm zu Hilfe. Caramon torkelte wie ein volltrunkener Mann, seine Augen waren glasig und ausdruckslos. Flußwind konnte Caramon gerade noch in dem Moment festhalten, als Tanis' Beine nachgaben.

»Mit mir ist alles in Ordnung«, antwortete Tanis auf Flußwinds besorgten Blick. »Goldmond, Caramon braucht deine Hilfe.«

»Was ist los, Tanis?« Tikas Angst ließ sie wieder sprechen. »Was ist los? Wo ist Raistlin? Hat er...«, sie hielt inne. Die Augen des Halb-Elfen waren düster in Erinnerung dessen, was er gesehen und gehört hatte.

»Raistlin ist verschwunden«, sagte Tanis knapp.

»Verschwunden? Wohin?« fragte Tika und blickte sich wild um, als ob sie erwartete, seinen Körper im wirbelnden, blutigen Wasser zu sehen.

»Er hat uns belogen«, antwortete Tanis und half Flußwind, Caramon auf den Boden zu legen. Der Krieger sagte nichts. Er schien sie nicht zu sehen, er starrte nur über das blutrote Meer. »Erinnert ihr euch, daß er immer wieder darauf bestand, daß wir nach Palanthas müßten, um zu lernen, *wie* man die Kugel der Drachen anwendet? Er *wußte* bereits, *wie* man die Kugel anwendet. Und jetzt ist er verschwunden, nach Palanthas vielleicht. Es spielt wohl keine Rolle mehr.« Er sah auf Caramon und schüttelte traurig den Kopf, dann drehte er sich abrupt um und ging zur Reling.

Goldmond legte ihre sanften Hände auf den Mann, murmelte seinen Namen so leise, daß die anderen bei dem Heulen des

Windes nichts hören konnten. Bei ihrer Bewegung jedoch rührte sich Caramon, begann heftig zu zittern. Tika kniete sich zu ihm und hielt seine Hand. Immer noch auf das Meer starrend, begann Caramon leise zu weinen, Tränen liefen über seine Wangen aus weit aufgerissenen, starrenden Augen. Goldmonds Augen glitzerten von ihren eigenen Tränen, aber sie streichelte seine Stirn und rief ihn weiter, wie eine Mutter nach einem verlorenen Kind ruft.

Flußwind, dessen Gesicht vor Zorn streng und düster war, gesellte sich zu Tanis.

»Was ist geschehen?« fragte der Barbar grimmig.

»Raistlin hat gesagt... ich kann nicht darüber sprechen. Nicht jetzt!« Tanis schüttelte den Kopf. Er lehnte über die Reling und starrte in das trübe Wasser, während er leise in der Elfensprache fluchte – eine Sprache, die der Halb-Elf selten benutzte.

Betrübt über die Pein seines Freundes, legte Flußwind tröstend seine Hand auf die Schulter des Halb-Elfen.

»So ist es am Ende doch eingetreten«, sagte der Barbar. »So wie wir es in dem Traum gesehen haben, ist der Magier verschwunden und läßt seinen Bruder sterbend zurück.«

»Und wie wir es in dem Traum erlebt haben, habe ich euch enttäuscht«, murmelte Tanis mit zitternder Stimme. »Was habe ich nur getan? Es ist meine Schuld! Ich habe dieses Entsetzen über uns gebracht!«

»Mein Freund«, sagte Flußwind, von Tanis' Leiden bewegt. »Es steht uns nicht zu, die Wege der Götter in Frage zu stellen...«

»Verdammt seien die Götter!« schrie Tanis böse. Er hob seinen Kopf, um seinen Freund anzusehen. »*Ich* war es! *Meine Entscheidung!* Wie oft in jenen Nächten, wenn ich mit ihr zusammen war und sie in meinen Armen hielt, wie oft habe ich mir gesagt, es wäre so einfach, dort zu bleiben, bei ihr, für immer! Ich kann Raistlin nicht verurteilen! Wir sind uns sehr ähnlich, er und ich. Beide zerstört von einer verzehrenden Leidenschaft!«

»Du bist *nicht* zerstört, Tanis«, sagte Flußwind. Der streng aussehende Barbar packte den Halb-Elfen mit seinen starken Händen an den Schultern und zwang Tanis, ihn anzusehen. »Du bist deiner Leidenschaft nicht zum Opfer gefallen, so wie der Magier. Wenn das so wäre, dann wärst du bei Kitiara geblieben. Du hast sie verlassen, Tanis...«

»Ich habe sie verlassen«, sagte Tanis bitter. »Ich habe mich wie ein Dieb weggeschlichen! Ich hätte ihr gegenübertreten müssen. Ich hätte ihr die Wahrheit über mich sagen müssen! Sie hätte mich dann getötet, aber ihr wäret in Sicherheit gewesen. Du und die anderen hätten entkommen können. Wie einfacher wäre mein Tod doch gewesen... Aber ich hatte nicht den Mut. Jetzt habe ich dies über uns gebracht«, sagte der Halb-Elf und entzog sich Flußwinds Griff. »Ich habe nicht nur mich, sondern euch alle enttäuscht.«

Er sah sich um. Berem stand noch immer am Steuer und hielt das nutzlos gewordene Rad, einen seltsamen Ausdruck der Resignation in seinem Gesicht. Maquesta versuchte immer noch, ihr Schiff zu retten, und kreischte Befehle. Aber ihre Mannschaft, vor Entsetzen gelähmt, gehorchte nicht mehr. Einige weinten. Einige fluchten. Die meisten waren still und starrten nur mit entsetzter Faszination auf den riesigen Wirbel, der sie unerbittlich in die Dunkelheit der Tiefe zog. Tanis spürte wieder Flußwinds Hand an seiner Schulter. Fast wütend versuchte er, sich zu entziehen, aber der Barbar gab nicht nach.

»Tanis, mein Bruder, du hast deine Entscheidung, auf dieser Straße zu gehen, im Wirtshaus Zur letzten Bleibe gefällt, als du Goldmond zur Hilfe gekommen bist. In meinem Stolz wollte ich deine Hilfe ablehnen, und sie und ich wären gestorben. Weil du dich nicht von unserer Not abgewendet hast, brachten wir das Wissen über die alten Götter in die Welt zurück. Wir brachten die Heilkunst zurück. Wir brachten Hoffnung. Erinnerst du dich, was der Herr der Wälder uns gesagt hat? Wir trauern nicht um jene, die ihren Zweck im Leben erfüllt haben. Wir *haben* unseren Zweck erfüllt, mein Freund. Wer weiß, wie viele Leben wir berührt haben? Wer weiß auch, ob diese Hoffnung zu einem großen Sieg führen wird? Für uns hat offenbar die Schlacht geendet. So ist es. Wir legen unsere Schwerter nieder, damit andere sie aufheben und weiterkämpfen können.«

»Deine Worte sind nett, Barbar«, schnappte Tanis, »aber sag mir die Wahrheit. Kannst du in den Tod sehen und keine Bitterkeit empfinden? Du hast alles, wofür es sich lohnt zu leben – Goldmond, die Kinder, die noch nicht geboren sind...«

Ein Schmerz zuckte flüchtig in Flußwinds Gesicht auf. Er drehte seinen Kopf weg, aber Tanis, der ihn scharf beobachtete, sah den Schmerz und verstand plötzlich. Auch das hatte er also zerstört! Der Halb-Elf schloß voller Verzweiflung die Augen.

»Goldmond und ich wollten es dir nicht sagen. Du hattest genug Sorgen.« Flußwind seufzte. »Unser Kind wäre im Herbst zur Welt gekommen«, murmelte er, »in der Zeit, in der sich die Blätter der Vallenholzbäume goldrot färben, so wie Goldmond und ich sie gesehen haben, als wir mit dem blauen Kristallstab nach Solace kamen. An jenem Tag fand uns der Ritter Sturm Großklinge und führte uns zum Wirtshaus Zur letzten Bleibe...«

Tanis begann zu schluchzen, tiefe, gequälte, schluchzende Laute schnitten durch seinen Körper wie Messer. Flußwind legte seine Arme um seinen Freund.

»Die Vallenholzbäume, die wir kennen, sind jetzt tot, Tanis«, fuhr er mit besänftigender Stimme fort. »Wir hätten dem Kind nur verbrannte Stümpfe zeigen können. Aber jetzt wird das Kind die Vallenholzbäume so sehen, wie die Götter sie im Sinn hatten, in einem Land, wo solche Bäume ewig leben. Trauer nicht, mein Freund, mein Bruder. Du hast geholfen, das Wissen über die Götter den Völkern zurückzubringen. Du mußt zu diesen Göttern Vertrauen haben.«

Sanft schob Tanis Flußwind weg. Er konnte dem Barbaren nicht in die Augen sehen. Als er in seine eigene Seele schaute, sah Tanis sie so verzerrt und verkrümmt wie die entstellten Bäume in Silvanesti. Glaube? Er hatte keinen Glauben. Was bedeuteten ihm die Götter? *Er* hatte die Entscheidungen getroffen. *Er* hatte alles weggeworfen, was in seinem Leben wertvoll gewesen war – seine Elfenheimat, Lauranas Liebe. Und er war nahe daran gewesen, auch Freundschaften wegzuwerfen. Nur Flußwinds unwiderrufliche Treue – eine Treue, die völlig fehl am Platze war – hielt den Barbaren davon ab, ihn zu verurteilen.

Selbstmord ist den Elfen verboten. Sie betrachten es als Gotteslästerung, denn das Geschenk des Lebens ist das wertvollste aller Geschenke. Aber Tanis starrte in das blutrote Meer mit Vorfreude und Sehnsucht. Laß den Tod schnell kommen, betete er. Laß dieses blutbefleckte Wasser über meinen Kopf spülen. Laß mich mich in den Tiefen verstecken. Und wenn es Götter *gibt*, wenn ihr mir *zuhört*, bitte ich nur um eins: Haltet das Wissen über meine Schande von Laurana fern. Ich habe Schmerzen gebracht über so viele…

Aber noch während er dieses Gebet stumm aufsagte, von dem er hoffte, es würde sein letztes auf Krynn sein, fiel ein Schatten, dunkler als die Sturmwolken, über sie. Tanis hörte Flußwind aufschreien und Goldmond kreischen, aber ihre Stimmen gingen im Toben des Wassers unter, als das Schiff im Zentrum des Mahlstroms zu sinken begann. Benommen sah Tanis nach oben und erblickte die feurigroten Augen eines blauen Drachen, der durch die schwarzen, wirbelnden Wolken leuchtete. Auf seinem Rücken saß Kitiara.

Nicht willens, die Beute aufzugeben, die sie zu einem glorreichen Sieg führen würde, hatten Kit und Skie sich durch den Sturm gekämpft, und jetzt flog der Drache mit ausgestreckten Klauen direkt auf Berem zu. Es war, als wären die Füße des Mannes auf dem Deck angenagelt. In traumähnlicher Hilflosigkeit starrte er auf den herabstürzenden Drachen.

Tanis riß sich hoch und warf sich auf Berem, als das blutrote Wasser um ihn wirbelte. Er traf ihn in den Magen und schlug ihn nach hinten, gerade als eine Welle über sie brach. Tanis hielt sich an etwas fest; er wußte nicht, was es war, und klammerte sich an das Deck, als es sich unter ihm neigte. Dann richtete sich das Schiff wieder auf. Als er hochsah, war Berem verschwunden. Über sich hörte er den Drachen vor Wut aufkreischen.

Und dann schrie Kitiara und zeigte auf Tanis. Skies feuriger Blick richtete sich auf ihn. Tanis hob seinen Arm, als könnte er den Drachen abwehren, und sah in die zornigen Augen des Tieres, das im peitschenden Wind wild kämpfte.

So ist das Leben, dachte der Halb-Elf, als er die Klauen des Drachen über sich sah. So ist das Leben! Zu leben, um aus diesem Entsetzen weggetragen zu werden! Einen Moment lang spürte Tanis, wie er in der Luft schwebte. Er wußte nur noch, daß er den Kopf schüttelte und irgend etwas schrie. Der Drache und das Wasser trafen ihn zur gleichen Zeit. Er sah nur noch Blut...

Tika kroch zu Caramon, ihre Angst vor dem Tod war mit der Sorge um ihn vergessen. Aber Caramon war sich ihrer Gegenwart nicht bewußt. Er starrte in die Dunkelheit, Tränen liefen über sein Gesicht, seine Hände waren zu Fäusten geballt, immer wieder wiederholte er in einer stummen Litanei zwei Worte.

Mit einer quälerischen, traumähnlichen Langsamkeit balancierte das Schiff am Rande des wirbelnden Wassers, als ob selbst das Holz des Schiffes vor Angst zögerte. Maquesta stand ihrem zerbrechlichen Schiff in seinem letzten verzweifelten Versuch zu überleben bei, indem sie ihm ihre eigene innere Stärke verlieh, versuchte, die Naturgesetze einzig und allein durch Willenskraft zu ändern. Aber es war sinnlos. Mit einem letzten herzzerreißenden Beben glitt die *Perechon* über den Rand der wirbelnden, tosenden Dunkelheit.

Holz krachte. Maste stürzten herab. Männer wurden schreiend von dem sich neigenden Deck geschleudert, als die blutrote Dunkelheit die *Perechon* in ihren klaffenden Rachen zog.

Nachdem alles verschwunden war, klangen noch zwei Worte wie ein Dankgebet nach.

»Mein Bruder...«

Der Chronist und der Magier

Astinus von Palanthas saß in seinem Arbeitszimmer. Seine Hand führte den Federkiel ruhig und gleichmäßig. Die ausgeprägte, klare Schrift war selbst aus der Entfernung deutlich zu lesen. Astinus füllte schnell einen Pergamentbogen und machte selten eine Pause zum Nachdenken. Wenn man ihn beobachtete, hatte man den Eindruck, daß die Gedanken aus seinem Kopf direkt in die Feder und auf das Papier flossen, so schnell schrieb er. Der Fluß wurde nur unterbrochen, wenn er den Federkiel in Tinte tauchte, aber auch das war für Astinus eine automatische Bewegung geworden.

Die Tür zu seinem Arbeitszimmer öffnete sich knarrend. Astinus sah nicht auf, obwohl sich die Tür nicht häufig öffnete, wenn er mit seiner Arbeit beschäftigt war. Der Chronist konnte solche Störungen an seinen Fingern abzählen. Einmal war es während der Umwälzung geschehen. *Das* hatte ihn in der Tat beim Schreiben gestört, rief er sich ins Gedächtnis, als er sich mit Abscheu an die verschüttete Tinte erinnerte, die eine Seite ruiniert hatte.

Die Tür öffnete sich, und ein Schatten fiel auf seinen Schreibtisch. Aber es blieb still. Nur der Körper, der zu dem Schatten gehörte, holte Luft, als ob er etwas sagen wollte.

Es ist Bertram, bemerkte Astinus, so wie er alles bemerkte, und legte diese Information zur späteren Verwendung in einer der vielen Schubladen seines Gedächtnisses ab.

Der Federkiel fuhr stetig über das Papier. Als Astinus das Ende der Seite erreicht hatte, nahm er sie und legte sie auf ähnliche Pergamentbögen, die sich am Rande seines Schreibtisches ordentlich stapelten. Später in der Nacht, wenn der Historiker seine Arbeit beendet haben und sich zur Ruhe begeben würde, würden die Ästheten ehrfürchtig das Arbeitszimmer betreten, so wie Kleriker ein Heiligtum betreten, und den Papierstapel aufheben. Sorgfältig würden sie ihn in die große Bibliothek bringen. Dort würden die mit der kühnen, gleichmäßigen Schrift gefüllten Pergamentbögen in die riesigen Einbände mit der Aufschrift *Chroniken, Eine Geschichte über Krynn*, von Astinus von Palanthas kategorisiert, einsortiert und abgelegt werden.

»Meister...«, sprach Bertram mit bebender Stimme. »Ich bedaure sehr, Euch zu stören, Meister«, fuhr Bertram zaghaft fort, »aber ein junger Mann liegt sterbend auf Eurer Türschwelle.«

»Kümmere dich um seinen Namen«, sagte Astinus, ohne hochzusehen oder mit dem Schreiben aufzuhören, »damit ich den Vorfall aufzeichnen kann. Und vergewissere dich, wie man ihn schreibt. Und finde heraus, woher der Mann kommt und wie alt er ist.«

»Ich weiß seinen Namen, Meister«, erwiderte Bertram. »Er

heißt Raistlin. Er kommt aus der Stadt Solace im Land Abanasinia.«

Astinus hielt beim Schreiben inne. Er sah hoch.

»Raistlin... aus Solace?«

»Ja, Meister«, erwidert Bertram und verbeugte sich geehrt. Es war das erste Mal, daß Astinus ihn direkt ansah, obwohl Bertram seit mehr als einem Jahrzehnt dem Orden der Ästheten angehörte, die in der großen Bibliothek lebten. »Kennt Ihr ihn, Meister? Das war der Grund, warum ich mir die Freiheit herausnahm, Euch bei der Arbeit zu stören. Er bat darum, Euch zu sehen.«

»Raistlin...«

Ein Tintentropfen fiel aus Astinus' Feder auf das Papier.

»Wo ist er?«

»Auf der Treppe, Meister, wo wir ihn gefunden haben. Wir dachten, daß vielleicht einer dieser neuen Heiler, die die Göttin Mishakal verehren, ihm helfen könnte...«

Der Geschichtsschreiber sah verärgert auf den Tintenklecks. Er nahm eine Prise feinen weißen Sandes und verteilte ihn vorsichtig über die Tinte, um sie zu trocknen. Dann senkte er seinen Blick und wandte sich wieder seiner Arbeit zu.

»Kein Heiler kann diesem jungen Mann helfen«, bemerkte der Chronist mit einer Stimme, die aus den Tiefen der Zeit zu kommen schien. »Aber bring ihn herein. Und besorg ihm ein Zimmer.«

»In die Bibliothek bringen?« wiederholte Bertram mit tiefem Erstaunen. »Meister, niemand wurde jemals hereingelassen, außer Leute unseres Ordens...«

»Ich werde zu ihm gehen, wenn ich am Tagesende Zeit habe«, fuhr Astinus fort, als hätte er die Worte des Ästheten nicht gehört. »Das heißt, wenn er noch lebt.«

Der Federkiel bewegte sich schnell über das Papier.

»Ja, Meister«, murmelte Bertram und verließ das Zimmer.

Der Ästhet schloß die Tür hinter sich und eilte durch die kühlen, stillen Marmorhallen der uralten Bibliothek, seine Augen vor Staunen über dieses Ereignis weit geöffnet. Seine schwere

Robe fegte hinter ihm über den Boden, sein rasierter Kopf glitzerte vom Schweiß, als er rannte, nicht an diese Anstrengung gewöhnt. Die anderen des Ordens sahen ihn erstaunt an, als er in die Eingangshalle der Bibliothek sauste. Er blickte schnell durch die Glasscheibe in der Tür und konnte den jungen Mann auf den Stufen erkennen.

»Uns wurde befohlen, ihn hereinzubringen«, sagte Bertram den anderen. »Astinus wird heute abend den jungen Mann sehen, vorausgesetzt, der Magier ist dann noch am Leben.«

Die Ästheten sahen sich in stummer Bestürzung an, sich fragend, welche Vorbedeutung wohl in dieser Entscheidung lag.

Ich sterbe.

Dieses Wissen war für den Magier schmerzlich. Raistlin lag in einem Bett in einer kalten, weißen Zelle, wohin ihn die Ästheten gebracht hatten, und verfluchte seinen zerbrechlichen Körper, verfluchte die Prüfungen, die ihn zerstört hatten, verfluchte die Götter, die ihm dieses Los aufgebürdet hatten. Er fluchte, bis er keine Worte mehr fand, bis er selbst zum Denken zu erschöpft war. Und dann lag er unter den weißen Leinentüchern und spürte sein Herz wie einen gefangenen Vogel in seiner Brust flattern.

Zum zweiten Mal in seinem Leben fühlte sich Raistlin allein und verängstigt. Er war nur einmal zuvor allein gewesen, und das war während jener drei qualvollen Prüfungstage im Turm der Erzmagier gewesen. Selbst dort, war er da wirklich allein gewesen? Er glaubte es nicht, obwohl er sich nicht deutlich erinnern konnte. Die Stimme... die Stimme, die manchmal zu ihm sprach, die Stimme, die er nicht erkennen konnte, jedoch zu kennen schien... Er verband die Stimme immer mit dem Turm. Sie hatte ihm dort geholfen, so wie sie ihm seitdem geholfen hatte. Mit Hilfe dieser Stimme hatte er die schwere Prüfung überlebt.

Aber jetzt würde er nicht überleben, das wußte er. Die magische Transformation, der er sich unterzogen hatte, war eine zu große Anstrengung für seinen schwachen Körper gewesen.

Die Ästheten hatten ihn zusammengekauert und blutspukkend auf ihren Stufen vorgefunden. Auf ihre Fragen hatte er es noch fertiggebracht, den Namen von Astinus und seinen eigenen auszustoßen. Dann hatte er das Bewußtsein verloren. Als er erwachte, fand er sich in dieser kalten kleinen Mönchszelle wieder. Und mit dem Erwachen kam das Wissen, daß er im Sterben lag. Er hatte mehr von seinem Körper gefordert, als zu geben er in der Lage gewesen war. Die Kugel der Drachen könnte ihn retten, aber er hatte nicht mehr die Kraft, seine Magie anzuwenden. Die Zauberworte waren aus seinem Gedächtnis entschwunden.

Ich bin sowieso zu schwach, um ihre gewaltige Macht zu kontrollieren, wurde ihm klar. Wenn sie erst einmal weiß, daß ich meine Kraft verloren habe, wird sie mich vernichten.

Nein, es blieb ihm nur noch eine Chance – die Bücher in der großen Bibliothek. Die Kugel der Drachen hatte ihm versichert, daß diese Bücher die Geheimnisse der uralten Magier enthielten, großer, mächtiger Magier, wie man sie auf Krynn nie wieder gesehen hatte. Vielleicht konnte er in ihnen das Mittel finden, um sein Leben zu verlängern. Er mußte mit Astinus sprechen! Er mußte Zutritt zur großen Bibliothek erhalten, hatte er die hochmütigen Ästheten angeschrien. Aber sie hatten nur genickt.

»Astinus wird dich besuchen«, sagten sie, »heute abend, wenn er Zeit hat.«

Wenn *er* Zeit hat, fluchte Raistlin böse. Wenn *ich* noch so lange Zeit habe! Er spürte den Sand seines Lebens durch seine Finger rinnen, aber er konnte ihn nicht aufhalten.

Die Ästheten, die ihn mitleidig betrachteten, da sie nicht wußten, was sie für ihn tun konnten, brachten Raistlin Essen, aber er konnte nichts essen. Er konnte nicht einmal die bittere Kräutermedizin schlucken, die seinen Husten linderte. Wütend schickte er diese Narren weg. Dann sank er auf sein hartes Kissen zurück und beobachtete, wie die Sonnenstrahlen in seine Zelle krochen. Raistlin brachte seine ganze Kraft auf, um am Leben zu bleiben, zwang sich zu entspannen, denn diese fieberhafte Wut würde ihn verzehren. Seine Gedanken gingen zu seinem Bruder.

Raistlin schloß erschöpft die Augen und stellte sich vor, daß Caramon neben ihm saß. Er konnte fast Caramons Arme spüren, die ihn hochhoben, damit er besser atmen konnte. Er konnte Caramons typischen Geruch von Schweiß, Leder und Stahl riechen. Caramon würde sich um ihn kümmern. Caramon würde ihn nicht sterben lassen...

Nein, dachte Raistlin verträumt. Caramon ist jetzt tot. Sie sind alle tot, diese Narren. Ich muß jetzt auf mich aufpassen. Plötzlich spürte er, daß er wieder das Bewußtsein verlor. Verzweifelt kämpfte er dagegen an, aber es war eine verlorene Schlacht. Mit einer letzten Anstrengung schob er seine zitternde Hand in eine Tasche seiner Robe. Seine Finger schlossen sich um die Kugel der Drachen, die zur Größe einer Murmel geschrumpft war. Aber er war schon in die Dunkelheit gesunken.

Er erwachte durch Stimmengeräusche und durch das Wissen, daß jemand in der Zelle stand. Raistlin kämpfte sich durch Schichten der Schwärze, bis er an die Oberfläche des Bewußtseins gelangte und die Augen öffnen konnte.

Es war abends. Lunitaris rotes Licht leuchtete wie ein schimmernder Blutfleck durch das Fenster. Eine Kerze brannte, und er sah zwei Männer neben seinem Bett stehen. Einen erkannte er als den Ästheten wieder, der ihn gefunden hatte. Der andere? Er kam ihm vertraut vor...

»Er wird wach, Meister«, bemerkte der Ästhet.

»Das tut er«, bemerkte der Mann gelassen. Er beugte sich hinunter und musterte das Gesicht des jungen Magiers, dann lächelte er und nickte, als ob endlich jemand angekommen wäre, den er lange Zeit erwartet hätte. Es war ein merkwürdiger Blick, und er wurde von Raistlin und dem Ästheten bemerkt.

»Ich bin Astinus«, sagte er, »und du bist Raistlin aus Solace.«

»Ja, das stimmt.« Raistlins Mund formte die Worte, seine Stimme war nicht mehr als ein Krächzen. Als er zu Astinus hochblickte, kehrte seine Wut zurück bei der Erinnerung an die gefühllose Bemerkung des Mannes, daß er ihn besuchen wolle, *wenn er Zeit habe*. Während er den Mann anstarrte, überfiel ihn ein Kälteschauer. Noch nie hatte er solch ein Gesicht gesehen, so kalt und gefühllos, bar jeden Gefühls und menschlicher Leidenschaft. Ein Gesicht, unberührt von der Zeit...

Raistlin keuchte. Mit Hilfe des Ästheten versuchte er sich aufzurichten und starrte Astinus weiter an.

Als Astinus Raistlins Reaktion bemerkte, sagte er: »Du siehst mich so seltsam an, junger Magier. Was siehst du mit diesen Stundenglasaugen?«

»Ich sehe... einen Mann... der *nicht* stirbt...« Raistlin konnte während seiner schmerzvollen Versuche, Atem zu holen, kaum sprechen.

»Natürlich, was hast du denn erwartet?« tadelte der Ästhet, während er den sterbenden Mann sanft mit Kissen stützte. »Der Meister war hier, um die Geburt des ersten auf Krynn niederzuschreiben, und er wird auch hier sein, um den Tod des letzten niederzuschreiben. So lehrte es uns Gilean, der Gott der Schriften.«

»Ist das wahr?« flüsterte Raistlin.

Astinus zuckte die Achseln. »Meine persönliche Geschichte ist ohne Bedeutung im Vergleich zur Geschichte der Welt. Jetzt sprich, Raistlin aus Solace. Was willst du von mir? Ich kann meine Zeit nicht im müßigen Gespräch mit dir verschwenden.«

»Ich frage... ich bitte... um einen Gefallen!« Die Worte wurden aus Raistlins Brust gerissen und kamen blutbefleckt hervor. »Mein Leben... ist auf wenige Stunden... begrenzt. Laß sie mich... mit Studien... in der... großen Bibliothek verbringen!«

Bertram biß sich vor Bestürzung über die Frechheit des jungen Magiers auf die Zunge. Er blickte ängstlich zu Astinus und erwartete eine vernichtende Antwort, die mit Sicherheit diesen jungen, unbesonnenen Mann zur Vernunft bringen würde.

Lange Augenblicke des Schweigens verstrichen, die nur von Raistlins mühsamen Atemzügen unterbrochen wurden. Astinus' Miene veränderte sich nicht. Schließlich antwortete er kühl: »Tu, was du willst.«

Bertrams schockierten Blick ignorierend, drehte sich Astinus um und ging zur Tür.

»Warte!« krächzte Raistlin. Der Magier streckte eine zitternde Hand aus, als Astinus langsam stehenblieb. »Du hast mich gefragt, was ich sehe, wenn ich dich anschaue. Jetzt frage ich dich das gleiche. Ich habe deinen Blick bemerkt, als du dich über mich gebeugt hast. Du hast mich wiedererkannt! Du kennst mich! Wer bin ich? Was hast du gesehen?«

Astinus sah zurück, sein Gesicht war undurchdringlich, ausdruckslos und kalt wie Marmor.

»Du hast gesagt, du würdest einen Mann sehen, der nicht stirbt«, antwortete der Geschichtsschreiber sanft. Er zögerte einen Moment, dann zuckte er die Schultern und drehte sich wieder um. »Ich sehe einen Mann, der tot ist.«

Und damit verließ er die Zelle.

Es wird angenommen, daß Du, der dieses Buch in den Händen hält, die Prüfungen in einem der Türme der Erzmagier erfolgreich bestanden hast und daß Du Deine Fähigkeit demonstriert hast, Kontrolle über eine Kugel der Drachen oder einen anderen anerkannten Magischen Artefakt (siehe Anhang C) auszuüben, und daß Du weiterhin Fähigkeit im Werfen von Zaubersprüchen demonstriert hast…

»Ja, ja«, murmelte Raistlin und überflog hastig die Runen, die wie Spinnen über die Seite krochen. Ungeduldig ging er die Liste der Zaubersprüche durch, bis er schließlich zur Zusammenfassung kam.

Da Du den Ansprüchen Deiner Meister Genüge getan hast, legen wir in Deine Hände dieses Zauberbuch. Folglich wirst Du mit dem Schlüssel Unsere Mysterien aufschließen.

Mit einem wütenden Kreischen schob Raistlin das nachtblau eingebundene Zauberbuch beiseite. Mit zitternder Hand griff er nach dem nächsten Buch mit nachtblauem Einband von dem hohen Stapel, den er an seiner Seite aufgetürmt hatte. Ein Hustenanfall zwang ihn zu einer Pause. Er rang nach Atem und fürchtete den Augenblick, daß er es nicht mehr schaffen würde.

Der Schmerz war unerträglich. Manchmal sehnte er sich danach, in Vergessenheit zu sinken, diese Qualen zu beenden, mit denen er täglich leben mußte. Schwach und benommen ließ er seinen Kopf auf den Schreibtisch sinken und vergrub ihn in seinen Armen. Ruhe, süße, schmerzlose Ruhe. Ein Bild seines Bruders tauchte vor ihm auf. Da war Caramon im Leben nach dem Tod, auf seinen kleinen Bruder wartend. Raistlin konnte die traurigen Hundeaugen seines Zwillingsbruders sehen, er konnte sein Mitleid fühlen...

Raistlin holte keuchend Luft, dann zwang er sich, aufrecht zu sitzen. Caramon treffen! Ich werde leichtsinnig, verspottete er sich. Was für ein Unsinn!

Er befeuchtete seine blutverklebten Lippen mit Wasser, ergriff das nächste nachtblaue Zauberbuch und zog es zu sich. Seine silbernen Runen blitzten im Kerzenlicht auf, sein Einband, der sich eiskalt anfühlte, war genauso wie der aller anderen Bücher, die sich vor ihm stapelten. Den gleichen Einband hatte auch das Zauberbuch, das bereits in seinem Besitz war – das Zauberbuch, das er auswendig kannte, das Zauberbuch des größten Magiers, der je gelebt hatte – Fistandantilus.

Mit zitternden Händen öffnete Raistlin das Buch. Seine fiebrigen Augen verschlangen die Seite, lasen die gleichen Anforderungen: Nur hochgestellte Magier des Ordens verfügten über das Geschick und die Kontrolle, die für das Studium der aufgezeichneten Zaubersprüche notwendig waren. Jene, die den Anforderungen nicht gerecht wurden und versuchten, die Sprüche zu lesen, sahen auf den Seiten nur unsinniges Zeug.

Raistlin erfüllte alle Anforderungen. Er war wahrscheinlich der einzige weiß- oder rotgekleidete Magier auf Krynn, mit Ausnahme des großen Par-Salian, der das möglicherweise von sich sagen konnte. Trotzdem sah Raistlin nichts als bedeutungsloses Gekritzel.

Folglich wirst Du mit dem Schlüssel Unsere Mysterien aufschließen...

Raistlin schrie auf; ein dünner winselnder Ton, der von einem erstickten Schluchzen abgeschnitten wurde. In bitterer Wut und Enttäuschung warf er sich über den Tisch, die Bücher fielen auf den Boden. Hektisch griffen seine Hände in die Luft, und er schrie weiter. Die Magie, die er wegen seiner Erschöpfung nicht hatte anwenden können, kam nun mit seiner Wut.

Die Ästheten, die draußen an der Tür der großen Bibliothek vorbeigingen, tauschten ängstliche Blicke, als sie die entsetzlichen Schreie hörten. Dann vernahmen sie noch etwas anderes. Ein knisterndes Geräusch, gefolgt von einer dröhnenden Explosion. Sie starrten beunruhigt zur Tür. Einer legte seine Hand an den Griff, aber die Tür war fest verschlossen. Dann machte einer eine Handbewegung, und sie wichen zurück, als sie ein geisterhaftes Licht durch einen Spalt unter der verschlossenen Tür aufflackern sahen. Der Geruch von Schwefel drang aus der Bibliothek, der von einer starken Windböe weggeblasen wurde, die mit solcher Kraft gegen die Tür schlug, daß sie fast zerbarst. Noch einmal hörten die Ästheten das Wutgeheul, dann flohen sie in den marmornen Flur.

Der Chronist fand die Tür zur Bibliothek mit einem Zauberbann versehen vor. Er war nicht besonders überrascht. Mit einem resignierenden Seufzer nahm er ein kleines Buch aus der Tasche seines Gewandes, setzte sich auf einen Stuhl und begann in seiner schnellen, fließenden Schrift zu schreiben. Die Ästheten kauerten sich um ihn, beunruhigt über die seltsamen Geräusche, die aus dem verschlossenen Raum drangen.

Donner dröhnte und rollte und ließ die Grundmauern der Bibliothek erzittern. Durch den Türspalt war ein ständig flackerndes Licht zu erkennen, als ob es in dem Raum Tag wäre und nicht die dunkelste Stunde der Nacht. Das Heulen und Kreischen eines Windsturms vermischte sich mit den schrillen Schreien des Magiers; dumpfe Aufschläge mit dem Rascheln umherwirbelnder Blätter. Flammen züngelten unter der Tür hervor.

»Meister!« schrie einer der Ästheten entsetzt auf und zeigte auf die Flammen. »Er zerstört die Bücher!«

Astinus schüttelte nur den Kopf und schrieb unentwegt weiter.

Dann plötzlich trat Ruhe ein. Das Licht, das unter der Bibliothekstür hervorgekommen war, erstarb, als wäre es von der Dunkelheit verschluckt worden. Zögernd näherten sich die Ästheten der Tür und lauschten. Nur ein schwaches Rascheln war noch zu vernehmen. Bertram legte seine Hand auf die Tür. Sie gab seinem sanften Druck nach.

»Die Tür ist offen, Meister«, sagte er.

Astinus erhob sich. »Wendet euch wieder euren Studien zu«, befahl er den Ästheten. »Hier könnt ihr nichts tun.«

Die Mönche verbeugten sich stumm, warfen der Tür einen letzten eingeschüchterten Blick zu, dann eilten sie in den Flur und ließen Astinus allein zurück. Er wartete einen Moment, bis sie verschwunden waren, dann öffnete er langsam die Tür.

Silbernes und rotes Mondlicht strömte durch die kleinen Fenster. Die mit Tausenden von Buchbänden gefüllten Regale erstreckten sich in der Dunkelheit. Ausgesparte Löcher an den Wänden enthielten viele tausend Schriftrollen. Das Mondlicht fiel auf einen Tisch, auf dem sich ein Papierstapel häufte. Mitten auf dem Tisch stand eine tropfende Kerze, daneben lag ein geöffnetes nachtblaues Zauberbuch. Andere Zauberbücher waren auf dem Boden verstreut.

Als Astinus sich umsah, runzelte er die Stirn. Die Wände waren mit schwarzen Streifen überzogen. Ein starker Geruch von Schwefel und Feuer hing in der Luft. Papierbögen wirbelten hoch und fielen wie Laub nach einem Herbststurm auf einen Körper, der auf dem Boden lag.

Astinus schloß sorgfältig die Tür hinter sich. Dann näherte er sich dem Körper. Er sagte nichts, noch bückte er sich, um dem jungen Magier zu helfen. Er stellte sich neben Raistlin und musterte ihn nachdenklich.

Aber als er näher trat, berührte Astinus' Robe die metallfarbene ausgestreckte Hand. Bei der Berührung hob der Magier seinen Kopf. Raistlin starrte Astinus mit Augen an, die sich bereits von den Schatten des Todes verdunkelt hatten.

»Du hast nicht gefunden, was du gesucht hast?« fragte Astinus, während er den jungen Mann mit kalten Augen musterte.

»Der Schlüssel!« keuchte Raistlin durch weiße, blutbefleckte Lippen. »Verloren... mit der Zeit!... Dummköpfe!« Seine Hand verkrampfte sich. Die Wut war das einzige Feuer, das noch in ihm brannte. »So einfach! Alle wußten es... niemand hat es aufgezeichnet! Der Schlüssel... alles, was ich brauche... verloren!«

»So endet also deine Reise, mein alter Freund«, sagt Astinus ohne jedes Mitgefühl.

Raistlin hob seinen Kopf, seine goldenen Augen glänzten fiebrig. »Du *kennst* mich! *Wer* bin ich?« fragte er.

»Es ist nicht mehr wichtig«, sagte Astinus. Er drehte sich um und schickte sich an, den Raum zu verlassen.

Hinter ihm ertönte ein durchdringendes Kreischen, eine Hand griff nach seinem Gewand und brachte ihn zum Stehen.

»Dreh mir nicht deinen Rücken zu, so wie du ihn der Welt zugedreht hast!« knurrte Raistlin.

»Meinen Rücken der Welt zugedreht...«, wiederholte der Chronist leise, sein Gesicht drehte sich dem Magier zu. »Meinen Rücken der Welt zugedreht!« Aus Astinus' kalter Stimme war selten eine Emotion herauszuhören, aber jetzt drang seine Wut in seine friedliche, gelassene Seele ein wie ein Stein, den man in stilles Wasser geschleudert hat.

»Ich? Meinen Rücken der Welt zugedreht?« Astinus' Stimme rollte wie der Donner, den er zuvor gehört hatte. »Ich *bin* die Welt, was du ganz genau weißt, alter Freund! Unzählige Male wurde ich geboren! Unzählige Male bin ich gestorben! Jede Qual, jede Freude, die jemals empfunden wurde, war meine.

Mit einem Bein stehe ich in der Zeitsphäre, der Sphäre, die *du* für mich geschaffen hast, alter Freund, und ich reise kreuz und quer durch diese Welt, um ihre Geschichte aufzuzeichnen. Ich habe die bösesten Dinge getan. Ich habe die ehrenwertesten Opfer gebracht. Ich bin Mensch, Elf und Oger. Ich bin Mann und Frau. Ich habe Kinder zur Welt gebracht. Ich habe Kinder getötet. Ich habe dich gesehen, so wie du warst. Ich sehe dich, wie du bist. Wenn ich kalt und gefühllos wirke, dann darum, weil ich überleben will, ohne den Verstand zu verlieren! Meine Leidenschaft fließt in meine Worte. Jene, die meine Bücher lesen, *wissen*, was es heißt, in jeder Zeit gelebt zu haben, in jedem Körper, der je diese Welt betreten hat!«

Raistlins Hand löste sich vom Gewand des Chronisten. Seine Kraft schwand schnell. Aber der Magier hängte sich an die Worte von Astinus, obwohl er schon die Kälte des Todes um sein Herz spürte. Ich muß leben, nur noch einen Augenblick. Lunitari, gib mir nur noch einen Augenblick, betete er, den Geist des Mondes anrufend, aus dem die Roten Magier ihre Magie zogen. Ein Wort würde kommen, das wußte er. Ein Wort, das ihn retten würde. Wenn er nur durchhalten könnte!

Astinus' Augen flackerten, als er auf den sterbenden Mann blickte. Die Worte, die er ihm entgegengeschleudert hatte, hatten sich während unzähliger Jahrhunderte in ihm angestaut.

»Am letzten vollendeten Tag«, fuhr Astinus mit bebender Stimme fort, »werden die drei Götter zusammenkommen: Paladin in seinem Glanz, Königin Takisis in ihrer Dunkelheit und schließlich Gilean, Herr des Ausgleichs. In seinen Händen wird jeder den Schlüssel der Erkenntnis tragen. Sie werden diese Schlüssel auf den großen Altar legen, und auf dem Altar werden auch meine Bücher liegen – die Geschichte eines jeden Lebewesens, das auf Krynn gelebt hat! Und dann schließlich wird die Welt vollendet sein...«

Astinus hielt entsetzt inne, als ihm bewußt wurde, was er gesagt hatte, was er getan hatte.

Aber Raistlins Augen sahen ihn nicht mehr. Die Stundenglaspupillen waren aufgerissen, die sie umgebende goldene Farbe strahlte wie eine Flamme.

»Der Schlüssel...«, flüsterte Raistlin jubelnd. »Der Schlüssel! Ich weiß... ich *weiß*!«

Obwohl er so schwach war, daß er sich kaum bewegen konnte, griff Raistlin in den kleinen unscheinbaren Beutel, der an seinem Gürtel hing, und nahm die murmelgroße Kugel der Drachen in seine zitternde Hand.

»Ich weiß, wer du bist«, murmelte Raistlin mit letzter Kraft. »Ich kenne dich jetzt, und ich flehe dich an – komm mir zur Hilfe, so wie du mir im Turm und in Silvanesti zur Hilfe gekommen bist! Unser Handel gilt! Rette mich, und du rettest dich selbst!«

Der Magier brach zusammen. Sein Kopf mit den spärlichen weißen Haaren fiel schlaff auf den Boden, seine verfluchten Augen schlossen sich. Die Hand, die die Kugel hielt, wurde schlaff, aber seine Finger entspannten sich nicht. Sie hielten die Kugel in einem stärkeren Griff als der Tod.

Nicht mehr als ein Bündel von Knochen, in eine blutrote Robe gehüllt, lag Raistlin bewegungslos inmitten der Papiere.

Astinus starrte lange Zeit auf den Körper, der von den zwei Monden in ein abstoßendes purpurrotes Licht getaucht war. Dann senkte er den Kopf und verließ die totenstille Bibliothek und verschloß hinter sich die Tür mit zitternden Händen.

Der Chronist ging in sein Arbeitszimmer zurück, wo er stundenlang dasaß und in die Dunkelheit starrte.

Palanthas

Ich sage dir, es war Raistlin!«

»Und ich sage dir, daß ich dir den Hupak um deinen Hals drehe, wenn du mir noch mehr Geschichten über Pelzelefanten, Ringe zur Fernsteuerung und sich von Luft ernährenden Pflanzen erzählst!« schnappte Flint wütend.

»Aber es *war* Raistlin«, gab Tolpan zurück, doch so leise, daß Flint es nicht hören konnte, während sie durch die Prachtstraßen der wunderschönen Stadt Palanthas spazierten. Der Kender wußte aufgrund seiner langen Freundschaft, wie weit er den Zwerg drängen konnte.

»Und belästige auch Laurana nicht mit deinen verrückten Geschichten«, befahl Flint, da er Tolpans Absicht richtig einschätzte. »Sie hat genug Probleme…«

»Aber…«

Der Zwerg blieb stehen und starrte den Kender unter seinen buschigen weißen Augenbrauen grimmig an.

»Versprichst du es mir?«

Tolpan seufzte: »Oh, in Ordnung.«

Es wäre ja nicht schlimm gewesen, wenn er sich nicht so sicher gewesen wäre, daß er Raistlin gesehen *hatte*! Er und Flint waren an den Stufen der großen Bibliothek von Palanthas vorbeigegangen, als die scharfen Augen des Kenders eine Gruppe von Mönchen erblickten, die sich um eine auf den Stufen liegende Person versammelt hatte. Als Flint einen Moment anhielt, um ein besonders schönes, von Zwergen erbautes Steinwerk in einem gegenüberliegenden Gebäude zu bewundern, nahm Tolpan die Gelegenheit beim Schopf, um zu den Stufen zu schleichen.

Zu seinem Erstaunen sah er einen Mann, der genauso wie Raistlin aussah – goldfarbene, metallische Haut, rote Robe – und der von den Stufen gehoben und in die Bibliothek getragen wurde. Aber als der aufgeregte Kender über die Straße lief, Flint packte und den murrenden Zwerg zurückzog, war die Gruppe verschwunden.

Tolpan rannte sogar zur Tür, klopfte und verlangte Eintritt. Aber der Ästhet, der in der Tür erschien, wirkte so entsetzt über den Gedanken, einen Kender in die große Bibliothek zu lassen, daß der entrüstete Zwerg Tolpan wegzog, bevor der Mönch seinen Mund öffnen konnte.

Versprechen waren für Kender eine verschwommene Angelegenheit. Tolpan überlegte, Laurana auf alle Fälle davon zu berichten, aber bei dem Gedanken an das Gesicht des Elfenmädchens, wie es seit kurzem war, bleich und abgespannt von Trauer, Sorge und wenig Schlaf, dachte der Kender, daß Flint vielleicht recht hatte. Wenn es Raistlin gewesen war, hatte er wahrscheinlich persönliche geheime Geschäfte zu erledigen und wäre über ihr Hereinschneien bestimmt nicht erfreut. Trotzdem...

Der Kender seufzte und ging weiter und stieß Steinchen vor sich her und sah sich wieder in der Stadt um. Palanthas war wirklich einen Besuch wert. Die Stadt hatte schon während des Zeitalters der Allmacht wegen ihrer Schönheit und Anmut einen legendären Ruf genossen. Auf Krynn gab es keine andere Stadt, die man mit ihr vergleichen konnte – zumindest nach menschlichem Maßstab. Nach einem kreisförmigen Muster wie ein Rad aufgebaut, bildete der Stadtkern im wahrsten Sinne des Wortes die Radnabe. Alle wichtigen amtlichen Gebäude waren hier angesiedelt, und die ausladenden, schwungvollen Treppen und anmutigen Säulen waren in ihrer Großartigkeit atemberaubend. Von diesem zentralen Kreis führten breite Prachtstraßen in die acht Haupthimmelsrichtungen. Gepflastert mit genau übereinstimmenden Steinen (natürlich Zwergenarbeit) und von Bäumen gesäumt, deren Blätter das ganze Jahr über wie Goldborten leuchteten, führten diese Prachtstraßen zum Hafen im Norden und zu den sieben Toren der Alten Stadtmauer.

Auch die Tore waren architektonische Meisterwerke. Jedes Tor war mit Doppelminaretten versehen, die sich mutig über hundert Meter hoch in der Luft erstreckten. In die Alte Mauer waren ausdrucksvolle Bilder gemeißelt, die die Geschichte Palanthas während des Zeitalters der Träume erzählten. Hinter der Alten Stadtmauer lag die Neue Stadt. Sorgfältig geplant, um mit dem ursprünglichen Entwurf übereinzustimmen, erstreckte sich die Neue Stadt von der Alten Stadtmauer aus im gleichen kreisförmigen Muster mit den gleichen breiten, baumgesäumten Prachtstraßen. Jedoch zog sich um die Neue Stadt keine Stadtmauer. Die Palanthianer mochten eigentlich keine Mauern (Mauern ruinierten den gesamten Entwurf), und in dieser Zeit wurde weder in der Alten noch in der Neuen Stadt gebaut, ohne das allgemeine Muster unberücksichtigt zu lassen. Am Abend war die Silhouette von Palanthas am Horizont so lieblich anzusehen wie die Stadt selbst – mit einer Ausnahme.

Tolpans Gedanken wurden jäh unterbrochen.

»Was ist denn mit *dir* los?« fragte der Kender und sah den Zwerg an, der ihn gestoßen hatte.

»Wo sind wir?« fragte Flint griesgrämig.

»Nun, wir sind...«, Tolpan sah sich um. »Uh... das heißt, ich glaube, wir sind... dann wieder, vielleicht sind wir auch nicht.« Er musterte Flint mit einem kühlen Blick. »Wie hast du es geschafft, daß wir uns verlaufen konnten?«

»*Ich!*« explodierte der Zwerg. »*Du* bist der Führer! *Du* bist der Kartenleser. *Du* bist der Kender, der diese Stadt wie sein eigenes Haus kennt!«

»Aber *ich* habe nachgedacht«, erwiderte Tolpan hochmütig.

»Worüber denn?« brüllte Flint.

»Ich hegte tiefsinnige Gedanken«, gab Tolpan verletzt zurück.

»Ich... oh, laß dich nur nicht stören«, murmelte Flint und begann sich in der Straße umzusehen. Was er sah, schien ihm nicht zu gefallen.

»Es ist gewiß merkwürdig«, sagte Tolpan fröhlich und sprach damit Flints Gedanken aus. »Es ist so leer hier – ganz anders als in den anderen Straßen Palanthas.« Er starrte sehnsüchtig auf die Reihe stummer, leerer Gebäude. »Ich frage mich...«

»Nein«, sagte Flint. »Auf keinen Fall. Wir gehen den Weg zurück, den wir gekommen sind...«

»Ach, komm schon!« sagte Tolpan und steuerte auf die verlassenen Gebäude zu. »Nur ein bißchen, um zu sehen, was es da gibt. Du *weißt* doch, Laurana hat uns gesagt, wir sollten uns umsehen und die Befesti – Befesta... Dingsbums begutachten.«

»Befestigungen«, murrte Flint, der widerstrebend hinter dem Kender herstapfte. »Hier gibt es keine. Dies ist der Stadtkern! Sie meinte die Mauern um die Stadt.«

»Es gibt keine Mauern um die Stadt«, sagte Tolpan triumphierend. »Jedenfalls nicht um die Neue Stadt. Und wenn dies der Stadtkern sein soll, warum ist er dann so ausgestorben? Ich finde, wir sollten es herausfinden.«

Flint schnaubte verächtlich. Es klang plausibel, was der Kender gesagt hatte.

Die beiden gingen einige Minuten schweigend tiefer in den Stadtkern hinein. Auf einer Seite erhob sich, nur einige Blöcke entfernt, die palastartige Villa des Herrschers von Palanthas. Sie konnten die hohen Türme erkennen. Aber vor ihnen war nichts zu sehen. Alles verschwand in Schatten unter...

Tolpan sah in Fenster und steckte seine Nase in Türen der Gebäude, an denen sie vorbeikamen. Der Kender sprach erst, als sie das Ende des Blocks erreicht hatten.

»Weißt du, Flint«, sagte Tolpan unruhig, »diese Gebäude sind alle leer.«

»Aufgegeben«, sagte Flint heiser. Der Zwerg legte seine Hand an die Streitaxt und zuckte bei Tolpans schriller Stimme nervös zusammen.

»Über diesem Ort liegt etwas Unheimliches«, sagte Tolpan, während er näher zum Zwerg trat. »Ich bin nicht ängstlich, aber...«

»Ich aber«, unterbrach ihn Flint eindringlich. »Laß uns hier verschwinden!«

Tolpan sah zu den hohen Gebäuden auf beiden Seiten der Straße. Sie befanden sich in gutem Zustand. Offenbar waren die Palanthianer so stolz auf ihre Stadt, daß sie sogar Geld ausgaben, um leerstehende Gebäude in Schuß zu halten. Es gab Geschäfte und Häuser jeder Art. Die Straßen waren sauber und ohne Abfälle. Aber es war alles ausgestorben. Das muß einst eine wohlhabende Gegend gewesen sein, dachte der Kender. Mitten im Herzen der Stadt. Warum jetzt nicht mehr? Warum sind alle verschwunden? Er hatte ein unheimliches Gefühl, und es gab nur wenig Dinge auf Krynn, die einem Kender ein unheimliches Gefühl einflößten.

»Es gibt hier nicht einmal Ratten!« murrte Flint. Er faßte Tolpan am Arm und zog ihn mit sich. »Wir haben genug gesehen.«

»Oh, komm schon«, sagte Tolpan. Er zog seinen Arm weg, bekämpfte das merkwürdig unheimliche Gefühl, richtete seine schmalen Schultern auf und ging weiter. Dann hielt er wütend inne und sah zurück. Der Zwerg stand auf der Straße und blickte ihn finster an.

»Ich will nur bis zu diesem Wäldchen am Ende der Straße gehen«, erklärte Tolpan. »Sieh mal – es ist ein ganz gewöhnliches Wäldchen mit ganz gewöhnlichen Eichen. Wahrscheinlich ein Park oder so etwas. Vielleicht können wir dort ein Picknick machen...«

»Mir gefällt dieser Ort nicht!« sagte Flint dickköpfig. »Er erinnert mich an... an... Düsterwald –, wo Raistlin mit den Gespenstern gesprochen hat.«

»Ach, das einzige Gespenst hier bist du!« sagte Tolpan ärgerlich, entschlossen, die Tatsache zu ignorieren, daß er ihn auch daran erinnerte. »Es ist hellichter Tag. Wir sind im Zentrum einer *Stadt*, um Reorx' Liebe willen...«

»Und warum ist es dann so eisig kalt?«

»Es ist Winter!« rief der Kender und fuchtelte mit seinen Armen. Er verstummte plötzlich und blickte sich um, beunruhigt über die unheimliche Art, wie seine Worte durch die stummen Straßen hallten. »Kommst du jetzt?« fragte er flüsternd.

Flint holte tief Luft. Knurrend seine Streitaxt umklammernd, marschierte er auf den Kender zu und hielt ein wachsames Auge auf die Gebäude, als ob jeden Moment ein Geist auf ihn zuspringen würde.

»Es ist nicht Winter«, murmelte der Zwerg. »Nur hier.«

»Es wird erst in einigen Wochen Frühling sein«, gab Tolpan zurück, erfreut, über etwas streiten zu können, damit er sich von dem ablenkte, was sich in seinem Magen abspielte – Knoten und ähnliches.

Aber Flint wollte nicht streiten – ein schlechtes Zeichen. Schweigend schlichen die beiden die leere Straße entlang, bis sie das Ende des Blocks erreichten. Hier endeten die Gebäude abrupt an jenem Wäldchen. Wie Tolpan gesagt hatte, schienen es ganz gewöhnliche Eichen zu sein – obwohl es sicherlich die größten Eichen waren, die der Zwerg und der Kender jemals auf ihren Reisen auf Krynn gesehen hatten.

Aber als die zwei näher traten, spürten sie das seltsame eisige Gefühl stärker werden, bis es schlimmer wurde als jede Kälte, die sie je erlebt hatten, selbst die Kälte der Gletscher von Eismauer. Es war schlimmer, weil die Kälte aus dem Innern kam und keinen Sinn ergab! Warum sollte es ausgerechnet in diesem Teil der Stadt so kalt sein? Die Sonne schien. Am Himmel hing keine Wolke. Aber bald waren ihre Finger taub und steif. Flint konnte seine Streitaxt nicht mehr festhalten und war gezwungen, sie mit zitternden Händen am Rücken zu befestigen. Tolpans Zähne klapperten, er hatte jedes Gefühl in seinen spitzen Ohren verloren und zitterte heftig.

»L...laß u...uns h...hier ver...schwinden...«, stammelte der Zwerg durch blaugefrorene Lippen.

»W...wir stehen i...im Sch...Schatten ei...eines Geb...bäudes.« Tolpan biß sich fast auf die Zunge. »We...wenn wir w...wieder in d...die So...sonne treten, w...wird u...uns w...wieder w...warm.«

»K...kein F...feuer auf K...k...krynn wird u...uns w...wieder wärmen!« schnappte Flint böse und stapfte herum, um seinen Kreislauf anzuregen.

»N...nur n...noch ei...ein p...paar M...meter...« Tolpan ging mutig weiter, obwohl seine Knie heftig zitterten. Aber er ging allein. Als er sich umdrehte, sah er, daß Flint gelähmt zu sein schien, nicht in der Lage, sich zu bewegen. Sein Kopf war gebeugt, sein Bart bebte.

Ich sollte zurückgehen, dachte Tolpan, aber er konnte nicht. Die Neugierde, die der Hauptgrund für die sinkende Zahl der Kender war, zog ihn vorwärts.

Tolpan erreichte den Rand des Wäldchens, und hier ließ sein Herz ihn fast im Stich. Kender sind normalerweise immun gegen Angst, darum konnte auch nur ein Kender überhaupt so weit kommen. Aber jetzt fand sich Tolpan selbst als Opfer des größten, vernunftlosen Entsetzens wieder, das er je erlebt hatten. Und was immer die Ursache war, sie befand sich in diesem Eichenwäldchen.

Es sind ganz gewöhnliche Bäume, redete sich Tolpan bebend ein. Ich habe mit Gespenstern im Düsterwald geredet. Ich habe drei oder vier Drachen gegenübergestanden. Ich habe eine Kugel der Drachen zerstört. Nur ein ganz gewöhnlicher Wald. Ich war Gefangener im Schloß eines Zauberers. Ich sah einen Dämon aus der Hölle. Nur ein ganz gewöhnlicher Wald.

Langsam, immer weiter auf sich einredend, schritt Tolpan Zentimeter für Zentimeter auf die Eichen zu. Er ging nicht weit, nicht einmal an der äußeren Baumreihe vorbei, denn jetzt konnte er in das Herz des Waldes sehen.

Tolpan schluckte, drehte sich um und rannte.

Beim Anblick des zurücklaufenden Kenders wußte Flint, daß alles vorbei war. Irgend etwas Schreckliches barst aus dem Wald hervor. Der Zwerg wirbelte so schnell herum, daß er über seine Füße stolperte und auf das Pflaster fiel. Tolpan rannte auf ihn zu, packte ihn am Gürtel und zog ihn hoch. Dann stoben die beiden wie von Sinnen durch die Straße. Der Zwerg rannte um sein Leben. Er glaubte gigantische Fußtritte zu hören, die hinter ihm aufschlugen. Er wagte nicht, sich umzudrehen. Visionen eines geifernden Monstrums trieben ihn weiter, bis sein Herz aus seinem Körper zu springen schien. Endlich erreichten sie das Ende der Straße.

Es war warm. Die Sonne schien.

Sie konnten die Stimmen von lebendigen Leuten in den Straßen hören. Flint hielt erschöpft inne und holte keuchend Luft. Ängstlich blickte er sich um, überrascht, zu sehen, daß die Straße immer noch leer war.

»Was war es?« brachte er mühselig hervor.

Das Gesicht des Kenders war leichenblaß. »E… ein T… Turm«, schluckte Tolpan prustend.

Flint riß seine Augen auf. »Ein Turm?« wiederholte der Zwerg. »Ich bin den ganzen Weg *gerannt*, hätte mich fast umgebracht, und ich bin vor einem *Turm* weggerannt! Ich glaube nicht«, Flints buschige Augenbrauen schoben sich beunruhigt zusammen, »daß dieser Turm dich gejagt hat.«

»N… nein«, gab Tolpan zu. »Er… er stand einfach da. Aber es war das Entsetzlichste, was ich je in meinem Leben gesehen habe«, bekannte der Kender feierlich mit einem Schaudern.

»Das war wohl der Turm der Erzmagier«, sagte der Herrscher von Palanthas zu Laurana an jenem Abend, als sie im Kartenraum des wunderschönen Palastes saßen, der auf einem Hügel mit Blick auf die Stadt errichtet worden war. »Kein Wunder, daß dein kleiner Freund so verängstigt war. Es überrascht mich, daß er es bis zum Eichenwald von Shoikan geschafft hat.«

»Er ist ein Kender«, erwiderte Laurana lächelnd.

»Ah ja. Das erklärt alles. Das habe ich nicht in Betracht gezogen. Man sollte Kender anheuern für die Arbeiten in den Häusern in der Nähe des Turms. Wir müssen unverschämt hohe Gehälter zahlen, damit Männer einmal im Jahr in diese Gebäude gehen, um sie instandzusetzen. Aber andererseits«, der Herrscher wirkte deprimiert, »ich glaube nicht, daß die Leute hier erfreut wären, eine größere Anzahl von Kendern in ihrer Stadt zu sehen.«

Amothud, Herrscher von Palanthas, wanderte über den polierten Marmorboden des Kartenraums. Laurana schritt neben ihm und versuchte, nicht auf den Saum des langen, fließenden Gewandes zu treten, das die Palanthianer ihr gegeben hatten. Sie waren reizend gewesen und hatten es ihr als Geschenk angeboten. Aber sie wußte, eigentlich waren sie schockiert, eine Prinzessin von Qualinesti in einer blutverschmierten, schlachtzerbeulten Rüstung herumlaufen zu sehen. Laurana blieb nichts anderes übrig, als es anzunehmen; sie konnte es sich nicht leisten, die Palanthianer zu beleidigen, auf deren Hilfe sie rechnete. Aber sie fühlte sich nackt, zerbrechlich und hilflos ohne Schwert und Rüstung.

Und sie wußte, daß die Generäle der palanthianischen Armee, die vorläufigen Befehlshaber der Solamnischen Ritter und die anderen Edelleute – Berater des Stadtsenats – diejenigen waren, die sie sich zerbrechlich und hilflos fühlen ließen. Jeder von ihnen erinnerte sie mit jedem Blick daran, daß sie nur eine Frau war, die Soldat spielte. Zugegeben, sie hatte es gut gemacht. Sie hatte ihren kleinen Krieg geführt, und sie hatte gewonnen. Jetzt – zurück in die Küche...

»Was *ist* der Turm der Erzmagier?« fragte Laurana unvermittelt. Sie hatte nach einer Woche der Verhandlungen mit dem Herrscher von Palanthas gelernt, daß er zwar ein intelligenter Mann war, daß er aber dazu neigte, seine Gedanken in unergründliche Bereiche gleiten zu lassen, und ständiger Führung bedurfte, um beim Thema zu bleiben.

»Ach ja. Nun, du kannst ihn von diesem Fenster aus sehen, wenn du wirklich möchtest...«, sagte der Herrscher widerstrebend.

»Ich würde ihn gern sehen«, erwiderte Laurana kühl.

Mit einem Schulterzucken führte Herrscher Amothud Laurana zu einem Fenster, das ihr bereits aufgefallen war, da es mit dicken Vorhängen verdeckt war. Die Vorhänge der anderen Fenster waren aufgezogen und enthüllten einen atemberaubenden Ausblick auf die Stadt, gleichgültig, in welche Richtung man schaute.

»Ja, das ist der Grund, warum ich die Vorhänge geschlossen halte«, antwortete der Herrscher mit einem Seufzen auf Lauranas Frage. »Eine Schande. Hier hatte man einst die wundervollste Aussicht auf die Stadt, wie aus den alten Aufzeichnungen ersichtlich ist. Aber das war, bevor der Turm verflucht wurde...«

Der Herrscher zog die Vorhänge mit zitternden Händen beiseite, sein Gesicht war von Trauer verdüstert. Laurana, überrascht von diesem Gefühlsausbruch, sah neugierig hinaus. Die Sonne versank hinter den schneebedeckten Bergen und zeichnete purpurrote Streifen in den Himmel. Die lebhaften Farben schimmerten auf den weißen Gebäuden von Palanthas, als der seltene durchsichtige Marmor, aus denen sie gebaut waren, das sterbende Licht einfing. Laurana hatte sich niemals vorstellen können, daß in der Welt der Menschen solche Schönheit existieren könnte. Es machte ihrer geliebten Heimat Qualinesti wahrhaft Konkurrenz.

Dann wurden ihre Augen von einer Dunkelheit inmitten dieser schimmernden, perlmuttfarbenen Herrlichkeit angezogen. Ein einzelnstehender Turm erhob sich in den Himmel. Aus schwarzem Marmor gebaut, hob er sich entschieden vom weißen Marmor der übrigen Stadt ab. Minarette mußten einst seine Zierde gewesen sein, heute waren sie nur noch eine Ruine. Dunkle Fenster starrten wie leere Augenhöhlen blind in die Welt. Ein Zaun umgab den Turm. Auch der Zaun war schwarz, und am Tor des Zaunes sah Laurana etwas flattern. Einen Moment lang dachte sie, es wäre ein riesiger gefangener Vogel, denn er wirkte so lebendig. Sie wollte gerade die Aufmerksamkeit des Herrschers darauf lenken, als dieser mit einem Schauder die Vorhänge zuzog.

»Es tut mir leid«, entschuldigte er sich. »Ich kann es nicht ertragen. Entsetzlich. Und zu denken, daß wir seit Jahrhunderten damit leben...«

»Ich finde es gar nicht so entsetzlich«, sagte Laurana aufrichtig, ihr geistiges Auge erinnerte sich an den Anblick des Turms und die umgebende Stadt. »Der Turm... scheint irgendwie richtig zu sein. Eure Stadt *ist* sehr schön, aber manchmal ist es solch eine kalte, vollendete Schönheit, daß ich es gar nicht weiter bemerke.« Als sie aus den anderen Fenstern sah, war Laurana wieder von der Aussicht verzaubert, so wie beim ersten Mal, als sie Palanthas betreten hatte. »Aber nachdem ich das gesehen habe – dieser Makel in Eurer Stadt läßt die Schönheit stärker hervortreten... falls Ihr versteht...«

Dem verwirrten Gesichtsausdruck des Herrschers war zu entnehmen, daß er *nicht* verstand. Laurana seufzte, ihr fiel auf, daß sie mit einer seltsamen Faszination auf die vorgezogenen Vorhänge starrte. »Wieso wurde der Turm verflucht?« fragte sie.

»Es war während der... oh, ich denke, es gibt jemanden, der die Geschichte besser als ich erzählen kann«, sagte Herrscher Amothud und sah erleichtert auf, als sich die Tür öffnete. »Es ist keine Geschichte, die ich gern erzähle, um die Wahrheit zu sagen.«

»Astinus von der Bibliothek von Palanthas«, verkündete der Herold.

Zu Lauranas Verwunderung erhoben sich alle ehrfürchtig – selbst die hohen Generäle und Edelleute. All das, dachte sie, für einen Bibliothekar. Zu ihrer noch größeren Verwunderung verbeugten sich der Herrscher von Palanthas und all seine Generäle und alle Edelleute, als der Chronist eintrat. Auch Laurana verbeugte sich in verwirrter Höflichkeit. Als ein Mitglied der königlichen Familie Qualinestis wurde von ihr nicht erwartet, sich vor irgend jemand auf Krynn zu verbeugen, es sei denn, es handelte sich um ihren Vater, die Stimme der Sonnen. Aber als sie sich aufrichtete und den Mann musterte, empfand sie plötzlich die Verbeugung als angemessen und passend.

Astinus trat mit solch einer Seelenruhe und Sicherheit ein, daß sie überzeugt war, er könnte sich unverfroren mit allen Herrschern auf Krynn und dem Himmel messen. Er schien in mittlerem Alter zu sein, aber um ihn war etwas Zeitloses. Sein Gesicht schien aus dem Marmor von Palanthas gemeißelt zu sein, und zuerst war Laurana von der Kälte und Leidenschaftslosigkeit dieses Gesichts angewidert. Dann sah sie, daß die dunklen Augen des Mannes sprichwörtlich vor Leben strahlten – als ob es vom Feuer tausender Seelen strahlen würde.

»Du bist spät, Astinus«, sagte Amothud freundlich und mit deutlichem Respekt. Er und seine Generäle sowie die Ritter von Solamnia blieben stehen, bis der Chronist Platz genommen hatte. Fast überwältigt von einer ungewohnten Ehrfurcht sank Laurana auf ihren Stuhl an dem riesigen runden Tisch, der mitten in dem großen Zimmer stand.

»Ich hatte Geschäftliches zu erledigen«, entgegnete Astinus mit einer Stimme, die aus einem Brunnen ohne Grund zu kommen schien.

»Ich hörte, Ihr wurdet von einem seltsamen Ereignis belästigt.« Der Herrscher von Palanthas errötete vor Verlegenheit. »Ich muß mich aufrichtig entschuldigen. Wir können uns gar nicht vorstellen, wie es dazu kam, daß der junge Mann in solch einem entsetzlichen Zustand auf Euren Stufen gefunden wurde. Wenn Ihr uns nur benachrichtigt hättet! Wir hätten den Körper entfernen können…«

»Es war keine Belästigung«, sagte Astinus abrupt, während er Laurana ansah. »Alles ist erledigt und vorbei.«

»Aber... äh... was ist mit... äh... den sterblichen Überresten?« fragte Herrscher Amothud zögernd. »Ich weiß, wie schrecklich das sein muß, aber es gibt bestimmte Gesundheitsbestimmungen des Senats, und ich möchte sicherstellen, daß diese befolgt werden...«

»Vielleicht sollte ich gehen«, sagte Laurana kühl und erhob sich, »bis diese Unterhaltung beendet ist.«

»Was! Gehen?« Der Herrscher von Palanthas starrte sie ausdruckslos an. »Ihr seid doch gerade erst gekommen...«

»Ich glaube, unsere Unterhaltung ist für die Elfenprinzessin bedrückend«, bemerkte Astinus. »Die Elfen – wie Ihr Euch erinnern werdet, mein Herrscher – hegen für das Leben große Verehrung. Der Tod wird bei ihnen nicht auf diese gefühllose Weise diskutiert.«

»Oh, mein Gott!« Amothud lief tiefrot an, erhob sich und nahm ihre Hand. »Ich bitte um Verzeihung, meine Liebe. Völlig widerwärtig von mir. Bitte vergebt mir und setzt Euch wieder. Wein für die Prinzessin...«, rief Amothud einem Diener zu, der unverzüglich Lauranas Glas füllte.

»Ihr habt über die Türme der Erzmagier geredet, als ich eintrat. Was wißt Ihr über die Türme?« fragte Astinus, seine Augen starrten in Lauranas Seele.

Dieser durchdringende Blick ließ sie schaudern. Sie trank einen Schluck Wein und bedauerte jetzt, sie erwähnt zu haben. »Wirklich«, sagte sie schwach, »vielleicht sollten wir uns den Geschäften zuwenden. Ich bin sicher, die Generäle wollen zu ihren Soldaten zurückkehren, und ich...«

»Was wißt Ihr über die Türme?« wiederholte Astinus.

»Ich... äh... nicht viel«, stammelte Laurana, sie fühlte sich, als ob sie in der Schule wäre und von ihrem Mentor zur Rede gestellt würde. »Ich hatte einen Freund – das heißt, ich kannte jemanden, der die Prüfungen im Turm der Erzmagier in Wayreth bestanden hat, aber er ist...«

»Raistlin aus Solace, vermute ich«, sagte Astinus gelassen.

»Ja, das stimmt!« antwortete Laurana verwirrt. »Woher...«

»Ich bin Geschichtsschreiber, junge Frau. Es ist meine Aufgabe zu wissen«, erwiderte Astinus. »Ich werde Euch die Geschichte über den Turm von Palanthas erzählen. Betrachtet es nicht als Zeitverschwendung, Lauralanthalasa, denn seine Geschichte ist mit Eurem Schicksal verknüpft.« Er ignorierte ihren bestürzten Blick und zeigte auf einen der Generäle. »Öffne den Vorhang. Du verschließt die beste Aussicht auf die Stadt, so wie die Prinzessin bemerkte, bevor ich eintrat. Jetzt also die Geschichte über den Turm der Erzmagier von Palanthas.

Meine Geschichte muß mit jener Zeit beginnen, die in nachträglicher Erkenntnis als die Verlorene Schlacht bekannt ist. Während des Zeitalters der Allmacht, als Istars Königspriester begann, Phantomen nachzujagen, gab er seinen Ängsten einen Namen – Magier! Er fürchtete sie, fürchtete ihre weitreichende Macht. Er verstand sie nicht, und so stellten sie für ihn eine Bedrohung dar.

Es war einfach, die Bevölkerung gegen die Magier aufzubringen. Obwohl man sie weitgehend respektierte, vertraute man ihnen niemals, in erster Linie, weil sie in ihren Reihen Vertreter aller drei Mächte des Universums zuließen – die Weißen Roben des Guten, die Roten Roben der Neutralität und die Schwarzen Roben des Bösen. Denn sie verstanden, was Istars Königspriester eben nicht verstand – daß das Universum sich zwischen diesen drei Kräften im Gleichgewicht bewegt und daß die Störung dieses Gleichgewichts auf Zerstörung hinausläuft.

Und so erhoben sich die Leute gegen die Magier. Die fünf Türme der Erzmagier waren natürlich die wesentlichen Angriffsziele, denn in diesen Türmen konzentrierten sich die Mächte des Ordens. Und zu diesen Türmen gingen die jungen Magier, um sich den Prüfungen zu unterziehen – jene, die es wagten. Denn die Prüfungen sind anstrengend und, noch schlimmer, gefährlich. In der Tat bedeutete Versagen nur eins – den Tod!«

»Tod?« wiederholte Laurana ungläubig. »Dann hat Raistlin…«

»Sein Leben bei der Prüfung riskiert. Und fast hätte er dafür diesen Preis bezahlen müssen. Wegen dieser tödlichen Drohung wurden dunkle Gerüchte über die Türme der Erzmagier verbreitet. Vergeblich versuchten die Magier zu erklären, daß ihre Türme nur die Zentren des Lernens wären und daß jeder junge Magier, der sein Leben riskierte, dies freiwillig täte und den Sinn verstünde, der dahinter läge. Auch bewahrten die Magier in den Türmen ihre Zauberbücher und ihre Schriftrollen auf, ihr magisches Handwerkszeug. Aber niemand glaubte ihnen. Geschichten über seltsame Riten und Rituale und Opfer verbreiteten sich unter den Leuten, vom Königspriester und seinen Klerikern für seine eigenen Zwecke noch gefördert.

Und dann kam der Tag, an dem sich das Volk gegen die Magier erhob. Und zum zweiten Mal in der Geschichte des Ordens verbündeten sich die Roben. Das erste Mal war während der Schaffung der Kugeln der Drachen gewesen, die die Essenzen des Guten und des Bösen beinhalten, zusammengehalten durch den Ausgleich. Danach gingen sie ihrer Wege. Nun, aufgrund gemeinsamer Bedrohung kamen sie noch einmal zusammen, um sich zu schützen.

Die Magier zerstörten selbst zwei Türme, damit der Mob nicht in sie eindringen und sich mit Dingen einlassen würde, die über seinem Verstehen lägen. Durch die Zerstörung der beiden Türme wurde das umgebende Land verwüstet und folglich der Königspriester eingeschüchtert – denn es gab noch Türme der Erzmagier in Istar und in Palanthas. Um den dritten Turm, der im Wald von Wayreth liegt, sorgten sich die wenigsten, denn er befand sich weit entfernt von aller Zivilisation.

Und so trat der Königspriester mit Ehrfurcht an die Magier heran. Wenn sie die zwei Türme stehen ließen, würde er sie in Frieden ziehen lassen, so daß sie mit ihren Büchern, Schriftrollen und sonstigen Hilfsmitteln zum Turm der Erzmagier nach Wayreth gehen konnten. Bekümmert nahmen die Magier das Angebot an.«

»Aber warum haben sie nicht gekämpft?« unterbrach ihn Laurana. Ich habe Raistlin und... und Fizban gesehen, wenn sie wütend waren! Ich will mir gar nicht vorstellen, wie wahrhaft mächtig Zauberer sein müssen!«

»Ah, aber überdenkt das, Laurana. Euer junger Freund – Raistlin – war bereits erschöpft, wenn er nur einige wenige, relativ geringfügige Zauber geworfen hatte. Und wenn ein Zauber einmal geworfen ist, verschwindet er für immer aus dem Gedächtnis, bis der Magier wieder in seinem Zauberbuch liest und ihn von neuem auswendig lernt. Und das gilt auch für die mächtigsten Magier. Auf diese Weise beschützen uns die Götter vor jenen, die sonst zu mächtig werden und selbst nach der Göttlichkeit streben würden. Zauberer müssen schlafen, sie müssen sich konzentrieren können, sie müssen ihre Zeit mit täglichem Studium verbringen. Wie hätten sie durchhalten können, vom Pöbel belagert? Und wie hätten sie ihr eigenes Volk vernichten können?

Nein, sie meinten, das Angebot des Königspriesters annehmen zu müssen. Selbst die Schwarzen Roben, die sich kaum um die Bevölkerung kümmern, sahen ein, daß sie besiegt waren und daß die Magie aus der Welt verschwinden könnte. Sie zogen sich aus dem Turm der Erzmagier in Istar zurück – und fast unmittelbar danach zog der Königspriester ein, um ihn besetzt zu halten. Dann verließen sie auch den Turm hier in Palanthas. Und die Geschichte dieses Turms ist schrecklich.«

Astinus, der die ganze Zeit mit ausdrucksloser Stimme erzählt hatte, wurde plötzlich ernst, sein Gesicht verdüsterte sich.

»Ich erinnere mich gut an jenen Tag«, sagte er mehr zu sich als zu den am Tisch Versammelten. »Sie brachten mir ihre Bücher und Schriftrollen, um sie in meiner Bibliothek aufzubewahren. Denn es gab so viele Bücher und Schriftrollen in dem Turm, daß sie nicht alles nach Wayreth mitnehmen konnten. Sie wußten, daß ich sie aufbewahren und hüten würde. Viele der Zauberbücher waren sehr alt und konnten nicht mehr gelesen werden, da sie mit Schutzzaubern versehen waren, Zauber, zu denen der Schlüssel… verlorengegangen ist. Der Schlüssel…«

Astinus brach ab und versank in Nachdenken. Dann schob er mit einem Seufzer die dunklen Gedanken beiseite und fuhr fort.

»Das Volk von Palanthas versammelte sich um den Turm, als der Höchste des Ordens – der Zauberer der Weißen Roben – die schlanken goldenen Türme des Turms mit einem silbernen Schlüssel verschloß. Der Herrscher von Palanthas sah ihm gierig zu. Alle wußten, daß der Herrscher beabsichtigte, in den Turm zu ziehen, wie es sein Mentor, Istars Königspriester, getan hatte. Seine Augen weilten hungrig auf dem Turm, denn Legenden über seine Wunder, sowohl gute als auch böse, hatten sich im ganzen Land verbreitet.«

»Von all den schönen Gebäuden in Palanthas«, murmelte Amothud, »soll der Turm der Erzmagier das schönste gewesen sein. Und jetzt...«

»Was geschah dann?« fragte Laurana, der es kühl wurde, als die Dunkelheit der Nacht durch den Raum kroch, und sie hoffte, daß jemand die Diener rufen würde, um die Kerzen anzuzünden.

»Der Zauberer wollte gerade den silbernen Schlüssel dem Herrscher überreichen«, erzählte Astinus mit tiefer, trauriger Stimme. »Plötzlich erschien einer der Schwarzen Roben in einem Fenster in den oberen Etagen. Als die Leute ihn voller Entsetzen anstarrten, schrie er: ›Die Tore werden geschlossen bleiben und die Hallen leer, bis der Tag kommt, an dem der Herr über Vergangenheit und Gegenwart mit Macht zurückkehrt!‹ Dann beugte sich der böse Magier heraus und warf sich auf die Tore. Und als die silbernen und goldenen Widerhaken seine schwarze Robe durchbohrten, warf er einen Fluch über den Turm. Sein Blut besudelte den Boden, die silbernen und goldenen Tore verfielen und wurden schwarz. Der weißrot schimmernde Turm verblaßte zu eisgrauem Stein, seine schwarzen Minarette verfielen.

Der Herrscher und das Volk flohen vor Entsetzen, und bis zu diesem Tag wagt es niemand, sich dem Turm von Palanthas zu nähern. Nicht einmal Kender«, Astinus lächelte kurz auf, der Fluch ist so mächtig, daß er *alle* Sterblichen fernhält...«

»Bis der Herr über Vergangenheit und Gegenwart zurückkehrt«, murmelte Laurana.

»Pah! Der Mann war verrückt.« Amothud schnaufte verächtlich. »Kein Mensch kann Herr über Vergangenheit und Gegenwart sein – höchstens du, Astinus.«

»Ich bin kein Herrscher!« sagte Astinus in solch einem hohlen, schallenden Ton, daß alle im Raum ihn anstarrten. »Ich erinnere mich an die Vergangenheit, ich zeichne die Gegenwart auf. Ich trachte nicht danach, sie zu beherrschen!«

»Verrückt, wie ich schon sagte.« Der Herrscher zuckte mit den Schultern. »Und jetzt sind wir gezwungen, einen Schandfleck wie den Turm zu ertragen, weil niemand vermag, dort in der Nähe zu leben oder nahe genug heranzugehen, um ihn niederzureißen.«

»Ich finde, ihn niederzureißen wäre eine Schande«, sagte Laurana leise, während sie durch das Fenster zum Turm blickte. »Er *gehört* hierher…«

»Das tut er in der Tat, junge Frau«, erwiderte Astinus, der sie seltsam musterte.

Die Schatten der Nacht hatten sich während Astinus' Erzählung vertieft. Bald war der Turm in Dunkelheit getaucht, während in der restlichen Stadt Lichter auffunkelten. Palanthas schien zu versuchen, die Sterne zu übertreffen, dachte Laurana, aber ein runder Fleck Dunkelheit wird immer in seinem Zentrum bleiben.

»Wie traurig und tragisch«, murmelte sie, da sie das Gefühl hatte, irgend etwas sagen zu müssen, weil Astinus sie direkt ansah. »Und dieses… dieses dunkle Ding, was ich flattern gesehen habe, das am Zaun hängt…« Sie hielt vor Entsetzen inne.

»Verrückt, verrückt«, wiederholte Amothud düster. »Ja, wir vermuten, das ist das, was von dem Körper übriggeblieben ist. Niemand war in der Lage gewesen, näher heranzutreten, um es herauszufinden.«

Laurana erschauderte. Sie legte ihre Hände an ihren schmerzenden Kopf, denn sie wußte, daß diese fürchterliche Geschichte sie noch nächtelang verfolgen würde, und sie wünschte, sie niemals gehört zu haben. *Mit ihrem Schicksal verknüpft!* Wütend versuchte sie, den Gedanken aus ihrem Gehirn zu verbannen. Es spielte keine Rolle. Sie hatte dafür keine Zeit. Ihr Schicksal sah ohne alptraumhafte Kindergeschichten schon düster genug aus.

Als ob er ihre Gedanken gelesen hätte, erhob sich Astinus plötzlich und rief nach mehr Licht.

»Denn«, sagte er kühl, während er Laurana anstarrte, »die Vergangenheit ist verloren. Die Zukunft gehört uns. Und wir haben noch eine Menge Arbeit vor uns, bevor der neue Tag anbricht.«

Befehlshaber der Ritter von Solamnia

Zuerst muß ich ein Schriftstück vorlesen, das ich vor wenigen Stunden von Fürst Gunther erhalten habe.« Der Herrscher von Palanthas zog eine Schriftrolle aus den Falten seines feingewebten wollenen Gewandes hervor, breitete sie auf dem Tisch aus und glättete sie sorgfältig mit seinen Händen. Er legte seinen Kopf zurück und starrte darauf, offensichtlich in dem Versuch, sich zu konzentrieren.

Laurana, sicher, daß dies die Antwort auf ihre Botschaft sein mußte, die sie zwei Tage zuvor an Fürst Gunther geschickt hatte, biß sich vor Ungeduld auf die Unterlippe.

»Es ist zerknittert«, sagte Amothud entschuldigend. »Man kann den Greifen, die uns die Elfenlords netterweise geliehen haben« – er verbeugte sich vor Laurana, die die Verbeugung erwiderte und den Drang unterdrückte, den Brief aus seiner Hand zu reißen – »nicht beibringen, diese Schriftrollen zu transportieren, ohne sie zu zerknüllen. Aha, jetzt komme ich klar. *Fürst Gunther grüßt Amothud, Herrscher von Palanthas.* Charmanter Mann, der Fürst Gunther.« Der Herrscher sah auf. »Er war erst im letzten Jahr hier, während des Frühlingsfestes, das, nebenbei bemerkt, heuer in drei Wochen stattfindet, meine Liebe. Vielleicht beehrt Ihr unsere Festlichkeiten...«

»Darüber wäre ich sehr erfreut, Herrscher, *falls* in drei Wochen überhaupt noch jemand lebt«, sagte Laurana, während sie unter dem Tisch ihre Fäuste ballte, um die Beherrschung nicht zu verlieren.

Amothud blinzelte, dann lächelte er nachsichtig. »Gewiß. Die Drachenarmeen. Nun, ich werde weiterlesen. *Ich bin wahrhaft betrübt, über den Verlust so vieler aus unserer Ritterschaft zu hören. Laßt uns Trost in dem Wissen finden, daß sie siegreich gestorben sind im Kampf gegen das große Böse, das unser Land verdunkelt. Ich empfinde eine noch größere persönliche Trauer über den Verlust dreier unserer besten Anführer: Derek Kronenhüter, Ritter der Rose, Alfred Merkenin, Ritter des Schwertes, und Sturm Feuerklinge, Ritter der Krone.*« Der Herrscher wandte sich an Laurana. »Feuerklinge. Er war Euer enger Freund, nicht wahr, meine Liebe?«

»Ja, mein Herrscher«, murmelte Laurana. Sie neigte ihren Kopf und ließ ihr goldenes Haar nach vorn fallen, um den Schmerz in ihren Augen zu verbergen. Es war noch nicht lange her, daß sie Sturm in der Kammer von Paladin unter den Ruinen des Turms des Oberklerikers beerdigt hatte. Der Verlust schmerzte noch sehr.

»Lest weiter, Herr«, ließ sich Astinus kühl vernehmen. »Ich kann es mir nicht erlauben, so lange meinen Studien fernzubleiben.«

»Gewiß, Astinus.« Der Herrscher errötete. Eilig fuhr er mit

dem Lesen fort. *»Diese Tragödie läßt die Ritter in ungewöhnlichen Umständen zurück. Erstens besteht die Ritterschaft nun überwiegend aus Rittern der Krone, dem niedrigsten Ritterorden. Das bedeutet, daß zwar alle ihre Prüfungen bestanden und ihre Schilde erkämpft haben, aber trotzdem jung und unerfahren sind. Für die meisten war das die erste Schlacht gewesen. Zweitens läßt uns diese Tragödie auch ohne angemessene Befehlshaber zurück, da nach dem Maßstab jeweils ein Vertreter der drei Ritterorden das Kommando führen muß.«*

Laurana vernahm das schwache Klirren von Rüstungen und das Rasseln von Schwertern, als sich die Ritter unruhig bewegten. Es waren vorläufige Führer, bis die Frage der Befehlsgewalt geklärt war. Sie schloß die Augen und seufzte. Bitte, Gunther, dachte sie, hoffentlich hast du eine kluge Entscheidung getroffen. So viele sind aufgrund politischer Machenschaften gestorben.

»Darum ernenne ich Lauralanthalasa aus dem königlichen Haus der Qualinesti zum Führer über die Ritter…« Der Herrscher hielt einen Moment inne, als ob er glaubte, nicht richtig gelesen zu haben. Laurana riß ihre Augen weit auf und starrte Amothud schockiert und ungläubig an.

Amothud blickte auf die Schriftrolle, um die Stelle noch einmal zu lesen. Aber auf ein ungeduldiges Murmeln von Astinus hin fuhr er fort: *»… die zur Zeit die in dieser Hinsicht erfahrenste Person ist und die einzige, die die Drachenlanzen anwenden kann. Um der Glaubwürdigkeit dieses Schreibens willen füge ich mein Siegel bei. Fürst Gunther Uth Wistan, Großmeister der Ritter von Solamnia…* und so weiter und so weiter.« Der Herrscher sah auf. »Meine Glückwünsche, meine Liebe – oder vielleicht sollte ich *›General‹* sagen.«

Laurana saß ganz still da. Einen Moment lang war sie so wütend, daß sie am liebsten aus dem Saal gerannt wäre. Erinnerungen kamen ihr – Fürst Alfreds geköpfter Körper, der arme Derek, der im Wahnsinn gestorben war, Sturms leblose Augen, in die Friede eingekehrt war, die aufgereihten Leichname der Ritter, die am Turm gestorben waren…

Und jetzt sollte *sie* die Befehlsgewalt haben. Ein Elfenmädchen aus der königlichen Familie, nach Elfenmaßstab nicht einmal volljährig. Ein verwöhntes kleines Mädchen, das weggelaufen war, um ihrer Jugendliebe Tanis, dem Halb-Elfen nachzulaufen. Dieses verwöhnte kleine Mädchen war erwachsen geworden. Furcht, Schmerz, schwerer Verlust und großes Leid hatten sie älter als ihr Vater werden lassen.

Sie wandte sich um und sah Sir Markham und Sir Patrick Blicke wechseln. Von allen Rittern der Krone hatten diese beiden am längsten gedient. Sie kannte beide als mutige Soldaten und ehrenhafte Männer. Sie hatten mutig um den Turm des Oberklerikers gekämpft. Warum hatte Gunther nicht einen von ihnen ausgewählt?

Sir Patrick erhob sich mit dunklem Gesicht. »Ich kann das nicht akzeptieren«, sagte er mit leiser Stimme. »Lady Laurana ist gewiß eine mutige Kämpferin, aber sie hat niemals Männer ins Feld geführt und kommandiert.«

»Hast du es denn, junger Ritter?« fragte Astinus gelassen.

Patrick errötete. »Nein, aber das ist etwas anderes. Sie ist eine Frau...«

»Ach wirklich, Patrick?« lachte Sir Markham. Er war ein sorgloser, unkomplizierter junger Mann – ein bemerkenswerter Gegensatz zu dem strengen und ernsten Patrick. »Haare auf der Brust machen einen noch nicht zum General. Reg dich ab! Das ist Politik! Gunther hat einen klugen Schritt getan.«

Laurana errötete, sie wußte, daß er recht hatte. Sie war eine sichere Wahl. Gunther würde Zeit haben, seine Ritterschaft wieder aufzubauen und sich selbst als Führer zu etablieren.

»Aber so etwas hat es noch nie gegeben!« fuhr Patrick fort und vermied dabei Lauranas Augen. »Ich bin sicher, daß es gemäß dem Maßstab Frauen nicht erlaubt ist, in der Ritterschaft...«

»Du irrst dich«, bemerkte Astinus kategorisch. »Und das *gab* es schon einmal. Während des Dritten Drachenkrieges wurde eine junge Frau nach dem Tod ihres Vaters und ihrer Brüder in die Ritterschaft aufgenommen. Sie wurde zum Ritter des

Schwertes geschlagen und starb ehrenhaft in der Schlacht, betrauert von ihren Kameraden.«

Niemand sprach. Amothud wirkte äußerst verlegen, er wäre bei Sir Markhams Bemerkung über die haarige Brust am liebsten unter dem Tisch verschwunden. Astinus starrte Sir Patrick kühl an. Sir Markham spielte mit seinem Weinglas, warf Laurana lächelnd einen Blick zu. Nach einem kurzen inneren Kampf, der sich deutlich in seinem Gesicht abspielte, setzte sich Sir Patrick mit finsterem Gesicht.

Sir Markham hob sein Glas. »Auf unseren Befehlshaber!«

Laurana reagierte nicht. Sie hatte das Kommando. Kommando worüber? fragte sie sich bitter. Die ruinierten Überreste der Ritter von Solamnia, die nach Palanthas geschickt worden waren; von den Hunderten hatten nicht mehr als fünfzig überlebt. Sie hatten einen Sieg errungen – aber zu welch schrecklichem Preis? Eine Kugel der Drachen war zerstört, der Turm des Oberklerikers lag in Schutt und Asche…

»Ja, Laurana«, sagte Astinus, »sie haben es Euch überlassen, die Scherben aufzuheben.«

Sie sah verwirrt auf, verängstigt über diesen seltsamen Mann, der ihre Gedanken aussprach.

»Ich wollte das nicht so«, murmelte sie wie betäubt.

»Ich glaube nicht, daß einer von uns in diesem Raum um einen Krieg gebetet hat«, bemerkte Astinus sarkastisch. »Aber der Krieg ist eingetreten, und jetzt müßt Ihr das tun, was Ihr tun könnt, um ihn zu gewinnen.« Er erhob sich. Der Herrscher von Palanthas, die Generäle und Ritter standen respektvoll auf.

Laurana blieb sitzen, ihre Augen auf ihre Hände gerichtet. Sie spürte, wie Astinus sie anstarrte, und sie weigerte sich dickköpfig, ihn anzusehen.

»Mußt du schon gehen, Astinus?« fragte Amothud traurig.

»Ich muß. Meine Studien warten. Ich war bereits zu lange fort. Ihr habt nun eine Menge Arbeit vor euch, vieles davon ist nüchtern und langweilig. Ihr braucht mich nicht mehr. Und ihr habt euren Anführer.« Er machte mit seiner Hand eine Bewegung.

»Was?« fragte Laurana, die seine Geste aus den Augenwinkeln bemerkt hatte. Jetzt sah sie ihn an, dann fuhren ihre Augen zum Herrscher von Palanthas. »Ich? Das kann nicht Euer Ernst sein. Ich habe nur die Befehlsgewalt über die Ritter...«

»Was dich gleichzeitig zum Befehlshaber der Armee von Palanthas macht, wenn wir uns so entscheiden«, sagte der Herrscher. »Und wenn Astinus Euch empfiehlt...«

»Das tue ich nicht«, erwiderte Astinus barsch. »Ich kann niemanden empfehlen. Ich forme nicht die Geschichte...« Er hielt plötzlich inne, und Laurana war überrascht, die Maske von seinem Gesicht fallen und Trauer und Leid enthüllt zu sehen. »Das heißt, ich bemühe mich, nicht die Geschichte zu formen. Aber manchmal versage auch ich...« Er seufzte, dann hatte er sich wieder unter Kontrolle und legte seine Maske wieder an. »Ich habe getan, wozu ich gekommen war – euch ein Wissen über die Vergangenheit zu geben. Es kann für eure Zukunft wichtig sein oder auch nicht.«

Er drehte sich um, um den Raum zu verlassen.

»Warte!« schrie Laurana und erhob sich. Sie wollte auf ihn zugehen, aber sie zauderte, als sie die kalten, strengen Augen auf sich ruhen sah, bedrohlich wie fester Stein. »Du... du siehst alles, was geschieht, so wie es geschieht?«

»Ja.«

»Dann weißt du, wo die Drachenarmeen sind, was sie planen...«

»Pah! Das weißt du genauso gut wie ich.« Astinus wandte sich wieder ab.

Laurana blickte sich schnell im Raum um. Sie sah, daß der Herrscher und die Generäle sie amüsiert beobachteten. Sie wußte, daß sie sich wie das verwöhnte kleine Mädchen benahm, aber sie mußte Antworten haben! Astinus war schon fast an der Tür, die Diener öffneten sie bereits. Laurana warf den anderen einen trotzigen Blick zu, verließ den Tisch und ging schnellen Schrittes über den polierten Marmorboden, über den Saum ihres Kleides stolpernd. Astinus, der sie hörte, hielt nochmals an.

»Ich habe zwei Fragen«, sagte sie leise, als sie ihn erreicht hatte.

»Ja«, antwortete er und starrte in ihre grünen Augen, »eine Frage des Verstandes und eine Frage des Herzens. Stellt die erste.«

»Gibt es noch eine Kugel der Drachen?«

Astinus schwieg einen Moment. Wieder sah Laurana Schmerz in seinen Augen, während sein zeitloses Gesicht plötzlich alt wirkte. »Ja«, sagte er schließlich. »Soviel kann ich dir sagen. Eine existiert noch. Aber es liegt über Euren Fähigkeiten, sie anzuwenden oder sie zu finden. Streicht es aus Euren Gedanken.«

»Tanis hatte eine«, beharrte Laurana. »Bedeutet das, daß er sie verloren hat? Wo...«, sie zögerte, denn das war ihre Herzensfrage, »wo ist er?«

»Streicht es aus Euren Gedanken.«

»Was meinst du damit?« Laurana fröstelte bei der eisigen Stimme des Mannes.

»Ich sehe nicht die Zukunft voraus. Ich sehe nur die Gegenwart, wie sie zur Vergangenheit wird. So habe ich sie seit Beginn der Zeit gesehen. Ich habe Liebe gesehen, die durch die Bereitschaft, alles zu opfern, Hoffnung in die Welt brachte. Ich habe Liebe gesehen, die versuchte, Stolz zu überwinden, und eine Gier nach Macht, die versagte. Die Welt ist düsterer aufgrund ihres Versagens, aber es ist nur so, als ob eine Wolke die Sonne verdunkelte. Die Sonne – die Liebe – bleibt bestehen. Schließlich habe ich Liebe gesehen, die sich in Dunkelheit verliert. Mißverstandene Liebe, weil der Liebende sein – oder ihr – Herz nicht verstand.«

»Du sprichst in Rätseln«, sagte Laurana wütend.

»Wirklich?« fragte Astinus. Er verbeugte sich. »Lebt wohl, Lauralanthalasa. Ich rate Euch, Euch auf Eure Pflichten zu konzentrieren.«

Der Chronist verließ den Raum.

Laurana starrte ihm nach und wiederholte seine Worte: »Liebe, die sich in Dunkelheit verliert.« War es ein Rätsel, oder wußte sie die Antwort und wollte es sich nur nicht eingestehen, wie Astinus angedeutet hatte?

Ich habe Tanis in Treibgut zurückgelassen, um hier nach dem Rechten zu sehen. Kitiara hatte diese Worte gesagt. Kitiara – die Drachenfürstin. Kitiara – die menschliche Frau, die Tanis liebte.

Plötzlich verschwand der Schmerz aus Lauranas Herzen – der Schmerz, den sie spürte, seitdem sie Kitiara diese Worte sprechen gehört hatte – und ließ eine eisige Leere zurück, eine dunkle Leere wie die fehlenden Konstellationen am Nachthimmel. *Liebe, die sich in Dunkelheit verliert.* Tanis war verloren. Das hatte Astinus ihr zu erklären versucht. *Konzentriert Euch auf Eure Pflichten.* Ja, sie würde sich auf ihre Pflichten konzentrieren, denn das war alles, was ihr geblieben war.

Sie drehte sich um, um dem Herrscher von Palanthas und seinen Generälen gegenüberzutreten, warf ihren Kopf zurück, ihr goldenes Haar glänzte im Licht der Kerzen. »Ich werde die Führerschaft über die Armee übernehmen«, sagte sie mit einer Stimme, die fast so kalt war wie die Leere in ihrer Seele.

»*Das* ist wahre Steinmetzarbeit!« stellte Flint zufrieden fest, auf den Zinnen der Alten Stadtmauer herumstapfend. »Zwerge haben das gebaut, daran besteht kein Zweifel. Sieh mal, mit welcher Genauigkeit jeder Stein geschnitten ist, wie perfekt er sich in die Mauer einpaßt, keiner gleicht dem anderen.«

»Faszinierend«, sagte Tolpan gähnend. »Haben Zwerge auch diesen Turm gebaut, den wir...«

»Erinnere mich nicht daran!« schnappte Flint. »Zwerge haben *nicht* die Türme der Erzmagier gebaut. Sie wurden von ihnen selbst gebaut. Sie errichteten sie im wahrsten Sinne des Wortes aus den Knochen der Welt, als sie die Steine aus der Erde mit ihrer Magie hochhoben.«

»Das ist ja wundervoll!« keuchte Tolpan, der wieder wach wurde. »Ich wünschte, ich hätte dabeisein können. Wie...«

»Es ist nichts«, fuhr der Zwerg laut fort und blickte Tolpan wütend an, »im Vergleich zu der Arbeit der Zwergensteinmetze, die Jahrhunderte damit zubrachten, ihre Kunst zu verfeinern. Jetzt sieh dir diesen Stein an. Sieh dir die Struktur der eingemeißelten Zeichen an...«

»Da kommt Laurana«, sagte Tolpan dankbar, erfreut, seine Lektion in Sachen Zwergenhandwerk überstanden zu haben.

Flints Blick wanderte von der Steinmauer zu Laurana, die aus einem riesigen, dunklen Korridor, der zu den Zinnen führte, auf sie zukam. Sie war wieder in die Rüstung gekleidet, die sie auch im Turm des Oberklerikers getragen hatte; das Blut war von der goldverzierten stählernen Brustplatte entfernt worden, die Beulen ausgebessert. Sie ging langsam, ihre Augen waren auf den östlichen Horizont gerichtet, wo sich die Berge wie dunkle Schatten gegen den sternenklaren Himmel abhoben. Das Mondlicht berührte ihr Gesicht. Als Flint sie ansah, seufzte er.

»Sie hat sich verändert«, sagte er leise zu Tolpan. »Und Elfen verändern sich normalerweise niemals. Erinnerst du dich, als wir ihr in Qualinesti begegnet sind? Im Herbst, nur vor sechs Monaten. Es könnte Jahre her sein...«

»Sie ist immer noch nicht über Sturms Tod hinweg. Es ist erst eine Woche her«, sagte Tolpan. Sein spitzbübisches Kendergesicht war ungewöhnlich ernst und nachdenklich.

»Es ist nicht nur das.« Der alte Zwerg schüttelte den Kopf. »Es muß mit der Begegnung mit Kitiara oben auf der Mauer des Turms des Oberklerikers zusammenhängen. Kitiara muß irgend etwas getan oder gesagt haben. Der Teufel soll sie holen!« schnappte der Zwerg böse. »Ich habe ihr niemals getraut! Nicht einmal in den guten alten Zeiten. *Mich* überrascht es nicht, sie in der Aufmachung einer Drachenfürstin zu sehen! Ich würde einen Berg mit Stahlmünzen geben, um zu wissen, was sie Laurana gesagt hat, das ihr den letzten Rest gegeben hat. Sie sah aus wie ein Gespenst, als wir sie von der Mauer geholt haben, nachdem Kitiara und ihr blauer Drache verschwunden waren. Ich wette um meinen Bart«, murmelte der Zwerg, »daß es etwas mit Tanis zu tun hatte.«

»Ich kann nicht glauben, daß Kitiara eine Drachenfürstin ist.

Sie war immer... immer...«, Tolpan suchte nach Worten, »nun, lustig!«

»Lustig?« fragte Flint mit hochgezogenen Augenbrauen. »Vielleicht. Aber auch kalt und selbstsüchtig. O ja, sie war auch charmant, wenn sie wollte.« Flints Stimme wurde leiser. Laurana hätte etwas hören können. »Tanis hat das nie gesehen. Er glaubte immer, unter Kitiaras Oberfläche stecke mehr. Er meinte, nur er allein würde das kennen, ihr zartes Herz, das sie mit einer harten Schale nur zu verbergen suchte. Hah! Sie hat soviel Herz wie diese Steine hier.«

»Was gibt es Neues, Laurana?« fragte Tolpan fröhlich, als das Elfenmädchen sie erreichte.

Laurana lächelte ihre alten Freunde an, aber, wie Flint gesagt hatte, es war nicht mehr das unschuldige, fröhliche Lächeln des Elfenmädchens, das unter den Espen in Qualinesti gewandelt war. Jetzt war ihr Lächeln wie die düstere Sonne in einem kalten Winterhimmel. Es gab Licht, aber keine Wärme, vielleicht weil ihre Augen keine Wärme ausstrahlten.

»Ich bin Befehlshaber der Armee«, sagte sie einfach.

»Herzliche...«, begann Tolpan, aber seine Stimme erstarb beim Anblick ihres Gesichts.

»Es gibt keinen Grund, mich zu beglückwünschen«, sagte Laurana bitter. »Was befehlige ich? Eine Handvoll Ritter, die in einer zerstörten Bastion meilenweit entfernt in den Vingaard-Bergen festsitzen, und tausend Männer, die auf den Mauern dieser Stadt stehen.« Sie ballte ihre behandschuhten Hände, ihre Augen waren auf den östlichen Himmel gerichtet, der die ersten Anzeichen des Morgenlichts zeigte. »Wir sollten schon von hier weg sein! Während die Drachenarmee immer noch verstreut ist und versucht, sich neu zu gruppieren! Wir könnten sie mühelos besiegen. Aber nein, wir wagen uns nicht hinaus in die Ebenen – nicht einmal mit den Drachenlanzen. Denn was nützen sie schon gegen Drachen im Flug? Wenn wir eine Kugel der Drachen hätten...«

Sie schwieg einen Moment lang, dann holte sie tief Luft. Ihr Gesicht verhärtete sich. »Nun, wir haben keine. Es hat keinen

Sinn, darüber nachzudenken. So stehen wir also hier, auf den Zinnen von Palanthas, und warten auf den Tod.«

»Nun komm, Laurana«, wandte Flint ein, nachdem er sich geräuspert hatte, »vielleicht steht die Lage gar nicht so schlecht. Diese Stadt ist von guten, soliden Mauern umgeben. Tausend Männer können sie mühelos halten. Die Gnome mit ihren Katapulten bewachen den Hafen. Die Ritter bewachen den einzigen Paß durch die Vingaard-Berge, und wir haben Männer zur Verstärkung nachgeschickt. Und wir *haben* die Drachenlanzen – zumindest einige, und Gunther hat uns benachrichtigt, daß weitere unterwegs sind. Wir können Drachen im Flug nicht angreifen? Sie werden zweimal darüber nachdenken, die Mauern zu überfliegen...«

»Es reicht aber nicht, Flint!« seufzte Laurana. »Ja, sicher, wir können die Drachenarmee vielleicht eine Woche oder zwei abwehren, vielleicht sogar einen Monat. Aber was dann? Was geschieht mit uns, wenn sie das Land um uns kontrollieren? Alles, was wir gegen die Drachen tun können, ist, uns selbst an sicheren kleinen Zufluchtsorten zu verbarrikadieren. Aber dann wird diese Welt nichts anderes sein als winzige Inseln des Lichts, umgeben von riesigen Ozeanen der Dunkelheit. Und dann wird uns alle die Dunkelheit Schritt für Schritt verschlingen.«

»Wann hast du das letzte Mal geschlafen?« fragte Flint plötzlich streng.

»Ich weiß es nicht«, antwortete sie. »Mein Wachsein und Schlafen scheinen ineinander überzugehen. Die Hälfte der Zeit gehe ich in einem Traum, und die andere Hälfte schlafe ich durch die Wirklichkeit.«

»Dann schlaf jetzt«, sagte der Zwerg mit einer Stimme, die Tolpan als seine Großvaterstimme bezeichnete. »Wir gehen auch schlafen. Unsere Wache ist fast zu Ende.«

»Ich kann nicht«, sagte Laurana, während sie sich die Augen rieb. Der Gedanke an Schlaf ließ ihr plötzlich bewußt werden, wie erschöpft sie eigentlich war. »Ich wollte euch sagen, daß wir Berichte erhalten haben, daß Drachen gesichtet wurden, die weiter westlich über die Stadt Kalaman geflogen sind.«

»Dann steuern sie also in unsere Richtung«, sagte Tolpan, der in seinem Kopf eine Landkarte entwarf.

»Von wem sind diese Berichte?« fragte der Zwerg argwöhnisch.

»Die Greife. Jetzt knurr nicht darüber.« Laurana lächelte leicht über den Anblick des angewiderten Zwergs. »Die Greife sind uns eine große Hilfe. Auch wenn die Elfen nicht mehr als ihre Greife gegen diesen Krieg beisteuern, dann haben sie trotzdem eine Menge getan.«

»Greife sind dumme Tiere«, stellte Flint klar. »Ich traue ihnen genauso wenig, wie ich Kendern traue. Außerdem«, fuhr der Zwerg fort und ignorierte Tolpans beleidigten Blick, »macht es keinen Sinn. Die Drachenfürsten schicken keine Drachen zum Angriff ohne Armeen im Gefolge...«

»Vielleicht sind die Armeen gar nicht so unorganisiert, wie wir gehört haben.« Laurana seufzte müde. »Oder vielleicht hat man die Drachen geschickt, damit sie ihre Wut auslassen, Chaos verursachen, die Stadt demoralisieren, das umgebende Land in Schutt und Asche legen. Ich weiß es nicht. Schaut mal, die Nachricht hat sich herumgesprochen!«

Flint blickte sich um. Jene Soldaten, die dienstfrei hatten, standen immer noch an ihren Plätzen und starrten nach Osten zu den Bergen. Sie unterhielten sich mit leisen Stimmen; andere gesellten sich zu ihnen, die gerade erwacht waren und die Neuigkeiten erfuhren.

»Das habe ich befürchtet.« Laurana seufzte. »Das wird eine Panik auslösen! Ich habe Amothud gebeten, die Nachricht geheimzuhalten, aber die Palanthianer sind nicht daran gewöhnt, etwas geheimzuhalten! Schaut, was habe ich euch gesagt?«

Als sie von der Mauer hinuntersahen, konnten die Freunde beobachten, wie sich die Straßen mit Leuten – halbangezogen, verschlafen, verängstigt – füllten. Laurana konnte sich vorstellen, wie sich die Gerüchte verbreiteten, als die Palanthianer von Haus zu Haus liefen.

Sie biß sich auf die Lippen, ihre grünen Augen flackerten vor Wut. »Jetzt muß ich Männer von den Mauern abziehen, damit sie diese Leute in ihre Häuser schaffen. Ich kann sie nicht auf den Straßen lassen, wenn die Drachen angreifen! Ihr Männer, folgt mir!« Sie machte einer in der Nähe stehenden Gruppe von Soldaten Zeichen und eilte davon. Flint und Tolpan sahen ihr nach, als sie die Treppen hinunter – und auf den Palast des Herrschers zulief. Bald sahen sie bewaffnete Patrouillen durch die Straßen ziehen, die versuchten, die Leute in ihre Häuser zu treiben und die aufkommende Panik zu unterdrücken.

»Das bringt es auch!« knurrte Flint, denn die Straßen füllten sich noch mehr.

Tolpan, der auf einem Steinblock stand und über die Mauer starrte, schüttelte den Kopf. »Es spielt keine Rolle mehr!« flüsterte er verzweifelt. »Flint, schau...«

Der Zwerg kletterte eilig zu seinem Freund hoch. Männer schrien und griffen nach Bogen und Speeren. Hier und dort konnte man die mit Widerhaken versehenen silbernen Spitzen einer Drachenlanze sehen, die im Fackellicht aufblitzte.

»Wie viele?« fragte Flint mit einem schrägen Seitenblick.

»Zehn«, antwortete Tolpan leise. »Zwei Scharen. Große Drachen. Vielleicht die roten, die wir in Tarsis gesehen haben. Ich kann ihre Farbe nicht erkennen, aber ich kann Reiter auf ihnen sehen. Vielleicht ein Drachenfürst. Vielleicht Kitiara... Donnerwetter«, sagte Tolpan, von einem plötzlichen Einfall überrascht. »Ich hoffe, daß ich dieses Mal mit ihr sprechen kann. Es muß interessant sein, ein Drachenfürst zu sein...«

Seine Worte gingen in dem Glockengeläut unter, das von allen Türmen in der Stadt erscholl. Die Leute in den Straßen sahen zu den Mauern hoch, wo die Soldaten zeigten und schrien. Tief unter sich konnte Tolpan Laurana erkennen, die aus dem Palast mit dem Herrscher und zweien seiner Generäle auftauchte. Der Kender sah an Lauranas hochgezogenen Schultern, daß sie zornig war. Sie deutete auf die Palastglocken, offenbar wollte sie, daß das Geläut aufhörte. Aber es war bereits zu spät. Die Bevölkerung von Palanthas drehte vor Entsetzen durch. Und die meisten der unerfahrenen Soldaten waren beinahe im selben Zustand wie die Zivilisten. Düstere Erinnerungen an Tarsis kamen Tolpan – zu Tode getrampelte Leute in den Straßen, in Flammen explodierende Gebäude.

Der Kender drehte sich langsam um. »Ich glaube, ich möchte nicht mit Kitiara sprechen«, sagte er leise und fuhr sich mit der Hand über die Augen, während er die Drachen immer näher herankommen sah. »Ich möchte nicht wissen, wie es ist, ein Drachenfürst zu sein, weil es bestimmt traurig und düster und entsetzlich ist... Warte...«

Tolpan starrte in den Osten. Er wollte seinen Augen nicht trauen, darum lehnte er sich weiter vor, gefährlich weit über die Mauer.

»Flint!« schrie er und fuchtelte mit den Armen.

»Was ist denn?« schnappte Flint. Er ergriff Tolpan am Gürtel seiner Hose und zog den aufgeregten Kender mit einem Ruck zurück.

»Es ist wie ein Pax Tarkas!« babbelte Tolpan zusammenhanglos. »Wie in Humas Grabmal. Wie Fizban gesagt hatte! Sie sind hier! Sie kommen!«

»Wer ist hier?« brüllte Flint zornig.

Tolpan hüpfte vor Aufregung auf und ab, seine Beutel sprangen auf und ab, während er sich, ohne eine Antwort zu geben, umdrehte und fortsauste und den Zwerg vor Wut kochend auf den Stufen zurückließ, der ihm nachschrie: »Wer ist hier, du Rattenhirn?«

»Laurana!« kreischte Tolpan mit seiner schrillen Stimme, die sich wie eine leicht verstimmte Trompete in die Morgenluft riß. »Laurana, sie kommen! Sie sind hier! Wie Fizban gesagt hat! Laurana!«

Flint verfluchte den Kender, während er weiter in den Osten starrte. Nachdem der Zwerg sich schnell umgeschaut hatte, ließ er eine Hand in seine Westentasche gleiten. Eilig holte er eine Brille hervor, sah sich noch einmal um, ob ihn auch niemand beobachtete, und setzte sie auf.

Jetzt konnte er erkennen, was vorher nichts weiter als ein rosafarbener Nebel gewesen war, durchbrochen von den dunkleren Massen der Bergkette. Der Zwerg holte tief und zitternd

Luft. Seine Augen wurden von Tränen getrübt. Schnell nahm er die Brille von der Nase, ließ sie schnell in seiner Tasche verschwinden. Aber er hatte sie lang genug aufgehabt, um zu sehen, wie die Morgendämmerung von den Flügeln der Drachen in einem rosafarbenen Licht berührt wurde. – Rosa, das silbern glänzte.

»Legt eure Waffen weg, Burschen!« schrie Flint den Männern zu, während er sich die Augen mit einem von Tolpans Taschentüchern wischte. »Gepriesen sei Reorx. Jetzt haben wir eine Chance. Jetzt haben wir eine Chance…«

Der Schwur der Drachen

Als die silbernen Drachen am Stadtrand von Palanthas niedergingen, erfüllten ihre Flügel den Morgenhimmel mit einer blendenden Herrlichkeit. Die Leute versammelten sich an den Mauern und starrten unruhig auf die wunderschönen Kreaturen.

Anfangs waren die Leute so entsetzt gewesen über die riesigen Tiere, daß sie sie vertreiben wollten, selbst als Laurana ihnen versicherte, daß diese Drachen nicht böse wären. Schließlich erschien Astinus persönlich aus seiner Bibliothek und informierte Amothud kühl, daß diese Drachen ihnen keinen Schaden zufügen würden. Erst jetzt legte die Bevölkerung von Palanthas widerstrebend ihre Waffen nieder.

Laurana wußte aber, daß die Leute Astinus auch geglaubt hätten, wenn er ihnen erzählt hätte, daß die Sonne um Mitternacht aufgehen würde. An Drachen glaubten sie *nicht*.

Erst als Laurana durch die Stadttore ging und direkt in die Arme eines Mannes lief, der auf einem der wunderschönen silbernen Drachen geritten war, begannen die Leute zu denken, daß trotz allem irgend etwas an dieser Kindergeschichte wahr sein mußte.

»Wer ist der Mann? Wer hat die Drachen zu uns gebracht? Warum sind die Drachen gekommen?«

Drängend und schiebend lehnten sich die Leute über die Mauer, stellten Fragen und hörten den falschen Antworten zu. Draußen im Tal spannten die Drachen langsam ihre Flügel an, um im kühlen Morgen ihre erstarrten Glieder zu wärmen.

Als Laurana den Mann umarmte, stieg noch eine andere Person von einem Drachen – eine Frau, deren Haar so silbern wie die Flügel der Drachen glänzte. Laurana umarmte auch diese Frau. Zum Erstaunen der Leute führte Astinus die drei dann zu der großen Bibliothek, wo sie von den Ästheten eingelassen wurden. Die riesigen Türen schlossen sich hinter ihnen.

Die Leute ließ man ziellos herumlaufend, in heller Aufregung, allein gelassen mit ihren Fragen, zweifelnde Blicke auf die Drachen werfend, die vor ihren Stadtmauern saßen.

Dann ertönten wieder die Glocken. Amothud berief eine Versammlung ein. Eilig verließen die Leute die Mauern, um den Stadtplatz vor dem Palast des Herrschers zu füllen, der auf einem Balkon erschien, um ihre Fragen zu beantworten.

»Es sind silberne Drachen«, rief er aus, »gute Drachen, die uns im Kampf gegen die bösen Drachen unterstützen wie in der Legende von Huma. Die Drachen wurden in unsere Stadt gebracht von...«

Was auch immer der Herrscher zu sagen beabsichtigte, es ging im Jubel unter. Die Glocken ertönten wieder, dieses Mal jedoch zur Feier. Leute strömten in die Straßen und sangen und tanzten. Schließlich erklärte der Herrscher nach einem vergeblichen Versuch, in seiner Rede fortzufahren, den Tag zum Feiertag und kehrte in seinen Palast zurück.

Das Folgende ist ein Auszug aus den Chroniken. Eine Geschichte über Krynn, aufgezeichnet von Astinus aus Palanthas. Zu finden unter dem Titel: *»Der Schwur der Drachen.«*

Während ich, Astinus, diese Worte schreibe, sehe ich auf das Gesicht des Elfenlords Gilthanas, des jüngsten Sohnes von Solostaran, der Stimme der Sonnen, Herrscher von Qualinesti. Gilthanas sieht seiner Schwester sehr ähnlich, nicht nur in bezug auf Familienähnlichkeit. Beide haben die zarten Gesichtszüge und die Eigenschaft aller Elfen, alterslos zu sein. Aber diese beiden sind anders. Beide Gesichter sind von Leid gezeichnet, das in den Gesichtern von Elfen auf Krynn sonst nicht gesehen wird. Aber ich befürchte, bevor dieser Krieg endet, werden viele Elfen dieses Aussehen haben. Und vielleicht ist das gar nicht mal so schlecht, denn es scheint, daß die Elfen endlich begreifen, daß sie Teil der Welt sind und nicht über ihr stehen.

Auf der einen Seite neben Gilthanas sitzt seine Schwester. Zu seiner anderen eine der schönsten Frauen, die ich je auf Krynn gesehen habe. Sie scheint ein Elfenmädchen zu sein, eine Wild-Elfe. Aber sie kann meine Augen nicht mit ihren magischen Künsten täuschen. Sie wurde niemals als Frau geboren – Elf oder nicht Elf. Sie ist ein Drache – ein Silberdrache, Schwester des Silberdrachen, der von Huma, Ritter von Solamnia, geliebt wurde. Es war Silvaras Schicksal, sich in einen Sterblichen zu verlieben, so wie es auch ihrer Schwester ergangen war. Aber anders als Huma kann dieser Sterbliche, Gilthanas, sein Schicksal nicht akzeptieren. Er sieht sie an... sie sieht ihn an. Statt Liebe sehe ich einen schwelenden Zorn in ihm, der langsam ihre Seelen vergiftet.

Silvara spricht süß und melodisch. Meine Kerze bestrahlt ihr wunderschönes Silberhaar und ihre nachtblauen Augen.

»Nachdem ich Theros Eisenfeld die Macht verlieh, die Drachenlanzen im Monument des silbernen Drachen zu schmieden«, erzählt Silvara mir, »verbrachte ich viel Zeit mit den Gefährten, bevor sie die Lanzen zum Treffen von Weißstein trugen. Ich führte sie durch das Monument, zeigte ihnen die Gemälde des Drachenkrieges, in denen die guten Drachen – die silbernen, goldenen und bronzenen – im Kampf gegen die bösen Drachen dargestellt werden.

›Wo ist dein Volk?‹ fragten mich die Gefährten. ›Wo sind die guten Drachen? Warum helfen sie uns nicht in unserer Zeit der Not und Bedrängnis?‹

Ich hielt ihren Fragen stand, solange ich konnte…«

Hier hört Silvara zu sprechen auf und sieht Gilthanas an. Aber er erwidert ihren Blick nicht, sondern starrt auf den Boden. Silvara seufzt und fährt mit ihrer Geschichte fort.

»Schließlich konnte ich seinem – ihrem – Druck nicht länger widerstehen. Ich erzählte ihnen von dem Schwur.

Als Takisis, die Königin der Finsternis, und ihre bösen Drachen verbannt wurden, verließen die guten Drachen das Land, um das Gleichgewicht zwischen Gut und Böse aufrechtzuerhalten. Wir kehrten in unsere Welt zurück und schliefen einen zeitlosen Schlaf. Wir würden weiter in einer Welt der Träume sein, doch dann erfolgte die Umwälzung, und Takisis fand wieder ihren Weg in die Welt zurück.

Lange Zeit hatte sie diese Rückkehr geplant, nur auf einen Wink des Schicksals wartend, und sie war vorbereitet. Bevor Paladin ihrer gewahr wurde, hatte Takisis die bösen Drachen aus ihrem Schlaf geweckt und ihnen befohlen, in die tiefen und geheimen Plätze der Welt zu schlüpfen und die Eier der guten Drachen zu stehlen, die ahnungslos schliefen…

Die bösen Drachen brachten die Eier ihrer Brüder in die Stadt Sanction, in der sich die Drachenarmeen formierten. Hier, in den Vulkanen, bekannt als die Fürsten des Unheils, wurden die Eier der guten Drachen versteckt.

Groß war die Trauer der guten Drachen, als Paladin sie aus ihrem Schlaf weckte und sie entdeckten, was geschehen war.

Sie gingen zu Takisis, um herauszufinden, welchen Preis sie zahlen müßten, um ihre ungeborenen Kinder zurückzuerhalten. Es war ein schrecklicher Preis. Takisis verlangte einen Eid. Jeder gute Drache mußte schwören, sich nicht an dem Krieg zu beteiligen, den sie über Krynn bringen wollte. Es waren damals die guten Drachen gewesen, die zu ihrer Niederlage im letzten Krieg beigetragen hatten. Dieses Mal wollte sie sichergehen, daß sie sich nicht einmischten.«

Hier sieht mich Silvara flehend an, als ob ich *über sie urteilen sollte. Ich schüttele streng den Kopf. Es liegt mir sehr fern, über jemanden zu urteilen. Ich bin lediglich der Chronist.*

Sie fährt fort.

»Was konnten wir schon unternehmen? Takisis sagte uns, sie würde unsere Kinder, während sie in ihren Eiern schliefen, umbringen, wenn wir den Schwur nicht leisten würden. Paladin konnte uns nicht helfen. Die Entscheidung lag bei uns…«

Silvara läßt ihren Kopf sinken, ihr Haar verbirgt ihr Gesicht. Sie würgt an ihren Tränen. Ihre Worte sind kaum hörbar.

»Wir leisteten den Schwur.«

Sie kann nicht weitersprechen, das ist offensichtlich. Nachdem Gilthanas sie einen Moment lang angestarrt hat, räuspert er sich und beginnt mit heiserer Stimme zu sprechen.

»Ich, das heißt Theros und meine Schwester und ich überzeugten Silvara schließlich, daß dieser Schwur falsch wäre. Es muß einen Weg geben, sagten wir, die Eier der guten Drachen zurückzuholen. Vielleicht wäre eine kleine Gruppe von Männern in der Lage, die Eier der guten Drachen zurückzustehlen. Silvara war nicht überzeugt, daß ich recht hatte, aber sie stimmte schließlich nach vielen Gesprächen zu, mich nach Sanction zu bringen, damit ich mir davon ein Bild machen konnte, ob solch ein Plan funktionieren würde.

Unsere Reise war lang und schwierig. Vielleicht werde ich eines Tages über die Gefahren erzählen, mit denen wir konfrontiert waren, aber jetzt bin ich dazu nicht in der Lage. Ich bin zu erschöpft, und wir haben keine Zeit. Die Drachenarmeen sind dabei, sich wieder zu organisieren. Wir könnten sie mühelos angreifen, wenn wir uns beeilten. Ich sehe Laurana vor Ungeduld brennen, gierig darauf, sie zu verfolgen, selbst während dieses Gespräches. Darum will ich unsere Geschichte kurz machen.

Silvara – in ihrer ›Elfengestalt‹, wie ihr sie jetzt seht…«

Die Bitterkeit in der Stimme des Elfenlords ist unbeschreiblich.

»…und ich wurden vor Sanction erwischt und vom Drachenfürsten Ariakus gefangengenommen.«

Gilthanas' Fäuste ballen sich, sein Gesicht erblaßt vor Wut und Angst.

»Lord Verminaard war nichts, absolut nichts im Vergleich zu Lord Ariakus. Die böse Macht dieses Mannes ist gewaltig! Und er ist genauso intelligent wie grausam, denn es ist seine Strategie, *nach der die Drachenarmeen vorgehen, und die sie von Sieg zu Sieg geführt hat.*

Das Leiden, das wir durch seine Hände erfuhren, kann ich nicht beschreiben. Ich glaube nicht, daß ich jemals *erzählen kann, was sie uns angetan haben!«*

Der Elfenlord zittert heftig. Silvara will eine Hand ausstrekken, um ihn zu trösten, aber er weicht aus und fährt fort.

»Schließlich half man uns zu entkommen. Wir befanden uns in Sanction, einer entsetzlichen Stadt, die in dem Tal gebaut wurde, das von Vulkanen gebildet wird – den Fürsten des Unheils. Dieses Gebirge erhebt sich überall, der widerliche Gestank verpestet die Luft. Die Gebäude sind neu und zweckmäßig, gebaut mit dem Blut von Sklaven. In die Gebirgsseite hinein wurde ein Tempel für Takisis, die Dunkle Königin, gebaut. Die Dracheneier werden tief im Herzen der Vulkane aufbewahrt. Dort, in diesem Tempel der Dunklen Königin, begannen Silvara und ich unseren Weg.

Kann ich den Tempel anders beschreiben, als daß es ein Gebäude der Dunkelheit und der Flammen ist? Hohe Säulen, aus dem brennenden Gestein gemeißelt, erheben sich in Höhlen, die voller Schwefel sind. Auf geheimen Wegen, nur den Priestern von Takisis bekannt, wanderten wir immer tiefer und tie-

fer hinein. Ihr fragt, wer uns geholfen hat? Ich kann es nicht sagen, denn ihr Leben wäre verwirkt. Ich will nur ergänzen, daß ein Gott über uns gewacht haben muß.«

Hier murmelt Silvara »Paladin«, aber Gilthanas winkt mit einer Geste den Gedanken beiseite.

»Wir gerieten in die untersten Kammern, und hier fanden wir die Eier der guten Drachen. Zuerst schien es, als wäre alles in Ordnung. Ich hatte... einen Plan. Es spielt jetzt keine Rolle, aber ich sah eine Möglichkeit, wie wir die Eier wegschaffen könnten. Wie ich sagte, spielt es keine Rolle mehr. Wir gingen von Kammer zu Kammer, und die glänzenden Eier, silber-, golden- und bronzegetönte Eier lagen im Feuerschein da. Und dann...«

Der Elfenlord hält inne. Sein Gesicht ist inzwischen bleicher als der Tod. Ich befürchte, daß er ohnmächtig werden könnte, und bitte einen Ästheten, Wein zu bringen. Nachdem er an dem Wein genippt hat, sammelt er sich wieder und erzählt weiter. Aber sein abwesender Blick sagt mir, daß er sich an das erlebte Entsetzen erinnert. Und was Silvara betrifft – ich werde an anderer Stelle darüber schreiben.

Gilthanas fährt fort.

»Wir gerieten in eine Kammer und fanden dort... keine Eier... nichts als Schalen... zerstört, zerbrochen. Silvara schrie vor Wut auf, und ich befürchtete, man könnte uns entdecken. Keiner von uns wußte, was das zu bedeuten hatte, aber uns beiden gefror das Blut, und nicht einmal die Hitze der Vulkane hätte es erwärmen können.«

Gilthanas schweigt. Silvara beginnt leise zu schluchzen. Er sieht sie an, und ich sehe – zum erstenmal – Liebe und Mitgefühl in seinen Augen.

»Führt sie hinaus«, sagt er zu einem Ästheten. »Sie muß sich ausruhen.«

Die Ästheten führen sie behutsam aus dem Zimmer. Gilthanas befeuchtet seine trockenen und aufgesprungenen Lippen, dann spricht er leise weiter.

»Was dann geschah, wird mich bis über meinen Tod hinaus

verfolgen. Nachts träume ich davon. Seitdem habe ich nicht mehr geschlafen. Silvara und ich standen vor der Kammer mit den zerbrochenen Eiern und starrten sie an, fragten uns… als wir plötzlich ein Singen aus dem flammenerleuchteten Korridor hörten.

›Magische Worte!‹ sagte Silvara.

Vorsichtig schlichen wir näher, beide waren wir verängstigt, jedoch auch merkwürdig fasziniert. Wir kamen immer näher und näher – und dann konnten wir sehen…«

Er schließt seine Augen und schluchzt auf. Laurana legt ihre Hand auf seinen Arm, ihre Augen sind voller Mitgefühl. Gilthanas gewinnt die Beherrschung wieder und fährt fort.

»In einem Höhlenraum am Grund des Vulkans stand ein Altar für Takisis. Ich kann nicht sagen, was seine Schnitzereien darstellen sollten, denn er war mit grünem Blut und schwarzem Schleim bedeckt und wirkte wie eine entsetzliche Verlängerung des Steins. Um den Altar waren Gestalten versammelt – dunkle Kleriker von Takisis und Magier, die die Schwarze Robe trugen. Silvara und ich beobachteten eingeschüchtert, wie ein dunkelgekleideter Kleriker ein glänzendes goldenes Drachenei hervorholte und auf den widerlichen Altar legte. Die schwarzgekleideten Magier und die dunklen Kleriker faßten sich an den Händen und begannen zu singen. Die Worte brannten sich in den Geist. Silvara und ich umklammerten uns, fürchteten, von dem Bösen in den Wahnsinn getrieben zu werden, das wir zwar spüren konnten, aber nicht verstanden.

Und dann… verdunkelte sich das goldene Ei auf dem Altar. Es färbte sich in ein entsetzliches Grün, und dann wurde es schwarz. Silvara begann zu zittern.

Das schwarze Ei auf dem Altar zerbrach… und eine larvenähnliche Kreatur kam aus der Schale hervor. Es war ekelhaft und entsetzlich anzusehen, und bei dem Anblick mußte ich mich erbrechen. Mein einziger Gedanke war, diesem Entsetzen zu entfliehen, aber Silvara wurde klar, was da passierte, und sie weigerte sich zu gehen. Zusammen beobachteten wir, wie die schleimbedeckte Haut der Larve aufplatzte und wie aus ihrem Körper die Schreckensgestalten von... Drakoniern schlüpften.«

Dieser Schilderung folgt ein tiefes Keuchen. Gilthanas' Kopf fällt in seine Hände. Er kann nicht mehr sprechen. Laurana legt ihre Arme um ihn, tröstet ihn. Schließlich holt er schaudernd Luft.

»Silvara und ich... wurden fast entdeckt. Wir flüchteten aus Sanction, wiederum half man uns, und reisten mehr tot als lebendig auf Wegen, die weder Menschen noch Elfen bekannt sind, zum uralten Zufluchtsort der guten Drachen.«

Gilthanas seufzt. Friede kehrt in sein Gesicht ein.

»Verglichen mit dem Entsetzen, das wir erlitten hatten, war dies eine süße Rast nach einer Nacht fiebriger Alpträume. Es war schwierig, sich vorzustellen, bei aller Schönheit des Platzes, daß das Wirklichkeit war, was wir gesehen hatten. Und als Silvara den Drachen erzählte, was mit ihren Eiern passierte, weigerten sie sich anfangs, es zu glauben. Einige beschuldigten Silvara, daß sie diese Geschichte erfunden hätte, um ihre Hilfe zu gewinnen. Aber tief in ihren Herzen wußten alle, daß sie die Wahrheit gesprochen hatte, und so gaben sie schließlich zu, daß man sie getäuscht hatte und daß der Schwur nicht länger bindend war.

Die guten Drachen sind uns nun zur Hilfe gekommen. Sie fliegen in alle Teile des Landes und bieten ihre Hilfe an. Sie sind zum Monument des Drachen zurückgekehrt, um beim Schmieden der Drachenlanzen zu helfen, so wie sie vor langer Zeit Huma zur Hilfe gekommen sind. Und sie haben die größeren Lanzen mitgebracht, die an den Drachen selbst befestigt werden können, so wie wir es auf den Gemälden gesehen haben. Jetzt können wir mit den Drachen in die Schlacht reiten und die Drachenfürsten in der Luft herausfordern.«

Gilthanas fügt noch einige unwichtigere Einzelheiten hinzu, die ich hier nicht aufzeichne. Dann führt seine Schwester ihn aus der Bibliothek in den Palast, wo er und Silvara sich ausruhen sollen, falls sie dazu in der Lage sind. Ich fürchte, es wird lange dauern, bis das Entsetzen sie verläßt, falls das je der Fall sein wird. So wie es Schönes auf der Welt gibt, so kann es sein, daß ihre Liebe in die Dunkelheit fallen wird, die ihre widerlichen Flügel über Krynn ausbreitet.

Hier endet die Schrift des Astinus von Palanthas über den Schwur der Drachen. Eine Fußnote zeigt auf, daß weitere Einzelheiten über die Reise von Gilthanas und Silvara nach Sanction, ihre dortigen Abenteuer und die tragische Geschichte ihrer Liebe von Astinus zu einem späteren Zeitpunkt aufgezeichnet wurden und in späteren Bänden seiner Chroniken nachgelesen werden können.

Laurana schrieb noch spät in der Nacht ihre Befehle für den nächsten Tag auf. Erst ein Tag war seit der Ankunft von Gilthanas und den silbernen Drachen verstrichen, aber ihre Schlachtpläne gegen den Feind nahmen bereits Gestalt an. Innerhalb von wenigen Tagen würde sie Drachenscharen mit Reitern anführen und die neuen Drachenlanzen in der Schlacht einsetzen.

Sie hoffte, zuerst Burg Vingaard zu erobern und die dortigen Gefangenen und Sklaven zu befreien. Dann plante sie, in den Süden und Osten vorzustoßen und die Drachenarmeen vor sich her zu schieben. Schließlich würde sie die Drakos zwischen dem Hammer ihrer Truppen und dem Amboß der Dargaard-Berge, die Solamnia von der Ostwildnis trennten, fangen. Wenn sie Kalaman und den Hafen zurückerobern konnte, könnte sie die Versorgungslinien abschneiden, die für die Drachenarmeen in diesem Teil des Kontinents lebensnotwendig waren.

Laurana war so vertieft in ihre Pläne, daß sie nicht das Läuten der Wache an ihrer Tür hörte. Die Tür öffnete sich, aber da sie annahm, es würde sich um einen ihrer Assistenten handeln, sah sie erst von ihrer Arbeit auf, als sie mit den Einzelheiten ihrer Befehle fertig war.

Erst als die Person sich die Freiheit nahm, sich in einen Stuhl ihr gegenüber zu setzen, sah Laurana überrascht auf.

»Oh«, sagte sie und errötete, »Gilthanas, verzeih mir. Ich

war so beschäftigt... ich dachte, du würdest... aber, vergiß es. Wie geht es dir? Ich habe mir Sorgen gemacht...«

»Mir geht es gut, Laurana«, unterbrach Gilthanas sie. »Ich war nur erschöpfter, als ich dachte, und ich... ich habe seit Sanction nicht gut geschlafen.« Er verstummte und sah auf die Karten, die sie auf ihrem Tisch ausgebreitet hatte. Geistesabwesend nahm er den Federhalter und strich mit der Feder über seine Finger.

»Was ist los, Gilthanas?« fragte Laurana sanft.

Ihr Bruder sah zu ihr auf und lächelte traurig. »Du kennst mich zu gut«, sagte er. »Ich konnte schon früher, als wir noch klein waren, nie etwas vor dir verbergen.«

»Ist es wegen Vater?« fragte Laurana ängstlich. »Hast du etwas gehört...«

»Nein, ich habe nichts von unserem Volk gehört«, antwortete Gilthanas, »nur das, was du mir erzählt hast – daß sie sich mit den Menschen verbündet haben und gemeinsam die Drachenarmeen von den Ergod-Inseln und aus Sankrist vertreiben.«

»Es war alles nur wegen Alhana«, murmelte Laurana. »Sie hat sie überzeugt, daß sie nicht länger von der Welt getrennt leben können. Sie hat sogar Porthios überzeugt...«

»Kann ich daraus schließen, daß sie ihn noch von anderen Dingen überzeugt hat?« fragte Gilthanas, ohne seine Schwester anzusehen. Mit der Federspitze begann er Löcher in das Pergament zu bohren.

»Es gibt Gerede über Heirat«, sagte Laurana langsam. »Falls das stimmt, bin ich mir sicher, daß es nur eine Zweckheirat ist – um unser Volk zu vereinen. Ich kann mir nicht vorstellen, daß Porthios überhaupt jemanden lieben kann, selbst eine so wunderschöne Frau wie Alhana nicht. Und was die Elfenprinzessin betrifft...«

Gilthanas seufzte. »Ihr Herz ist mit Sturm im Turm des Oberklerikers begraben worden.«

»Woher weißt du das?« fragte Laurana erstaunt.

»Ich habe sie zusammen in Tarsis gesehen«, antwortete Gilthanas. »Ich habe sein Gesicht gesehen – und ich habe ihr Gesicht gesehen. Ich wußte auch über den Sternenjuwel Bescheid. Da er ihn offensichtlich geheimhalten wollte, habe ich davon nichts verraten. Er war ein großartiger Mensch«, fügte Gilthanas sanft hinzu. »Ich bin stolz, ihn gekannt zu haben, und ich habe es niemals für möglich gehalten, daß ich so etwas von einem Menschen sagen würde.«

Laurana schluckte, legte ihre Hand über die Augen. »Ja«, flüsterte sie heiser, »aber das ist es nicht, was du mir sagen willst.«

»Nein«, sagte Gilthanas, »obwohl es vielleicht dahin führt.« Einen Moment lang saß er schweigend da, als ob er einen Entschluß fassen würde. Dann holte er tief Luft. »Laurana, in Sanction ist etwas passiert, was ich Astinus nicht erzählt habe. Ich werde es niemals jemandem erzählen, wenn du es nicht möchtest...«

»Warum ich?« fragte Laurana. Sie erblaßte, ihre Hand zitterte, sie legte ihren Federhalter weg.

Gilthanas schien sie nicht gehört zu haben. Er starrte unverwandt auf die Karte, während er sprach. »Als... als wir aus Sanction entkamen, mußten wir zurück zum Palast des Lord Ariakus. Darüber kann ich dir nicht mehr sagen, denn sonst würde ich die Person verraten, die viele Male unser Leben gerettet hat und die dort immer noch in Gefahr schwebt und weiterhin versucht, so viele wie möglich von ihrem Volk zu retten. In der Nacht, als wir in unserem Versteck darauf warteten zu entkommen, belauschten wir eine Unterhaltung zwischen Lord Ariakus und einem seiner Drachenfürsten. Es war eine Frau, Laurana«, Gilthanas sah nun zu ihr auf, »eine menschliche Frau namens Kitiara.«

Laurana sagte nichts. Ihr Gesicht war jetzt leichenblaß, ihre Augen im Schein der Lampe groß und farblos.

Gilthanas seufzte, dann lehnte er sich vor und legte seine Hand auf ihre. Sie war so kalt, daß sie eine Leiche hätte sein können, und dann erkannte er, daß sie wußte, was er ihr sagen wollte.

»Ich erinnerte mich an das, was du mir erzählt hattest, bevor wir von Qualinesti aufgebrochen waren, daß dies die menschliche Frau war, die Tanis, der Halb-Elf liebt – die Schwester von Caramon und Raistlin. Ich habe sie nach dem wiedererkannt, was ihre Brüder über sie erzählt haben. Ich hätte sie sowieso erkannt – besonders sie und Raistlin sehen sich sehr ähnlich. Sie... sie sprach über Tanis, Laurana.« Gilthanas hielt inne, fragte sich, ob er fortfahren sollte oder nicht. Laurana saß völlig bewegungslos da, ihr Gesicht eine Maske aus Eis.

»Vergib mir, wenn ich dir Schmerzen zufüge, Laurana, aber du mußt es wissen«, sagte Gilthanas schließlich. »Kitiara lachte mit diesem Lord Ariakus über Tanis und sagte«, Gilthanas errötete, »ich kann nicht wiederholen, was sie gesagt hat. Aber sie sind ein Liebespaar, Laurana, soviel kann ich dir sagen. Sie schilderte es sehr anschaulich. Sie bat Ariakus um Erlaubnis, Tanis in den Rang eines Generals in der Drachenarmee zu befördern – als Gegenleistung für eine Information, die er beschaffen wollte – irgend etwas über einen Hüter des Grünen Juwels...«

»Hör auf«, brachte Laurana heraus.

»Es tut mir leid, Laurana!« Gilthanas drückte ihre Hand, sein Gesicht war von Trauer erfüllt. »Ich weiß, wie sehr du ihn geliebt hast. Ich... ich verstehe jetzt, wie es ist, jemanden so sehr zu lieben.« Er schloß die Augen und senkte seinen Kopf. »Ich verstehe, wie es ist, wenn man um diese Liebe betrogen wird...«

»Laß mich allein, Gilthanas«, flüsterte Laurana.

Er streichelte mitfühlend ihre Hand, dann erhob sich der Elfenlord und verließ leise den Raum und zog die Tür hinter sich zu.

Laurana saß lange Zeit bewegungslos da. Dann preßte sie ihre Lippen zusammen, nahm die Feder wieder zur Hand und schrieb da weiter, wo sie aufgehört hatte, als ihr Bruder eingetreten war.

Sieg

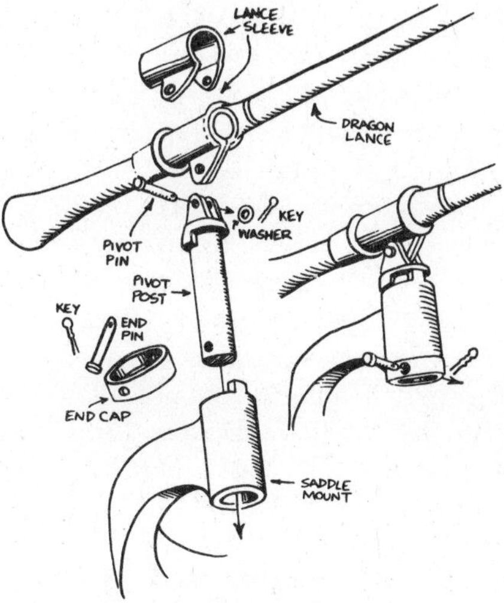

»Soll ich ein bißchen nachhelfen?« fragte Tolpan hilfsbereit.

»Ich... nein! Warte!« schrie Flint. Aber es hatte keinen Sinn mehr. Der tatkräftige Kender hatte bereits den Stiefel des Zwerges fest im Griff und wuchtete ihn hoch, so daß Flint mit dem Kopf direkt in den muskulösen Körper des jungen bronzenen Drachen getrieben wurde. Flint fuchtelte wild mit den Armen herum, bekam das Geschirr am Hals des Drachen zu fassen, klammerte sich daran und drehte sich langsam in der Luft wie ein Sack an einem Haken.

»Was machst *du* denn da?« fragte Tolpan entrüstet, als er zu Flint hochstarrte. »Wir haben keine Zeit für Spielereien. Nun komm, ich helfe dir...«

»Hör auf! Laß mich in Ruhe!« brüllte Flint und trat gegen Tolpans Hände. »Geh zurück! Geh zurück, sage ich!«

»Dann steig allein auf«, entgegnete Tolpan verletzt und trat zurück.

Der Zwerg ließ sich prustend und mit rotem Gesicht auf den Boden fallen. »Ich steige auf, wann ich will!« sagte er und funkelte den Kender wütend an. »Ohne *deine* Hilfe!«

»Nun gut, aber dann mach los!« rief Tolpan und wedelte mit den Armen. »Die anderen sind schon fertig!«

Der Zwerg warf dem großen bronzenen Drachen einen kurzen Blick zu und verschränkte seine Arme dickköpfig vor seiner Brust. »Darüber muß ich erst nachdenken...«

»Oh, mach schon, Flint!« bettelte Tolpan. »Du willst es nur hinauszögern. Ich will *fliegen*! Bitte, Flint, beeil dich!« Der Kender strahlte auf. »Ich könnte allein fliegen...«

»Das wirst du nicht tun!« knurrte der Zwerg. »Der Krieg wendet sich *endlich* zu unseren Gunsten. Schick einen Kender allein auf einen Drachen los – das wäre das Ende. Genausogut könnten wir dem Drachenfürsten die Schlüssel für die Stadt überreichen. Laurana hat gesagt, du darfst nur mit mir fliegen...«

»Dann komm endlich!« gellte Tolpan schrill. »Oder der Krieg wird zu Ende sein, ich werde Großvater sein, bevor du dich von der Stelle bewegst!«

»Du und Großvater«, murrte Flint und warf dem Drachen wieder einen schnellen Blick zu, der ihn äußerst unfreundlich anstarrte – das fand der Zwerg jedenfalls. »Nun, an dem Tag, an dem du Großvater wirst, wird mein Bart abfallen...«

Khirsah, der Drache, sah auf die beiden mit amüsierter Ungeduld herab. Der junge Drache – Drachen haben ihre eigene Zeitrechnung auf Krynn – stimmte mit dem Kender überein: Es war Zeit zu fliegen, Zeit zu kämpfen. Er war einer der ersten gewesen, die den RUF beantwortet hatten, der zu allen goldenen und silbernen und bronzenen Drachen gedrungen war. Das Feuer der Schlacht brannte heiß in ihm.

Trotz seiner Jugend hatte der bronzene Drache vor den Älteren großen Respekt. Obwohl bei weitem älter als der Zwerg, in Jahren gerechnet, sah Khirsah in Flint jemanden, der ein langes, volles und reiches Leben geführt hatte; jemand, der Respekt verdiente. Aber Khirsah dachte seufzend, daß der Kender recht behalten und die Schlacht zu Ende sein würde, wenn er nichts unternahm.

»Entschuldigt bitte, verehrter Herr«, unterbrach Khirsah sie und bediente sich damit einer respektvollen Floskel, wie sie unter den Zwergen üblich war, »kann ich vielleicht helfen?«

Erschrocken wirbelte Flint herum, um festzustellen, wer da gesprochen hatte.

Der Drache neigte seinen riesigen Kopf. »Verehrter und geschätzter Herr«, wiederholte Khirsah in der Zwergensprache.

Erstaunt taumelte Flint nach hinten und stolperte über Tolpan, so daß der Kender auf den Boden fiel.

Der Drache schlängelte seinen Kopf nach unten und ergriff mit seinen Zähnen sanft die Fellweste des Kenders und hob ihn wie ein neugeborenes Kätzchen auf seine Füße.

»Nun, ich... ich weiß nicht«, stammelte Flint, der vor Freude und Verlegenheit über die Anrede des Drachen errötete. »Du könntest... und andererseits könntest du nicht.« Um seine Würde bemüht, war der Zwerg entschlossen, nicht eingeschüchtert zu reagieren. »Ich habe das schon oft getan, weißt du. Auf Drachen zu reiten ist nichts Neues für mich. Es ist nur so, nun, gerade so, daß ich...«

»In deinem ganzen Leben bist du noch nie auf einem Drachen geritten!« unterbrach ihn Tolpan empört. »Und – aua!«

»Es ist nur so, daß ich in letzter Zeit mit wichtigeren Dingen beschäftigt war«, sagte Flint laut, während er Tolpan einen Stoß in die Rippen versetzte, »und ich brauche eine gewisse Zeit, um mich wieder daran zu gewöhnen.«

»Sicherlich, Herr«, erwiderte Khirsah ohne den Anflug eines Lächelns. »Darf ich Euch Flint nennen?«

»Du darfst«, erlaubte der Zwerg schroff.

»Und ich heiße Tolpan Barfuß«, stellte sich der Kender vor und streckte seine kleine Hand aus. »Flint geht nirgendwo ohne mich hin. Oh, ich glaube, du hast keine Hand zum Schütteln. Mach dir nichts draus. Wie heißt du?«

»Die Sterblichen nennen mich Feuerblitz.« Der Drache neigte anmutig seinen Kopf. »Und jetzt, Herr Flint, wenn Ihr Euren Knappen, den Kender, anweisen würdet...«

»*Knappe*!« wiederholte Tolpan bestürzt. Aber der Drache ignorierte ihn.

»Weist Euren Knappen an aufzusitzen. Ich werde ihm helfen, den Sattel und die Lanze für Euch vorzubereiten.«

Flint strich nachdenklich über seinen Bart. Dann machte er eine hoheitsvolle Geste.

»Du, Knappe«, sagte er zu Tolpan, der ihn mit offenem Mund anstarrte, »steig auf und tu, was dir gesagt wird.«

»Ich... du... wir...«, stotterte Tolpan. Aber der Kender kam nicht dazu, zu sagen, was er sagen wollte, denn der Drache hatte ihn wieder vom Boden gehoben. Khirsah hielt die Fellweste des Kenders fest in seinen Zähnen und ließ ihn auf den Sattel plumpsen, der an seinem bronzenen Körper befestigt war.

Tolpan war so verzaubert, sich tatsächlich auf einem Drachen zu befinden, daß er sofort ruhig wurde, so wie es Khirsahs Absicht gewesen war.

»Nun, Tolpan Barfuß«, sagte der Drache, »versuche, deinem Herrn von hinten in den Sattel zu helfen. Du hast jetzt die richtige Position. Die Metallanzenbefestigung muß auf der vorderen rechten Seite des Reiters sein, im rechten Winkel zu meinem rechten Flügelgelenk und oberhalb meiner rechten Vorderschulter. Verstehst du?«

»Ja, ich verstehe!« schrie Tolpan in höchster Aufregung.

»Der Schild, den du auf dem Boden siehst, wird euch vor den meisten Arten des Drachenatems beschützen...«

»Halt!« schrie der Zwerg, verschränkte seine Arme und schaute wieder dickköpfig. »Was meinst du mit den *meisten* Arten? Und wie soll ich fliegen und eine Lanze *und* einen Schild gleichzeitig tragen? Ganz zu schweigen von der Tatsache, daß dieser verdammte Schild größer ist als ich und der Kender zusammen...«

»Ich dachte, Ihr hättet das schon vorher gemacht, *Herr Flint*!« grölte Tolpan.

Das Gesicht des Zwerges lief vor Wut rot an, und er ließ ein Gebrüll los, das Khirsah aber gewandt unterbrach.

»Herr Flint ist wahrscheinlich nicht an dieses neue Modell gewöhnt, Knappe Barfuß. Der Schild paßt über die Lanze. Die Lanze selbst paßt durch dieses Loch, und der Schild ruht auf dem Sattel und gleitet auf der Schiene von einer Seite zur anderen. Bei einem Angriff braucht ihr euch nur dahinter zu dukken.«

»Reicht mir den Schild, Herr Flint!« kreischte der Kender.

Murrend stampfte der Zwerg zu dem riesigen Schild. Unter seinem Gewicht ächzend, schaffte er es doch, ihn hochzuheben und über die Seite des Drachen zu werfen. Mit Hilfe des Drachen konnten der Zwerg und der Kender den Schild befestigen. Dann holte Flint die Drachenlanze. Er warf sie mit der Spitze voran zu Tolpan hoch, der sie ergriff und, nachdem er beinahe das Gleichgewicht verloren hätte und aus dem Sattel gefallen wäre, durch das Loch in dem Schild schob. Als das Ganze gesichert war, bildete die Lanze ein Gegengewicht und schwang leicht und mühelos bei der Führung des Kenders.

»Das ist großartig!« sagte Tolpan, während er experimentierte. »Bums! Da ist ein Drache! Bums! Da kommt ein anderer. Ich... uh!« Tolpan stellte sich auf den Rücken des Drachen und balancierte genauso wie die Lanze. »Flint! Beeil dich! Sie brechen auf. Ich kann Laurana sehen! Sie reitet diesen großen Silberdrachen, und sie fliegt jetzt, um die Linien zu überprüfen. In einer Minute werden sie das Signal geben! Beeil dich, Flint!« Tolpan begann vor Aufregung auf und ab zu hüpfen.

»Zuerst, Herr Flint«, sagte Khirsah, »müßt Ihr die wattierte Weste überziehen. Da... genau. Zieht den Riemen durch diese Schnalle. Nein, nicht diesen. Den anderen... da, Ihr habt es schon.«

»Du siehst aus wie das Wollmammut, das ich einst gesehen habe.« Tolpan kicherte. »Habe ich dir schon diese Geschichte erzählt? Ich...«

»Zum Henker mit dir!« brüllte Flint, der mit der schweren pelzumsäumten Weste kaum laufen konnte. »Wir haben keine Zeit für deine hirnlosen Geschichten.« Der Zwerg stellte sich Nase an Nase mit dem Drachen. »Nun gut, Tier! Wie komme ich jetzt hoch? Und denk daran – wage nicht, einen Zahn an mich zu legen!«

»Gewiß nicht, Herr«, antwortete Khirsah in tiefem Respekt. Der Dache neigte seinen Kopf und breitete einen bronzenen Flügel auf dem Boden aus.

»Nun, das gefällt mir schon besser!« sagte Flint. Stolz strich er über seinen Bart und warf dem erstarrten Kender einen hochmütigen Blick zu. Während sich Flint feierlich am Flügel des Drachen festhielt, wurde er hochgetragen und nahm majestätisch seinen Platz im vorderen Teil des Sattels ein.

»Da ist das Signal!« kreischte Tolpan und sprang hinter Flint in den Sattel zurück. Er stieß seine Absätze gegen die Flanken des Drachen und schrie: »Laßt uns fliegen! Laßt uns fliegen!«

»Nicht so schnell«, gab Flint zurück, der kühl die Funktionsweise der Drachenlanze testete. »He! Wie lenke ich denn?«

»Ihr zeigt mir die Richtung an, indem Ihr an den Zügeln zieht«, erklärte Khirsah, während er auf das Signal horchte.

»Ah, ich verstehe«, sagte Flint und griff nach unten. »Immerhin trage *ich* die Verantwortung!«

»Gewiß, Herr!« Khirsah erhob sich mit ausgebreiteten Flügeln in die Lüfte.

»Warte, die Zügel...«, schrie Flint und versuchte, sie zu greifen, da sie aus seiner Reichweite glitten.

Still vor sich hinlächelnd, tat Khirsah so, als hätte er nichts gehört.

Die guten Drachen und die Ritter hatten sich auf den östlichen hügeligen Ausläufern der Vingaard-Berge versammelt. Hier waren die eisigen Winterwinde einer warmen Brise aus dem

Norden gewichen, die den Frost im Boden wegschmolz. Der schwere Geruch von Wachstum und Erneuerung erfüllte die Luft, als sich die Drachen in blitzenden Bögen erhoben, um ihre Plätze in der Schlachtaufstellung einzunehmen.

Es war ein atemberaubender Anblick. Tolpan wußte, daß er sich ewig daran erinnern würde – und vielleicht sogar noch länger. Bronzene und silberne, goldene und kupferne Flügel leuchteten in der Sonne auf. Die Rüstungen der Ritter strahlten hell. Das Eisvogel-Banner funkelte gegen den blauen Himmel.

Die vergangenen Wochen waren glorreich gewesen. Wie Flint gesagt hatte, schien der Verlauf des Krieges schließlich doch noch zu ihren Gunsten umzuschlagen.

Der Goldene General, wie Laurana von ihren Soldaten genannt wurde, hatte scheinbar aus dem Nichts eine Armee geschmiedet. Die Palanthianer hatten sich ihrer Sache angeschlossen. Sie gewann den Respekt der Ritter von Solamnia mit ihren kühnen Ideen und beständigen, entschlossenen Taten. Lauranas Bodenkräfte stürmten aus Palanthas, stoben über die Ebenen, veranlaßten die unorganisierte Armee der Drachenfürstin, der Finsteren Herrin, zu panischer Flucht.

Jetzt, mit einem Sieg nach dem anderen hinter sich und den Drachenarmeen auf der Flucht vor sich, betrachteten die Menschen den Krieg als so gut wie gewonnen.

Aber Laurana wußte es besser. Sie mußten noch die Drachen der Fürstin bekämpfen. Wo sie waren und warum sie noch nicht aufgetaucht waren, hatten Laurana und ihre Offiziere noch nicht herausfinden können. Tag für Tag hielten sich Ritter und Reittiere in Bereitschaft, sich unverzüglich in die Luft zu erheben.

Und jetzt war der Tag gekommen. Die Drachen waren gesichtet worden – Scharen von blauen und roten Drachen strebten, wie berichtet wurde, in westlicher Richtung, um dem unverschämten General und seiner bunt zusammengewürfelten Armee Einhalt zu gebieten.

In einer schimmernden Kette von Silber und Bronze schwebten die Drachen von Weißstein, wie sie genannt wurden, über die Solamnische Ebene. Obwohl alle drachenreitenden Ritter im Fliegen ausgebildet worden waren, soweit es die Zeit erlaubt hatte (mit Ausnahme des Zwerges, der sich standhaft geweigert hatte), war diese Welt der dünnen, niedrighängenden Wolken und der brausenden Luft immer noch neu und fremdartig für sie.

Ihre Banner peitschten wild umher. Die Fußsoldaten unter ihnen wirkten wie Ameisen, die über das Grasland krochen. Für einige Ritter war das Fliegen eine erfrischende Erfahrung, für andere immer wieder eine Mutprobe.

Aber ihnen voran flog immer Laurana, die sie mutig und vorbildlich anführte, auf dem großen Silberdrachen, den ihr Bruder von den Dracheninseln geritten hatte. Das Sonnenlicht war nicht goldener als ihr Haar, das unter ihrem Helm hervorfloß. Sie war für sie, wie die Drachenlanze selbst, zum Symbol geworden – schlank und zierlich, schön und tödlich. Sie wären ihr bis zu den Toren der Hölle gefolgt.

Tolpan, über Flints Schulter spähend, konnte Laurana sehen. Sie ritt an der Spitze, manchmal sah sie sich um, um sicherzugehen, daß alle mitkamen, manchmal neigte sie ihren Kopf, um sich mit ihrem silbernen Reittier zu verständigen. Sie schien alles unter Kontrolle zu haben, so daß der Kender zu dem Entschluß kam, er könnte sich entspannen und den Ritt genießen. Es war wahrhaftig eines der wunderbarsten Erlebnisse seines Lebens. Tränen liefen über sein windgerötetes Gesicht, als er im absoluten Vergnügen hinabschaute.

Der kartenliebende Kender hatte die perfekte Karte gefunden.

Unter ihm erstreckten sich in winzigen, vollkommenen Einzelheiten Flüsse und Bäume, Hügel und Täler, Städte und Dörfer. Mehr als alles andere in der Welt wünschte sich Tolpan, daß ihm dieser Anblick für immer bleiben könnte.

Warum nicht? fragte er sich plötzlich, ließ Flint los und wühlte in seinen Beuteln. Dann holte er einen Pergamentbogen hervor, den er fest an den Rücken des Zwerges drückte, und begann, mit einem Stück Kohle zu zeichnen.

»Hör auf zu wackeln!« schrie er Flint an, der immer noch mit den Zügeln Schwierigkeiten hatte.

»Was machst du da, du Dummkopf?« gellte der Zwerg, der hektisch hinter seinem Rücken nach Tolpan grabschte, als wollte er sich kratzen.

»Ich zeichne eine Karte!« schrie Tolpan in Ekstase. »Die *vollkommene* Karte! Ich werde berühmt werden. Sieh mal! Da sind unsere eigenen Soldaten, wie kleine Ameisen! Und da ist Burg Vingaard! Hör auf, dich zu bewegen. Du bringst mich durcheinander.«

Grummelnd gab Flint auf, sowohl nach den Zügeln zu greifen als auch den Kender zu schubsen. Er entschied, sich lieber darauf zu konzentrieren, sich am Drachen festzuhalten und an sein Frühstück zu denken. Er hatte den Fehler begangen, nach unten zu sehen. Jetzt starrte er geradeaus, schaudernd und mit steifem Körper. Der Schweif des Greifs, der seinen Helm schmückte, peitschte bei dem stürmischen Wind heftig um sein Gesicht. Vögel kreisten am Himmel *unter* ihm. Zuweilen war er sich sicher, daß Drachen, zusammen mit Booten und Pferden, auf die Liste der DINGE, DIE UM JEDEN PREIS ZU VERMEIDEN SIND, gehörten.

»Uh!« keuchte Tolpan aufgeregt. »Da sind Drachensoldaten! Da ist eine Schlacht! Und ich kann das Ganze beobachten!« Der Kender lehnte sich aus dem Sattel und starrte nach unten. Hin und wieder konnte er durch die heftigen Luftwirbel das Klirren von Rüstungen und Schreie und Rufe hören. »Sag mal, können wir nicht mal ein bißchen dichter ranfliegen? Ich – huch! Uh, nein! Meine Karte!«

Khirsah war plötzlich nach unten getaucht. Die Wucht riß das Pergament aus Tolpans Händen. Verzweifelt beobachtete er, wie es wie Laub davonflatterte. Aber ihm blieb keine Zeit, traurig zu sein, denn plötzlich spürte er, wie Flints Körper noch steifer wurde.

»Was? Was ist los?« schrie Tolpan.

Flint schrie etwas und zeigte irgendwohin. Tolpan versuchte verzweifelt, etwas zu sehen oder zu hören, aber in diesem Moment flogen sie in eine niedrighängende Wolke, und der Kender konnte seine eigene Nase nicht mehr erkennen, wie es bei den Gossenzwergen heißt.

Dann tauchte Khirsah aus der Wolkenbank hervor, und Tolpan sah.

»O je!« sagte der Kender eingeschüchtert. Unter ihnen flog eine Drachenschar nach der anderen, die die fernen ameisenkleinen Bodensoldaten überwältigten. Ihre roten und blauen ledernen Flügel waren wie böse Banner ausgebreitet, als sie auf die hilflose Armee des Goldenen Generals herabstießen.

Tolpan konnte sehen, wie die festen Reihen der Männer ins Wanken gerieten und auseinanderbrachen, als die furchtbare Drachenangst über sie fegte. Aber sie konnten nirgendwohin laufen, sich nirgendwo im weiten Grasland verstecken. Darum haben die Drachen so lange gewartet, erkannte Tolpan, dem bei dem Gedanken von Feuer und blitzendem Atem, die auf die unbeschützten Soldaten explodieren würden, übel wurde.

»Wir müssen sie aufhalten – uff!«

Khirsah schwenkte so schnell, daß Tolpan beinahe seine Zunge verschluckt hätte. Der Himmel drehte sich um ihn, und einen Augenblick lang hatte der Kender das äußerst interessante Gefühl des Nach*oben*fallens. Eher instinktiv hielt sich Tolpan an Flints Gürtel fest, als ihm plötzlich einfiel, daß er sich eigentlich auch hätte anschnallen müssen, so wie Flint es getan hatte. Nun, beim nächsten Mal würde er daran denken.

Wenn es ein nächstes Mal geben würde. Der Wind umtoste ihn, der Boden drehte sich, als der Drache in Spiralen nach unten schoß. Kender lieben neue Erfahrungen – und dies war sicherlich die aufregendste –, aber Tolpan *wünschte* sich, daß der Boden bei ihrer Landung nicht aufspringen würde.

»Ich meinte nicht, daß wir sie *direkt jetzt* aufhalten sollten!« schrie Tolpan Flint zu. Er sah nach oben – oder war es nach unten? – und konnte weit entfernt über ihnen die anderen Drachen erkennen, nein, unter ihnen. Alles war so durcheinander. Jetzt waren die Drachen *hinter* ihnen! Sie waren an der Spitze! Allein! Was *machte* Flint überhaupt?

»Nicht so schnell! Mach dieses Ding langsamer!« schrie er Flint an. »Du hast alle anderen hinter uns gelassen! Selbst Laurana!«

Dem Zwerg wäre nichts lieber gewesen, als die Beschleunigung des Drachen zu drosseln. Bei der letzten Drehung waren die Zügel in seine Reichweite geschleudert worden, und jetzt zog er mit seiner ganzen Kraft und schrie: »Brr, Tier, brr!«, denn er erinnerte sich vage, daß dieser Befehl bei Pferden funktionierte. Aber er funktionierte nicht bei einem Drachen.

Für den verängstigten Zwerg war es kein Trost, daß er nicht der einzige war, der Schwierigkeiten mit den Drachen hatte. Hinter ihm brach die leuchtende bronzene und silberne Linie wie durch ein stummes Signal zusammen, als die Drachen in kleinen Gruppen von zwei und drei Tieren davonstoben.

Die Ritter zerrten hektisch an den Zügeln, bemüht, die Drachen wieder in eine gerade und ordentliche Reihe zu bringen. Aber die Drachen wußten es besser – der Himmel war ihr Gebiet. Der Luftkampf unterschied sich bei weitem vom Bodenkampf. Sie würden ihren Pferdereitern zeigen, wie man auf einem Drachenrücken kämpft.

Khirsah wirbelte anmutig herum und trieb in eine weitere Wolke, und Tolpan verlor sofort jeglichen Sinn für oben und unten, als der dicke Nebel ihn einhüllte. Dann explodierte der sonnenbeschienene Himmel vor seinen Augen, als der Drache hervorbrach.

Dann brüllte Flint los. Aufgeschreckt sah Tolpan auf und wurde gewahr, daß sie direkt auf eine Schar blauer Drachen zusteuerten, die sie noch nicht gesichtet hatten, da ihre Aufmerksamkeit völlig von der Verfolgung einer Gruppe panischer Fußsoldaten beansprucht war.

»Die Lanze! Die Lanze!« schrie Tolpan.

Flint hantierte mit der Lanze, aber er hatte keine Zeit, sie zurechtzurücken. Es spielte auch keine Rolle. Die blauen Drachen hatten sie immer noch nicht gesehen. Khirsah glitt aus der Wolke und stürzte ihnen nach. Dann raste der junge Drache wie eine bronzene Flamme über die Gruppe der Blauen hinweg. Sein Ziel war ihr Anführer – ein großer blauer Drache mit einem blaubehelmten Reiter. Khirsah schlug auf den führenden Drachen mit allen vier mörderisch scharfen Klauen ein.

Die Wucht des Aufschlags warf Flint in seinem Gurt nach vorn. Tolpan fiel auf ihn und drückte den Zwerg nach unten. Hektisch versuchte Flint, wieder hochzukommen, aber Tolpan hielt ihn mit einem Arm fest umklammert. Mit der anderen Hand schlug er auf den Helm des Zwerges und schrie dem Drachen ermutigend zu.

»Das war großartig! Schlag ihn noch mal!« kreischte der Kender wahnsinnig vor Aufregung und schlug Flint wieder auf den Kopf.

Laut in der Zwergensprache fluchend, schleuderte Flint Tolpan von sich. In diesem Moment schwang sich Khirsah nach oben und schoß in eine andere Wolke, bevor die Schar der Blauen auf seinen Angriff reagieren konnte.

Khirsah wartete einen Augenblick, vielleicht um seinen mitgenommenen Reitern eine kurze Erholungspause zu gönnen. Flint setzte sich wieder, und Tolpan legte seine Arme fest um den Zwerg. Er hatte den Eindruck, daß Flint merkwürdig aussah, irgendwie grau im Gesicht und komischerweise besorgt. Aber das war gewiß auch kein normales Erlebnis, erinnerte sich Tolpan. Bevor er Flint fragen konnte, ob er sich gut fühlte, stob Khirsah wieder aus der Wolke.

Tolpan konnte unter sich die blauen Drachen sehen. Der führende Drache hatte mitten in der Luft angehalten und schlug mit seinen riesigen Flügeln. Der Blaue war benommen und leicht verletzt; an seinen Vorderflanken klebte Blut, wo Khirsahs scharfe Krallen die feste, schuppenartige Haut durchrissen hatten. Der Drache und sein blaubehelmter Reiter überprüften den Himmel, suchten nach ihrem Angreifer. Plötzlich zeigte der Reiter auf etwas.

Tolpan riskierte einen schnellen Blick nach hinten und hielt den Atem an. Der Anblick war herrlich. Bronze und Silber blitzten in der Sonne auf, als die Weißstein-Drachen aus der Wolkendecke hervorbrachen und kreischend auf die Schar der

Blauen herabstießen. Sofort brach die Formation ihrer Schar zusammen, als die Blauen versuchten, an Höhe zu gewinnen und ihre Verfolger abzuschütteln. Hier und dort entbrannten Kämpfe. Blitze zischten und flackerten, blendeten fast den Kender, als ein riesiger bronzener Drache zu seiner Rechten vor Schmerz aufschrie und vom Himmel stürzte, sein Kopf geschwärzt und brennend. Tolpan sah seinen Reiter hilflos nach den Zügeln greifen, sein Mund zu einem Schrei geöffnet, den der Kender sehen, aber nicht hören konnte, als Drache und Reiter immer tiefer stürzten.

Tolpan starrte auf den Boden und fragte sich gerade benebelt, wie es wohl wäre, im Gras zu zerschmettern, als Khirsah ein Brüllen von sich gab.

Der blaue Anführer erblickte Khirsah und vernahm die Herausforderung. Die anderen Drachen ignorierend, die um ihn herum kämpften, stiegen der blaue Drache und sein Reiter auf, um ihr Duell mit dem bronzenen Drachen fortzusetzen.

»Jetzt seid Ihr an der Reihe, Zwerg! Setzt die Lanze!« schrie Khirsah. Er hob seine Flügel und stob immer weiter nach oben, um die richtige Höhe für ein Manöver zu gewinnen und dem Zwerg Zeit für die Vorbereitungen zu geben.

»Ich halte die Zügel!« schrie Tolpan.

Aber der Kender wußte nicht, ob Flint ihn gehört hatte. Das Gesicht des Zwerges war starr, und er bewegte sich langsam und mechanisch. Fast verrückt vor Ungeduld, konnte Tolpan nichts unternehmen, als die Zügel zu halten und zu beobachten, wie Flint mit seinen grauen Fingern hantierte, bis er es endlich geschafft hatte, den Griff der Lanze unterhalb seiner Schulter zu befestigen und sie zu verankern, wie er es gelernt hatte. Dann blickte er einfach starr nach vorn, sein Gesicht war völlig ausdruckslos.

Khirsah flog immer höher, dann fing er sich, und als Tolpan sich umsah, fragte er sich, wo denn ihre Feinde waren. Er hatte den Blauen und seinen Reiter völlig aus dem Blickfeld verloren. Dann schoß Khirsah plötzlich nach oben, und Tolpan keuchte. *Da* war ihr Feind – direkt vor ihnen!

Er sah den Blauen sein entsetzliches, mit messerscharfen Zähnen versehenes Maul öffnen. Ihm fielen die Blitze ein, und er duckte sich hinter den Schild. Dann sah er, daß Flint immer noch aufrecht saß und grimmig über den Schild auf den nahenden Drachen starrte! Tolpan griff um Flints Taille, packte den Zwerg am Bart und riß seinen Kopf nach unten hinter den Schild.

Blitze flackerten und krachten um sie herum. Der berstende Donner ließ den Kender und den Zwerg beinahe ohnmächtig werden. Khirsah brüllte vor Schmerz auf, aber er behielt seinen Kurs bei.

Die Drachen schlugen mit den Köpfen gegeneinander, die Drachenlanze durchbohrte ihr Opfer.

Einen Moment lang sah Tolpan nur noch blaue und rote Flecke. Die Welt drehte und drehte sich. Einmal starrten ihn die entsetzlichen feurigen Augen eines Drachen haßerfüllt an. Klauen bewegten sich blitzschnell. Khirsah kreischte auf, der Blaue schrie. Flügel schlugen in der Luft. Der Boden drehte sich in Spiralen, als die kämpfenden Drachen nach unten stürzten.

Warum läßt Feuerblitz nicht los, dachte Tolpan verzweifelt. Dann konnte er es erkennen…

Wir sind ineinander verkeilt, dachte Tolpan benommen.

Die Drachenlanze hatte ihr Ziel verfehlt. Sie hatte das Flügelknochengelenk des blauen Drachen getroffen, sich dann in seine Schulter gebogen und saß nun fest. Verzweifelt versuchte der Blaue, sich zu befreien, aber Khirsah, jetzt im Schlachtfieber, peitschte mit seinen scharfen Fängen und reißenden, mit Krallen versehenen Vorderklauen auf den Blauen ein.

Beide Drachen waren in ihren eigenen Kampf so vertieft, daß sie ihre Reiter völlig vergessen hatten. Tolpan hatte auch den anderen Reiter vergessen, bis er plötzlich den blaubehelmten Drachenoffizier bemerkte, der sich nur einige Meter entfernt an seinen Sattel klammerte.

Dann waren Himmel und Erde wieder nur Flecken im wirbelnden Kampf der Drachen. Tolpan sah verschwommen, wie der blaue Helm des Offiziers vom Kopf fiel und sein blondes

Haar im Wind flog. Seine Augen waren kalt und hell und nicht im geringsten ängstlich. Er starrte direkt in die Augen des Kenders.

Er kommt mir bekannt vor, dachte Tolpan mit einer merkwürdigen Gleichgültigkeit, als ob das für einen Kender etwas ganz Normales wäre. Wo könnte ich ihn schon einmal gesehen haben? Dann fiel ihm Sturm ein.

Der Drachenoffizier befreite sich aus seinem Gurt und stellte sich in den Bügel auf. Ein Arm – sein rechter Arm – hing schlaff herab, aber die andere Hand griff nach vorn...

Plötzlich wurde Tolpan alles klar. Er wußte genau, was der Offizier beabsichtigte. Es war, als ob der Mann zu ihm gesprochen und ihm seinen Plan ausführlich geschildert hätte.

»Flint!« schrie Tolpan außer sich. »Zieh die Lanze raus! Zieh sie raus!«

Aber der Zwerg hielt die Lanze mit seltsamem abwesendem Blick fest. Die Drachen kämpften und griffen sich mit den Klauen an und bissen sich mitten in der Luft; der Blaue krümmte sich, versuchte, sich von der Lanze zu befreien und gleichzeitig seinen Angreifer abzuwehren. Tolpan sah, daß der Offizier etwas schrie, und der Blaue brach einen Moment den Angriff ab, während er sich in der Luft hielt.

Mit bemerkenswerter Behendigkeit sprang der Offizier von einem Drachen auf den anderen. Mit seinem gesunden Arm packte er Khirsah am Hals und zog sich nach oben, seine kräftigen Beine und Oberschenkel klammerten sich fest um den Hals des kämpfenden Drachen.

Khirsah schenkte dem Menschen keine Beachtung. Seine Gedanken waren völlig auf seinen Feind gerichtet.

Der Offizier warf dem Kender und dem Zwerg schnell einen Blick zu und sah, daß beide keine große Gefahr darstellten; festgeschnallt an ihrem Sattel. Der Offizier zog kühl sein Langschwert und lehnte sich nach unten und begann, die Geschirrgurte am bronzenen Drachen, wo sie die Brust des Tieres vor den Flügeln überkreuzten, zu durchschneiden.

»Flint!« bettelte Tolpan. »Zieh die Lanze heraus! Sieh mal!«

Der Kender schüttelte den Zwerg. »Wenn dieser Offizier das Geschirr durchschneidet, wird unser Sattel hinunterfallen! Die Lanze wird hinunterfallen! *Wir* werden hinunterfallen!«

Flint drehte in plötzlichem Verstehen langsam seinen Kopf. Er bewegte sich immer noch mit quälender Langsamkeit, seine zitternde Hand fummelte an dem Mechanismus, der die Lanze zurückholen und die Drachen aus ihrer tödlichen Umarmung erlösen würde. Aber würde es noch rechtzeitig geschehen?

Tolpan sah das Langschwert in der Luft aufblitzen. Er sah einen Geschirrgurt hängen und dann frei flattern. Es gab keine Zeit zum Denken oder Planen. Während Flint an dem Mechanismus hantierte, hatte sich Tolpan erhoben und die Zügel um seine Taille gebunden. Dann kroch der Kender am Zwerg vorbei, während er sich an den Rand des Sattels klammerte, bis er vor Flint war. Hier legte er sich flach auf den Hals des Drachen, wickelte seine Beine um die dornige Mähne des Drachen, kämpfte sich Zentimeter für Zentimeter nach vorn und kam leise hinter dem Offizier zum Halten.

Der Mann kümmerte sich überhaupt nicht um die beiden Reiter, da er annahm, daß beide sicher in ihren Geschirren gefangen wären. Da seine Aufmerksamkeit nur auf seine Arbeit gerichtet war – das Geschirr war fast gelöst –, wußte er nicht, was ihn traf.

Tolpan hatte sich erhoben und war auf den Rücken des Offiziers gesprungen. Der aufgeschreckte Offizier versuchte verzweifelt, sich am Hals des Drachen festzuklammern, und ließ sein Schwert fallen.

Vor Wut knurrend, versuchte der Offizier auszumachen, was ihn getroffen hatte, als plötzlich alles dunkel wurde. Kleine Arme wickelten sich um seinen Kopf und machten ihn blind. Hektisch lockerte der Offizier seinen Griff am Drachenhals, um sich von dem zu befreien, was – wie er in seiner Wut meinte – eine Kreatur mit sechs Armen und Beinen sein mußte – die alle mit einer wanzenähnlichen Hartnäckigkeit an ihm klebten. Aber er spürte, daß er vom Drachen glitt, und war gezwungen, sich wieder an der Mähne festzuhalten.

»Flint! Mach die Lanze frei! Flint...« Tolpan wußte später nicht mehr, was er noch alles gesagt hatte. Der Boden kam immer näher, als die geschwächten Drachen vom Himmel stürzten. Er konnte nicht denken. Weiße Blitze barsten in seinem Kopf, während er sich mit seiner ganzen Kraft an den Offizier hängte, der immer noch unter ihm kämpfte.

Dann ertönte ein metallisches Dröhnen.

Die Lanze war gelöst. Die Drachen waren befreit.

Khirsah breitete seine Flügel aus und zog sich aus dem drehenden Tiefflug hoch. Himmel und Erde waren wieder in ihrer richtigen Position. Tränen strömten über Tolpans Wangen. Ich hatte keine Angst, sagte er sich immer wieder schluchzend. Aber nichts sah so schön aus wie dieser blaue, blaue Himmel – der wieder da war, wo er hingehörte!

»Ist mit dir alles in Ordnung?« schrie der Kender.

Der bronzene Drache nickte erschöpft.

»Ich habe einen Gefangenen«, rief Tolpan, dem diese Tatsache plötzlich klar wurde. Langsam ließ er den Mann los, der benommen und halberwürgt seinen Kopf schüttelte.

»Ich nehme an, du wirst jetzt nirgendwohin flüchten«, murmelte Tolpan. Er glitt vom Rücken des Mannes und kroch über die Mähne auf die Schultern des Drachen. Tolpan sah, wie der Offizier in den Himmel spähte und seine Fäuste vor bitterer Wut zusammenballte, als er seine Drachen beobachtete, die von Laurana und ihrer Streitmacht langsam aus dem Himmel getrieben wurden. Der Blick des Offiziers blieb besonders lange auf Laurana haften, und plötzlich wußte Tolpan, wo er ihn schon gesehen hatte.

Der Kender hielt den Atem an. »Du bringst uns lieber nach unten zur Erde, Feuerblitz!« schrie er mit zitternden Händen. »Beeil dich!«

Der Drache drehte seinen Kopf, um nach seinen Reitern zu sehen, und Tolpan fiel auf, daß ein Auge völlig zugeschwollen war. Eine Seite des bronzenen Kopfes war versengt und voller Brandwunden, und Blut troff aus einer eingerissenen Nüster. Tolpan schaute sich vergeblich nach dem Blauen um.

Als er zum Offizier zurücksah, fühlte sich Tolpan plötzlich herrlich. Ihm fiel wieder ein, was er vollbracht hatte.

»He!« gellte er in Hochstimmung zu Flint. »Wir *haben* es geschafft! Wir haben einen Drachen bekämpft, und *ich* habe einen Gefangenen gemacht! Ganz allein!«

Flint nickte langsam. Tolpan drehte sich wieder um und beobachtete, wie der Boden immer näher kam, und der Kender dachte, er habe nie zuvor so... so wunderbar bodenmäßig ausgesehen!

Khirsah landete. Die Fußsoldaten scharten sich um sie, schrien und jubelten. Einer führte den Offizier ab. Tolpan war nicht traurig darüber, bemerkte jedoch, daß der Offizier ihm einen scharfen, durchdringenden Blick zuwarf, bevor er abgeführt wurde. Aber dann vergaß der Kender ihn, als er zu Flint hochsah.

Der Zwerg hing über dem Sattel, sein Gesicht war alt und sah müde aus, seine Lippen waren blau gefärbt.

»Was ist los?«

»Nichts.«

»Aber du hältst deine Brust fest. Bist du verwundet?«

»Nein, bin ich nicht.«

»Warum hältst du dann deine Brust fest?«

Flint knurrte. »Ich vermute, ich werde keinen Frieden finden, bevor ich dir nicht geantwortet habe. Nun gut, wenn du es unbedingt wissen mußt, es liegt an der verdammten Lanze! Und wer auch immer diese dämliche Weste entworfen hat, muß ein größerer Dummkopf als du gewesen sein! Der Schaft der Lanze hat die ganze Zeit direkt gegen mein Schlüsselbein gequetscht. Eine Woche lang werde ich bestimmt grün und blau sein. Und was deinen Gefangenen betrifft, dann ist es ein Wunder, daß ihr beide nicht gestorben seid, du Rattenhirn! Gefangen, pah! Eher ein Zufall, wenn du mich fragst. Und ich sage dir noch etwas! Solange ich lebe, werde ich nie wieder so ein riesiges Vieh besteigen!«

Flint schloß seine Lippen mit einem wütenden Aufschnappen und starrte den Kender so böse an, daß Tolpan sich umdrehte und sich schnell verzog. Der Kender wußte nur zu gut, wenn Flint in *dieser* Laune war, war es das beste, zu verschwinden und ihn allein zu lassen, damit er sich wieder abregen konnte. Nach dem Abendessen würde es ihm bessergehen.

Erst in der Nacht, als Tolpan sich neben Khirsah zusammengerollt hatte und behaglich an der riesigen bronzenen Flanke des Drachen ruhte, erinnerte er sich, daß Flint die linke Seite seiner Brust umklammert hatte.

Die Lanze war auf der rechten Seite des alten Zwerges gewesen.

Frühlingserwachen

Als der Morgen dämmerte und das rosafarbene und goldene Licht sich über das Land verbreitete, erwachten die Bewohner von Kalaman vom Klang der Glocken. Kinder sprangen aus den Betten und stürzten in die Schlafkammern ihrer Eltern, drängten Mütter und Väter aufzustehen, damit dieser besondere Tag begonnen werden konnte. Obwohl einige murrten und die Decken über ihre Köpfe zogen, stiegen die meisten Eltern lachend aus dem Bett, nicht weniger ungeduldig und gespannt als ihre Kinder.

Denn der heutige Tag war ein denkwürdiger Tag in der Geschichte Kalamans. Heute fand nicht nur das alljährliche Frühlingsfest statt, sondern auch der Siegeseinzug der Armee der Ritter von Solamnia. Die Armee, angeführt von ihrem inzwischen legendären General, einer Elfe, hatte ihre Lager in den Ebenen außerhalb der befestigten Stadt aufgeschlagen und würde am Mittag triumphierend in die Stadt einziehen.

Als die Sonne über die Mauern lugte, füllte sich der Himmel über Kalaman mit dem Rauch der Lagerfeuer, und bald erhob sich selbst der Müdeste bei den Gerüchen von brutzelndem Fleisch und warmem Gebäck, gebratenem Speck und wohlriechendem Kaffee aus seinem Bett. Sie wären sowieso früh genug aufgestanden, denn schon füllten sich die Straßen mit Kindern. Beim Frühlingsfest wurde nicht auf Disziplin geachtet. Nach einem langen Winter, eingesperrt in die Häuser, durften sich die Kinder einen Tag lang austoben. Bis zur Abenddämmerung würde es viele blaue Flecken, aufgeschlagene Knie und Magenschmerzen von zuviel Süßigkeiten geben. Aber alle würden diesen Tag als einen glorreichen in Erinnerung behalten.

Am Vormittag war das Fest bereits in vollem Gange. Verkäufer boten ihre Waren in farbenfrohen Buden an. Der Einfältige verlor sein Geld beim Glücksspiel. Tanzbären tollten auf den Straßen, und Zauberkünstler riefen erstauntes Ächzen bei alt und jung hervor.

Um Punkt zwölf Uhr läuteten wieder die Glocken. Die Straßen leerten sich. Die Leute sammelten sich an ihren Rändern. Die Stadttore wurden aufgestoßen, und die Ritter von Solamnia rüsteten sich für ihren Einzug in Kalaman.

Ein erwartungsvolles Schweigen fiel über die Menge. Ungeduldig starrten sie nach vorn, schubsten sich, um einen guten Ausblick auf die Ritter zu haben, insbesondere auf die Elfe, von der sie schon so viele Geschichten gehört hatten. Sie ritt als erste, allein, auf einem schneeweißen Pferd. Der Menge, die eigentlich jubeln wollte, verschlug es den Atem angesichts der Schönheit und Erhabenheit dieser Frau. Laurana, in eine glänzende, mit Blattgold verzierte Silberrüstung gekleidet, lenkte ihren Schimmel durch die Tore und in die Straßen. Eine Abordnung von Kindern war sorgfältig vorbereitet worden, Blumen in Lauranas Weg zu streuen, aber die Kinder waren vom Anblick der wunderschönen Frau in der glitzernden Rüstung derart überwältigt, daß sie ihre Blumen krampfhaft festhielten und keine einzige streuten.

Hinter dem goldhaarigen Elfenmädchen ritten zwei, die nicht wenige in der Menge zum Staunen brachten – ein Kender und ein Zwerg, zusammen auf einem schäbigen Pony, dessen Rükken so breit wie eine Tonne war. Der Kender schien eine wundervolle Zeit zu haben und schrie und winkte der Menge zu. Aber der Zwerg, der hinter ihm saß, hatte sich um die Taille des Kenders in einem todesähnlichen Griff festgeklammert, und er nieste so heftig, als ob er sich selbst vom Rücken des Tieres wegniesen würde.

Dem Zwerg und dem Kender folgte ein Elfenlord, der dem Elfenmädchen so glich, daß niemand in der Menge seinem Nachbarn erklären mußte, daß es Bruder und Schwester waren. Neben dem Elfenlord ritt ein anderes Elfenmädchen mit seltsamen silbernen Haaren und tiefblauen Augen, das angesichts der Menge schüchtern und nervös wirkte. Dann kamen die Ritter von Solamnia, vielleicht fünfundsiebzig insgesamt, herrlich anzusehen in ihren glänzenden Rüstungen. Die Menge begann zu jubeln, Flaggen wurden geschwenkt.

Einige der Ritter wechselten bittere Blicke, alle dachten das gleiche: Wären sie nur einen Monat zuvor in Kalaman eingezogen, hätte man ihnen einen ganz anderen Empfang bereitet. Aber jetzt waren sie Helden. Dreihundert Jahre des Hasses und der Bitterkeit und der ungerechten Anschuldigungen waren aus der Erinnerung der Bevölkerung wie ausgelöscht, als sie jene bejubelten, die sie vor der Drachenarmee gerettet hatten.

Hinter den Rittern marschierten mehrere tausend Fußsoldaten. Und dann füllte sich zur Freude der Menge der Himmel über der Stadt mit Drachen – nicht mit den schrecklichen roten und blauen Scharen, vor denen sich die Leute den ganzen Winter über gefürchtet hatten. Statt dessen blitzten silberne, bronzene und goldene Flügel in der Sonne auf, als die ehrfurchterregenden Kreaturen in ihren gutorganisierten Scharen am Himmel kreisten, eintauchten und sich drehten. Ritter saßen in den Drachensatteln, die Klingen der Drachenlanzen funkelten im Morgenlicht.

Nach der Parade versammelten sich die Stadtbewohner, um die Ansprache ihres Fürsten zu Ehren der Helden zu hören. Laurana errötete, als sie hörte, daß sie allein für die Entdeckung der Drachenlanzen, die Rückkehr der guten Drachen und die ungeheuren Siege der Armee verantwortlich wäre. Stammelnd versuchte sie, dem zu widersprechen, und wies auf ihren Bruder und die Ritter. Aber die Jubelschreie der Menge übertönten sie. Hilflos sah Laurana zu Fürst Michael, Großmeister Gunther Uth Wistans Vertreter, der kurz vorher aus Sankrist eingetroffen war. Michael grinste nur.

»Laß sie ihren Helden haben«, sagte er ihr. »Oder Heldin, sollte ich lieber sagen. Sie verdienen es. Den ganzen langen Winter über haben sie in Angst gelebt und auf den Tag gewartet, an dem die Drachen am Himmel erscheinen würden. Jetzt haben sie eine wunderschöne Heldin, den Märchen der Kinder entstiegen, um sie zu retten.«

»Aber das stimmt nicht!« protestierte Laurana, die näher zu Michael trat. Ihre Arme waren mit Winterrosen geschmückt. Der Duft war unangenehm, aber sie nahm sie aus Angst nicht ab, jemanden zu beleidigen. »Ich bin nicht aus einem Kindermärchen erschienen. Ich habe Feuer, Finsternis und Blut überlebt. Mir das Kommando zu übertragen, war eine politische List von Fürst Gunther gewesen – das wissen wir beide. Und wenn mein Bruder und Silvara nicht ihr Leben riskiert hätten, um die guten Drachen zu überzeugen, würden wir in diesen Straßen eine Parade in Ketten hinter der Finsteren Herrin abhalten.«

»Pah! Es tut ihnen gut. Und uns auch«, fügte Michael hinzu, der Laurana aus den Augenwinkeln betrachtete, während er der Menge zuwinkte. »Vor wenigen Wochen hätten wir den Fürsten nicht einmal um altbackenes Brot anbetteln können. Jetzt ist er wegen des Goldenen Generals einverstanden, die Armee in der Stadt zu stationieren, uns mit Vorräten, Pferden und allem, was wir wollen, zu versorgen. Junge Männer kommen in Scharen, um Soldaten zu werden. Unsere Armee wird um tausend oder mehr Männer anwachsen, bevor wir nach Dargaard aufbrechen. Und du hast die Moral unserer eigenen Soldaten gehoben. Du hast damals die Ritter im Turm des Oberklerikers erlebt – sieh sie jetzt an.«

Ja, dachte Laurana bitter. Ich habe sie erlebt. Zersplittert durch Meinungsverschiedenheiten in den eigenen Reihen, in Unehre gefallen, streitend und Intrigen schmiedend. Erst der Tod eines guten, ehrenhaften Mannes brachte sie wieder zur Vernunft. Laurana schloß die Augen. Der Lärm, der Duft der Rosen – der sie immer an Sturm erinnerte –, die Erschöpfung von der Schlacht, die Hitze der Mittagssonne, alles stürzte auf sie ein wie eine erdrückende Woge. Ihr wurde schwindlig, und sie fürchtete, ohnmächtig zu werden. Der Gedanke amüsierte sie leicht. Wie würde das aussehen – der Goldene General kippt wie eine verwelkte Blume um...

Dann spürte sie einen starken Arm.

»Ruhig Blut, Laurana!« sagte Gilthanas, der sie festhielt. Silvara stand neben ihr und nahm die Rosen von ihren Armen. Seufzend öffnete Laurana ihre Augen und lächelte schwach dem Fürsten zu, der gerade seine zweite Ansprache unter einem Beifallssturm beendete.

Ich sitze in der Falle, wurde Laurana klar. Sie würde hier den restlichen Nachmittag sitzen und die Ansprachen ertragen müssen, die ihre Heldentaten priesen. Sie wünschte sich nichts mehr, als an einem dunklen, kühlen Ort zu liegen und zu schlafen. Und es waren alles Lügen, alles nur Heuchelei. Wenn sie nun die Wahrheit erfahren würden. Was wäre, wenn sie aufstehen und ihnen erzählen würde, daß sie während der Schlachten so viel Angst hatte, daß sie sich an Einzelheiten nur in ihren Alpträumen erinnern würde? Wenn sie ihnen sagte, daß sie für die Ritter nichts anderes war als eine Spielkarte? Daß sie nur hier war, weil sie aus ihrem Elternhaus weggelaufen war – ein verwöhntes kleines Mädchen, daß einem Halb-Elfen nachgerannt war, der sie nicht einmal liebte? Was würden sie dann sagen?

»Und jetzt«, die Stimme des Fürsten von Kalaman übertönte den Lärm der Menge, »ist es mir eine Ehre, euch die Frau vorzustellen, die die entscheidende Wende des Krieges herbeigeführt hat, die Frau, die die Drachenarmee in die Ebenen geschickt hat, sie um ihr Leben rennen ließ, die Frau, die die bösen Drachen vom Himmel vertrieben hat, die Frau, deren Armee den verruchten Bakaris, Kommandant der Armee des Drachenfürsten, gefangengenommen hat, die Frau, deren Name schon jetzt mit dem des legendären Huma verbunden ist, des mutigsten Kriegers auf Krynn. In einer Woche wird sie nach Burg Dargaard reiten, um die Kapitulation der Drachenfürstin, bekannt als die Finstere Herrin, zu fordern...«

Die Stimme des Fürsten erstarb im Jubel. Er hielt inne, dann griff er hinter sich und zerrte Laurana fast nach vorn. »Lauralanthalasa aus dem Königlichen Haus der Qualinesti!«

Der Beifall war ohrenbetäubend. Er hallte von den hohen Steingebäuden wider. Laurana sah auf das Meer geöffneter Münder und die heftig wedelnden Flaggen. Sie wollen nichts von *meiner* Furcht wissen, begriff Laurana müde. Sie haben selbst genug Furcht. Sie wollen nichts über Finsternis und Tod wissen. Sie wollen Kindermärchen über Liebe und Wiedergeburt und Silberdrachen.

Wollen wir das nicht alle?

Mit einem Seufzer wandte sich Laurana zu Silvara. Sie nahm die Rosen zurück, hielt sie hoch in die Luft und winkte der jubelnden Menge zu. Dann begann sie ihre Ansprache.

Tolpan Barfuß verbrachte eine herrliche Zeit. Es war einfach gewesen, Flints wachsamem Blick zu entgehen und von der Plattform zu schlüpfen, wo er mit den anderen Würdenträgern stand. Er verschmolz mit der Menge und war nun frei, diese interessante Stadt aufs neue zu erforschen. Vor langer Zeit war er mit seinen Eltern in Kalaman gewesen, und er hegte liebevolle Erinnerungen an den Basar, den Hafen, wo die weißgeflügelten Schiffe vor Anker lagen, und an Hunderte andere wundervolle Dinge.

Mit Muße wanderte er durch die fröhliche Menge, seine scharfen Augen sahen alles, seine Hände stopften geschäftig Dinge in seine Beutel. Wirklich, dachte Tolpan, die Leute von Kalaman sind äußerst sorglos! Geldbörsen hatten die unheimliche Angewohnheit, aus den Gürteln der Leute in Tolpans Hände zu fallen. Die Straßen hätten mit Juwelen gepflastert sein können, so wie er Ringe und andere faszinierende Schmuckstücke entdeckte.

Dann wurde der Kender in das Reich des Entzückens befördert, als er zufällig auf die Bude eines Kartographen stieß. Und wie das Schicksal es wollte, war der Kartograph weggegangen, um die Parade zu beobachten. Die Bude war verriegelt, an einem Haken hing ein großes Schild. GESCHLOSSEN.

Wie schade, dachte Tolpan. Aber ich bin mir sicher, es wird ihn nicht stören, wenn ich einen Blick auf seine Karten werfe. Fachmännisch ruckte er an dem Schloß, dann lächelte er glücklich. Noch ein paar Rucke, und es würde sich mühelos öffnen. Bei solch einem primitiven Schloß ist es bestimmt nicht seine Absicht, Leute fernzuhalten. Ich gehe nur schnell hinein und kopiere einige seiner Karten, um meine Sammlung auf den neusten Stand zu bringen...

Plötzlich spürte Tolpan eine Hand auf seiner Schulter. Wütend, daß jemand ihn gerade jetzt stören wollte, blickte sich der Kender um und sah auf eine seltsame Gestalt, die aber vertraut wirkte. Sie war trotz des warmen Frühlingstages in schwere Umhänge und Gewänder gekleidet. Sogar die Hände waren in Bandagen gewickelt. Ein Kleriker, dachte der Kender verärgert und besorgt.

»Ich bitte um Verzeihung«, sagte Tolpan zu dem Kleriker, der ihn fest im Griff hatte. »Ich will ja nicht grob sein, aber ich war gerade...«

»Barfuß?« unterbrach der Kleriker mit kalter, lispelnder Stimme. »Der Kender, der mit dem Goldenen General reitet?«

»Nun ja«, sagte Tolpan, geschmeichelt, daß ihn jemand erkannt hatte. »Das bin ich. Ich reite mit Laurana – dem Goldenen General – seit langer Zeit. Laß mich nachdenken, ich glaube, seit dem letzten Herbst. Ja, wir lernten uns in Qualinesti kennen, direkt nachdem wir aus den Gefängniswagen der Hobgoblins entkommen waren, und das war kurz bevor wir einen schwarzen Drachen in Xak Tsaroth getötet hatten. Das ist die wunderbarste Geschichte...« Tolpan vergaß die Karten. »Weißt du, wir waren in dieser alten, alten Stadt, die zu einer Höhle verfallen und von Gossenzwergen bewohnt war. Wir lernten eine Zwergin kennen, Bupu, die von Raistlin verzaubert wurde...«

»Halt den Mund!« Die bandagierte Hand des Klerikers fuhr von Tolpans Schulter zu seinem Hemdkragen. Der Kleriker packte ihn fachmännisch, drehte ihn mit einem plötzlichen Ruck und hob den Kender in die Luft. Obwohl Kender im allgemeinen keine Angst haben, empfand Tolpan es als äußerst unangenehm, kaum atmen zu können.

»Hör mir gut zu«, zischte der Kleriker und schüttelte den sich sträubenden Kender heftig, so wie ein Wolf einen Vogel durchschüttelt, um ihm den Hals zu brechen. »So ist es gut. Halt still, dann schmerzt es weniger. Ich habe eine Nachricht für den Goldenen General.« Seine Stimme klang tödlich sanft. »Hier ist sie.« Tolpan spürte, wie eine grobe Hand etwas in seine Westentasche steckte. »Sieh zu, daß du ihr die Botschaft heute abend zuspielen kannst, wenn sie alleine ist. Verstanden?«

Tolpan, der unter dem Würgegriff des Klerikers weder sprechen noch nicken konnte, blinzelte zweimal mit den Lidern. Der vermummte Kopf nickte, dann ließ der Kleriker den Kender auf den Boden fallen und verschwand eilig in der Menge.

Der benommene Kender rang nach Atem und starrte der Gestalt nach, deren lange Robe im Wind flatterte. Tolpan griff geistesabwesend nach der Schriftrolle, die in seiner Westentasche steckte. Der Klang dieser Stimme brachte sehr unangenehme Erinnerungen zurück: der Überfall auf der Straße von Solace, schwervermummte Gestalten... wie Kleriker... nur, daß es keine Kleriker waren! Tolpan schauderte. Ein Drakonier! Hier! In Kalaman!

Der Kender wandte sich kopfschüttelnd wieder der Bude des

Kartographen zu. Aber das Vergnügen des Tages war ihm vergangen. Er konnte nicht einmal Aufregung empfinden, als sich das Schloß in seinen kleinen Händen öffnete.

»He, du!« kreischte eine Stimme. »Kender! Verschwinde von hier!«

Ein Mann rannte auf ihn zu, keuchend und rot im Gesicht. Vermutlich der Kartograph.

»Du brauchst nicht so zu rennen«, sagte Tolpan teilnahmslos. »Wegen mir brauchst du nicht extra zu öffnen.«

»*Öffnen*!« Der Kiefer des Mannes sackte runter. »Nun, du kleiner Dieb! Ich komme gerade rechtzeitig...«

»Trotzdem vielen Dank.« Tolpan ließ das Schloß in die Hand des Mannes fallen und ging davon. Geistesabwesend wich er dem aufgebrachten Kartographen aus, der versuchte, ihn festzuhalten. »Ich gehe jetzt. Ich fühle mich nicht wohl. Oh, nebenbei bemerkt, wußtest du, daß das Schloß kaputt ist? Nutzlos. Du solltest vorsichtiger sein. Man weiß nie, wer sich einschleichen könnte. Nein, danke mir nicht. Ich habe keine Zeit. Auf Wiedersehen.«

Tolpan zog davon. »Dieb! Dieb!« tönte es hinter ihm. Ein Wachmann erschien, und Tolpan war gezwungen, sich in einem Metzgerladen zu verstecken, um nicht überrannt zu werden. Über die Schlechtigkeit der Welt den Kopf schüttelnd, blickte sich der Kender in der Hoffnung um, den Missetäter zu entdekken. Da nichts Interessantes zu sehen war, setzte er seinen Weg fort und fragte sich plötzlich gereizt, wie Flint es schon wieder geschafft hatte, ihn zu verlieren.

Laurana schloß die Tür, drehte den Schlüssel im Schloß um und lehnte sich dankbar dagegen, genoß den Frieden und die Ruhe und die Einsamkeit ihrer Kammer. Nachdem sie den Schlüssel auf einen Tisch geworfen hatte, ging sie müde zu ihrem Bett, zündete nicht einmal eine Kerze an. Die Strahlen des silbernen Mondes flossen durch die verbleiten Scheiben ihres langen, schmalen Fensters.

Von den untersten Räumen des Schlosses konnte sie noch die

Geräusche des Festes hören, das sie gerade verlassen hatte. Es war fast Mitternacht. Sie hatte zwei Stunden lang versucht zu entkommen. Fürst Michaels Eingreifen in ihrem Namen – daß sie von den Schlachten erschöpft sei – hatte schließlich die Herrschaften der Stadt Kalaman bewogen, sie gehen zu lassen.

Ihr Kopf schmerzte von der stickigen Luft, dem Duft starken Parfums und dem vielen Wein. Sie wußte, sie hätte nicht soviel trinken dürfen. Sie konnte Wein nicht gut vertragen, und außerdem schmeckte er ihr nicht. Aber der Schmerz in ihrem Kopf war einfacher zu ertragen als der Schmerz in ihrem Herzen.

Sie warf sich aufs Bett und dachte kurz, aufzustehen und die Fensterläden zu schließen, aber das Mondlicht war beruhigend. Laurana haßte es, im Dunkeln zu liegen. Wesen lauerten in den Schatten, bereit, sie anzuspringen. Ich sollte mich ausziehen, dachte sie, ich zerknittere das Kleid ... und es ist nur geliehen ...

Es klopfte an der Tür.

Laurana erwachte erschrocken. Dann erinnerte sie sich, wo sie war. Seufzend lag sie ruhig da und schloß wieder die Augen. Sicherlich würden sie bemerken, daß sie schlief, und weggehen.

Wieder klopfte es, diesmal hartnäckiger als beim ersten Mal.

»Laurana ...«

»Sag es mir morgen, Tolpan«, entgegnete Laurana, versuchte, den Ärger aus ihrer Stimme zu halten.

»Es ist wichtig, Laurana«, rief Tolpan. »Flint ist bei mir.«

Laurana hörte ein schlurfendes Geräusch vor der Tür.

»Komm schon, erzähl es ihr ...«

»Das werde ich nicht! Es ist deine Sache!«

»Aber er hat gesagt, es wäre wichtig, und ich ...«

»In Ordnung, ich komme!« seufzte Laurana. Sie taumelte aus dem Bett, tastete nach dem Schlüssel auf dem Tisch und schloß die Tür auf.

»Hallo, Laurana!« grüßte Tolpan fröhlich, während er hereinspazierte. »War das nicht ein wundervolles Fest? Ich habe noch nie soviel gebratenen Pfau gegessen ...«

»Was ist los, Tolpan?« fragte Laurana und schloß die Tür.

Als Flint ihr blasses, abgespanntes Gesicht sah, stieß er den Kender in den Rücken. Tolpan warf dem Zwerg einen vorwurfsvollen Blick zu, dann griff er in seine Westentasche und holte die mit einem blauen Band verschnürte Schriftrolle hervor.

»Ein Kleriker, oder so etwas Ähnliches, sagte mir, ich soll dir das geben, Laurana«, erklärte Tolpan.

»Ist das alles?« fragte Laurana ungeduldig und riß die Rolle dem Kender aus der Hand. »Wahrscheinlich ein Heiratsantrag. In der letzten Woche habe ich zwanzig davon bekommen. Ganz zu schweigen von den eindeutigen Angeboten.«

»O nein«, sagte Tolpan plötzlich ganz ernst. »So etwas ist es nicht, Laurana. Es ist von…« Er verstummte.

»Woher weißt du, von wem es ist?« Laurana musterte den Kender eindringlich.

»Ich… uh… vermute… irgendwie… sah ich darauf…«, gab Tolpan zu. Dann strahlte er auf. »Aber es ist nur, daß ich dich nicht gestört hätte, wenn es unwichtig gewesen wäre.«

Flint schnaubte verächtlich.

»Danke«, sagte Laurana. Sie öffnete die Schriftrolle und ging zum Fenster.

»Wir lassen dich jetzt allein«, sagte Flint schroff und drängte den protestierenden Kender zur Tür.

»Nein! Wartet!« würgte Laurana. Flint drehte sich um und starrte sie besorgt an.

»Ist alles in Ordnung?« fragte er und eilte zu ihr, als sie sich auf einen Stuhl neben dem Fenster sinken ließ. »Tolpan – hol Silvara!«

»Nein, nein. Holt niemanden. Es ist… alles in Ordnung. Wißt ihr, was hier steht?« fragte sie flüsternd.

»Ich habe versucht, es ihm zu sagen«, antwortete Tolpan mit verletzter Stimme, »aber er wollte mich nicht lassen.«

Mit zitternder Hand reichte Laurana Flint die Schriftrolle.

Der Zwerg öffnete sie und las laut vor.

»Tanis, der Halb-Elf, wurde in der Schlacht an der Burg Vingaard verletzt. Obwohl es anfangs nur eine geringfügige

Wunde zu sein schien, hat sie sich verschlimmert, so daß ihm nicht einmal die dunklen Kleriker helfen können. Ich ordnete an, ihn zur Burg Dargaard zu bringen, wo ich mich um ihn kümmern kann. Tanis weiß um den Ernst seiner Verletzung. Er bittet um die Erlaubnis, bei dir zu sein, wenn er stirbt, so daß er dir die Dinge erklären und mit leichterem Herzen sterben kann.

Ich unterbreite dir folgendes Angebot. Du hältst meinen Offizier Bakaris gefangen. Ich bin bereit, Tanis, den Halb-Elfen, gegen Bakaris auszutauschen. Der Austausch kann morgen früh in einem Wald vor den Stadtmauern stattfinden. Bring Bakaris mit. Wenn du mir nicht traust, dürfen Tanis' Freunde Flint Feuerschmied und Tolpan Barfuß dich begleiten. Aber sonst niemand! Der Überbringer dieser Nachricht wartet vor dem Stadttor. Treffe ihn morgen bei Sonnenaufgang. Wenn er sich überzeugt hat, daß alles in Ordnung ist, wird er dich zu dem Halb-Elfen führen. Wenn nicht, wirst du Tanis lebend nicht mehr sehen.

Ich mache dir diesen Vorschlag, weil wir zwei Frauen sind, die sich verstehen. Kitiara.«

Ein unbehagliches Schweigen entstand, dann schnaufte Flint verächtlich und rollte den Brief ein.

»Wie kannst du so ruhig und gelassen sein!« keuchte Laurana, die die Rolle aus der Hand des Zwerges riß. »Und du«, ihr Blick glitt wütend zu Tolpan, »warum hast du mir nicht früher davon erzählt? Wie lange weißt du schon davon? Ihr habt *gelesen*, daß er im Sterben liegt, und ihr seid so... so...«

Laurana stützte ihren Kopf in die Hände.

Tolpan starrte sie mit offenem Mund an. »Laurana«, sagte er nach einem Moment, »du glaubst doch nicht im Ernst, daß Tanis...«

Laurana hob ihren Kopf. Ihre dunklen, verzweifelten Augen gingen zu Flint, dann zu Tolpan. »Ihr glaubt nicht, daß diese Nachricht wahr ist, oder?« fragte sie ungläubig.

»Natürlich nicht!« sagte Flint.

»Nein«, spottete Tolpan. »Es ist ein Trick! Ein *Drakonier* gab sie mir! Außerdem ist Kitiara jetzt eine Drachenfürstin. Was sollte Tanis mit ihr zu tun haben...«

Laurana drehte abrupt ihr Gesicht weg. Tolpan stockte und blickte zu Flint, dessen Gesicht plötzlich zu altern schien.

»So ist das also«, sagte der Zwerg leise. »Wir haben dich gesehen, als du mit Kitiara auf der Mauer des Turms des Oberklerikers geredet hast. Ihr habt über mehr als über Sturms Tod geredet, nicht wahr?«

Laurana nickte stumm und starrte auf ihre Hände.

»Ich habe es euch nie erzählt«, murmelte sie mit kaum hörbarer Stimme. »Ich konnte nicht... ich habe gehofft... Kitiara hat gesagt... sie hätte Tanis in... irgendeiner Stadt namens Treibgut zurückgelassen... weil sie nach dem Rechten sehen mußte.«

»Lügnerin!« sagte Tolpan prompt.

»Nein.« Laurana schüttelte den Kopf. »Wenn sie sagt, daß wir zwei Frauen sind, die sich verstehen, hat sie recht. Sie hat nicht gelogen. Sie hat die Wahrheit gesagt, das weiß ich. Und am Turm erwähnte sie den Traum.« Laurana hob ihren Kopf. »Ihr erinnert euch doch an den Traum?«

Flint nickte unbehaglich. Tolpan scharrte mit den Füßen.

»Nur Tanis hätte ihr über den Traum erzählen können, den wir alle teilten«, fuhr Laurana fort. »Ich habe ihn mit ihr in dem Traum gesehen, so wie ich Sturms Tod gesehen habe. Der Traum ist wahr geworden...«

»Nun halt mal ein«, unterbrach Flint grob, klammerte sich an die Wirklichkeit wie ein Ertrinkender an ein Holzstück. »Du hast selbst gesagt, daß du deinen eigenen Tod im Traum gesehen hast, direkt nach Sturms Tod. Und du bist nicht gestorben. Und Sturms Körper wurde auch nicht zerhackt.«

»Ich bin auch noch nicht gestorben, so wie in dem Traum«, fügte Tolpan hilfsbereit hinzu. »Und ich habe schon Unmengen von Schlössern geknackt, nun, nicht Unmengen, aber hin und wieder ein paar, und keins war vergiftet. Außerdem, Laurana, Tanis würde nicht...«

Flint warf Tolpan einen warnenden Blick zu. Der Kender verstummte sofort. Aber Laurana hatte den Blick bemerkt und verstand. Ihre Lippen zogen sich zusammen.

»Doch, er würde. Und das wißt ihr auch. Er liebt sie.« Laurana schwieg einen Moment, dann sagte sie: »Ich mache es. Ich werde Bakaris austauschen.«

Flint seufzte tief. Er hatte das kommen sehen. »Laurana...«

»Warte eine Minute, Flint«, unterbrach sie ihn. »Wenn Tanis eine Nachricht erhalten würde, daß du im Sterben liegst, was würde er tun?«

»Darum geht es nicht«, murmelte Flint.

»Selbst wenn er in die Hölle gehen müßte, an tausend Drachen vorbei, er würde zu dir kommen...«

»Vielleicht, vielleicht auch nicht«, sagte Flint mürrisch. »Nicht, wenn er Anführer einer Armee wäre. Nicht, wenn er Verantwortung tragen müßte, wenn Leute von ihm abhängen würden. Er würde wissen, daß ich verstehen...«

Lauranas Gesicht hätte aus Marmor gemeißelt sein können, so unbeweglich und rein und kalt war ihr Ausdruck. »Ich habe um diese Verantwortung nie gebeten. Ich wollte sie nie. Wir könnten es so aussehen lassen, als wäre Bakaris geflohen...«

»Mach das nicht, Laurana!« bettelte Tolpan. »Er ist der Offizier, der Derek und Fürst Alfred zum Turm des Oberklerikers zurückgebracht hat, der Offizier, dem du einen Pfeil in den Arm geschossen hast. Er haßt dich, Laurana! Ich... ich habe gesehen, wie er dich angesehen hat, als wir ihn gefangengenommen haben!«

Flints Augenbrauen zogen sich zusammen. »Die Herrschaften und dein Bruder sind noch unten. Wir sollten mit ihnen besprechen, wie wir diese Angelegenheit am besten handhaben...«

»Ich bespreche nichts«, stellte Laurana klar und hob ihr Kinn in der alten gebieterischen Weise, die der Zwerg nur zu gut kannte. »*Ich* bin der General. *Ich* werde entscheiden.«

»Vielleicht solltest du jemanden um Rat fragen...«

Laurana musterte den Zwerg mit bitterer Belustigung. »Wen denn?« fragte sie. »Gilthanas? Was sollte ich ihm sagen? Daß Kitiara und ich Liebhaber austauschen? Nein, wir werden es niemandem sagen. Was würden die Ritter mit Bakaris anstellen? Ihn nach ritterlichem Ritual hinrichten. Sie schulden mir etwas für das, was ich für sie getan habe. Ich nehme Bakaris als Lohn.«

»Laurana«, Flint suchte verzweifelt nach einem Weg, ihre eisige Maske zu durchdringen, »es gibt ein Protokoll, das bei einem Austausch von Gefangenen befolgt werden muß. Du hast recht. Du *bist* der General, und darum solltest du wissen, wie wichtig das ist! Du hast lang genug am Hof deines Vaters gelebt…« *Das* war ein Fehler. Der Zwerg brach sofort ab, als es ihm klar wurde, und verfluchte sich.

»Ich bin nicht mehr am Hof meines Vaters!« fuhr Laurana ihn an. »Zur Hölle mit dem Protokoll!« Sie erhob sich und musterte Flint kühl, als ob sie ihn gerade erst kennengelernt hätte.

»Ich danke euch, mir die Nachricht überbracht zu haben. Ich muß vor Morgenanbruch noch eine Menge erledigen. Wenn ihr irgend etwas für Tanis übrig habt, dann geht bitte in eure Zimmer zurück und sagt niemandem etwas davon.«

Tolpan warf Flint einen alarmierten Blick zu. Der Zwerg errötete und versuchte eilig, seinen Fehler wiedergutzumachen.

»Nun, Laurana«, sagte er schroff, »nimm dir meine Worte nicht zu Herzen. Wenn du diesen Entschluß getroffen hast, werde ich dich unterstützen. Ich bin nur ein alter, brummiger Großvater, das ist alles. Ich mache mir Sorgen um dich, auch wenn du ein General bist. Und du solltest mich mitnehmen – wie es im Brief steht…«

»Und mich auch!« schrie Tolpan entrüstet.

Flint funkelte ihn wütend an, aber Laurana bemerkte es nicht. Ihre Miene wurde weicher. »Ich danke dir, Flint. Dir auch, Tolpan«, sagte sie müde. »Es tut mir leid, daß ich euch angefahren habe. Aber ich glaube wirklich, ich sollte allein gehen.«

»Nein«, entgegnete Flint starrköpfig. »Ich sorge mich um Tanis genauso wie du. Wenn es wirklich stimmt, daß er im…«, der Zwerg schluckte und wischte mit einer Hand über seine Augen. Dann würgte er den Klumpen in seiner Kehle hinunter. »Ich will bei ihm sein.«

»Ich *auch*«, murmelte Tolpan gedämpft.

»Nun gut.« Laurana lächelte traurig. »Ich kann es verstehen. Und ich bin sicher, auch er will euch dabeihaben.«

Sie klang so sicher, so überzeugt, daß sie Tanis sehen würde. Der Zwerg erkannte es in ihren Augen. Er machte einen letzten Versuch. »Laurana, was ist, wenn es eine Falle ist? Ein Hinterhalt...«

Lauranas Miene gefror wieder. Ihre Augen verengten sich wütend, und Flint schwieg. Er blickte zu Tolpan. Der Kender schüttelte den Kopf.

Der alte Zwerg seufzte.

Die Strafe für Versagen

Hier ist es, Herr«, sagte der Drache, ein riesiges rotes Ungeheuer mit glänzenden schwarzen Augen und einer Flügelspanne, die wie die Schatten der Nacht war. »Burg Dargaard. Warte, im Mondschein kannst du es deutlich erkennen... wenn sich die Wolken teilen.«

»Ich sehe es«, erwiderte eine tiefe Stimme. Der Drache, der den messerscharfen Zorn in der Stimme des Mannes hörte, begann eilig mit dem Abstieg, überprüfte kreisend die schwankende Luftströmung in den Bergen. Nervös beäugte der Drache die Burg, die von den Felsen des zerklüfteten Gebirges umgeben war, und hielt nach einem Platz Ausschau, wo er sanft und problemlos landen konnte. Es wäre nicht gut, Lord Ariakus durchzuschütteln.

Am nördlichsten Ende der Dargaard-Berge lag ihr Ziel – Burg Dargaard, so düster und unheilvoll wie ihre Legenden. Einst, als die Welt jung gewesen war, hatte Burg Dargaard die Gebirgsgipfel geschmückt, ihre rosenfarbenen Mauern hatten sich in anmutiger, mitreißender Schönheit von den Felsen in der Ebenmäßigkeit einer Rose abgehoben. Aber jetzt, dachte Ariakus grimmig, war die Rose verwelkt. Der Drachenfürst war keineswegs ein poetischer Mann. Aber die feuergeschwärzte, zerfallene Burg auf dem Fels sah einer verblühten Rose an einem sterbenden Strauch so ähnlich, daß ihn das Bild heftig traf. Schwarze Gitter, die sich von einem zerstörten Turm zum nächsten zerstörten Turm erstreckten, wirkten längst nicht mehr wie die Blumenblätter der Rose, sondern, sinnierte Ariakus, wie das Netz einer Spinne, deren Gift die Burg getötet hatte.

Der große rote Drache kreiste ein letztes Mal. Die südliche Mauer, die früher einmal den Hof befestigt hatte, war während der Umwälzung einige hundert Meter tief zum Fuß des Felsens gestürzt und hatte so eine Art Durchgang zu den Toren der Burg hinterlassen. Erleichtert aufatmend, sah der rote Drache unter sich glatten Pflasterstein, der nur hier und dort Risse aufwies, geeignet für eine reibungslose Landung. Selbst Drachen – die nur wenige Dinge auf Krynn fürchteten – empfanden es als gesünder, Lord Ariakus' Mißfallen zu vermeiden.

Unten im Hof setzte plötzlich rege Tätigkeit ein, wie bei einem Ameisenhaufen, der durch das Nahen einer Wespe aufgescheucht wird. Drakonier schrien und zeigten nach oben. Der Hauptmann der Nachtwache eilte auf die Zinnen und blickte über die Mauer. Die Drakonier hatten recht. Eine Schar roter Drachen landete im Hof, einer von ihnen trug einen Offizier, nach der Rüstung zu urteilen. Der Hauptmann beobachtete mit Unbehagen, wie der Mann aus dem Drachensattel sprang, noch bevor sein Reittier hielt. Der Drache schlug heftig mit seinen

Flügeln in dem Versuch, nicht den Offizier zu treffen, und ließ Staub hinter ihm aufwirbeln, als er zielstrebig über den Hof zur Tür schritt. Seine schwarzen Stiefel klirrten wie Totengeläut über die Pflastersteine.

Bei diesem Gedanken keuchte der Hauptmann auf, denn er hatte den Offizier erkannt. Er drehte sich um und wäre in seiner Eile beinahe über einen Drakonier gestolpert. Er verfluchte den Soldaten und rannte durch die Burg auf der Suche nach dem eingesetzten Befehlshaber, Garibanus.

Lord Ariakus' gepanzerte Faust schlug so heftig gegen die Holztür, daß die Splitter flogen. Drakonier krochen herbei, um sie zu öffnen, und wichen kriecherisch zurück, als der Drachenfürst hineinstolzierte, begleitet von einem kalten Windzug, der die Kerzen auslöschte und die Flammen der Fackeln zum Flakkern brachte.

Beim Eintreten warf Ariakus durch seine glänzende Maske schnell einen Blick in den langen, kreisförmig angelegten Korridor, über den sich eine kuppelförmige Decke wölbte. Zwei riesige geschwungene Treppen erhoben sich zu beiden Seiten des Eingangs und führten zu einem Balkon auf der zweiten Ebene. Als sich Ariakus umschaute, die kriecherischen Drakonier übersehend, sah er Garibanus aus einer Tür in der Nähe der Treppe hervortreten, der hastig seine Hose zuknöpfte und ein Hemd über seinen Kopf zog. Der Hauptmann der Nachtwache stand zitternd neben Garibanus und wies nach unten auf den Drachenfürsten.

Ariakus wußte sofort, welche Gesellschaft der eingesetzte Befehlshaber genossen hatte. Offenbar ersetzte er den fehlenden Bakaris in mehr als einer Hinsicht!

»*Da* also ist sie!« dachte Lord Ariakus zufrieden. Er schritt durch den Korridor und die Treppe hoch, indem er zwei Stufen auf einmal nahm. Drakonier sprangen wie Ratten aus seinem Weg. Der Hauptmann der Nachtwache verschwand. Ariakus war etwa auf der Hälfte der Treppe, als Garibanus sich soweit gesammelt hatte, um ihn empfangen zu können.

»L...Lord Ariakus«, stammelte er, stopfte sein Hemd in die

Hose und eilte die Stufen hinab. »Das ist eine – äh – unerwartete Ehre.«

»Nicht *unerwartet*, glaube ich«, gab Ariakus sanft zurück, seine Stimme klang seltsam metallisch unter dem Drachenhelm.

»Nun, vielleicht nicht«, sagte Garibanus mit einem nervösen Lachen.

Ariakus stieg weiter die Treppe hoch, seine Augen waren auf eine Tür gerichtet. Garibanus, der das Ziel des Fürsten erkannte, stellte sich zwischen Ariakus und die Tür.

»Mein Fürst«, begann er entschuldigend, »Kitiara ist gerade aufgestanden. Sie...«

Ohne ein Wort, sogar ohne im Schritt innezuhalten, schlug Lord Ariakus mit seiner behandschuhten Rechten zu. Der Schlag traf Garibanus am Brustkorb. Es zischte wie bei der Entleerung einer Lunge, Knochen splitterten, dann spritzte es auf, als der junge Mann durch die Wucht des Schlages gegen die Wand gegenüber der Treppe geschleudert wurde. Der schlaffe Körper glitt auf den Boden, aber Ariakus bemerkte es nicht. Ohne sich umzudrehen, schritt er weiter, seine Augen auf die Tür neben der Treppe gerichtet.

Lord Ariakus, Oberbefehlshaber der Drachenarmeen, der der Dunklen Königin direkt Bericht erstattete, war ein hervorragender Soldat, ein militärisches Genie. Ariakus hatte die Herrschaft über den Kontinent Ansalon fast in seiner Reichweite gehabt. Er ließ sich bereits »Herrscher« nennen. Seine Königin war wahrhaftig von ihm angetan, ihre Belohnungen waren vielzählig und großzügig.

Aber jetzt sah er seinen wunderbaren Traum wie Rauch durch seine Finger gleiten. Er hatte Berichte erhalten über seine Soldaten, die panisch über die solamnischen Ebenen flohen, aus Palanthas zurückwichen, sich von Burg Vingaard zurückzogen, Pläne über die Belagerung von Kalaman fallenließen. Die Elfen hatten sich mit den menschlichen Streitkräften im nördlichen und südlichen Ergod verbündet. Die Bergzwerge waren aus ihrem unterirdischen Reich Thorbadin aufgetaucht und hatten sich mit ihren uralten Feinden, den Hügelzwergen, und einer Gruppe menschlicher Flüchtlinge in der Absicht verbündet, die Drachenarmeen aus Abanasinia zu vertreiben. Silvanesti war befreit worden. Ein Drachenfürst war in Eismauer getötet worden. Und wenn man den Gerüchten Glauben schenken wollte, wurde Pax Tarkas von einer Gruppe Gossenzwerge gehalten!

Während er die Stufen hinaufstieg und über diese Berichte nachdachte, steigerte sich Ariakus selbst in rasenden Zorn. Wenige hatten Lord Ariakus' Mißfallen überlebt. Keiner jedoch überlebte seine Wutanfälle.

Ariakus hatte seine einflußreiche Position von seinem Vater übernommen, der einen hohen Rang als Kleriker bei der Königin der Finsternis innegehabt hatte. Obwohl erst vierzig Jahre alt, hielt Ariakus diese Position schon seit fast zwanzig Jahren (sein Vater war durch die Hände des eigenen Sohns frühzeitig gestorben). Als Ariakus zwei Jahre alt gewesen war, hatte er mit ansehen müssen, wie sein Vater seine Mutter brutal umbrachte, die mit ihrem kleinen Sohn fliehen wollte, bevor das Kind genauso vom Bösen verdorben werden konnte wie sein Vater.

Zwar hatte Ariakus seinen Vater nach außen hin immer mit Respekt behandelt, aber niemals vergaß er den Mord an seiner Mutter. Er arbeitete hart und zeichnete sich in seinen Studien aus und war der ganze Stolz seines Vaters. Viele fragten sich, ob der Vater diesen Stolz auch empfunden hatte, als er die ersten Stöße der Messerklinge seines neunzehnjährigen Sohns in seinen Körper eindringen spürte, als Vergeltung für den Tod der Mutter – und mit einem Auge auf den Thron des Drachenfürsten.

Jedenfalls war diese Tat für die Königin der Finsternis keine große Tragödie, denn sie fand schon bald heraus, daß der junge Ariakus den Verlust ihres Lieblingsklerikers mehr als wettmachte. Der junge Mann hatte selbst keine klerikale Begabung, aber seine beachtlichen Fähigkeiten als Zauberkundiger ließen ihn die Schwarze Robe und die Empfehlungen der bösen Zauberer, die ihn unterrichteten, gewinnen. Er bestand zwar die furchtbaren Prüfungen in den Türmen der Erzmagier, aber für Magie hatte er nichts übrig. Er praktizierte sie selten und trug niemals die Schwarze Robe, die seinen Status als Zauberer böser Mächte kennzeichnete.

Ariakus' wahre Leidenschaft war der Krieg. Er war es gewesen, der die Strategie erarbeitet hatte, mit der die Drachenfürsten und ihre Soldaten in der Lage gewesen waren, fast den gesamten Kontinent Ansalon zu unterjochen. Er war es gewesen, der sichergestellt hatte, daß sie kaum mit Widerstand zu rechnen hatten, denn es war seine glänzende Strategie gewesen, sich schnell zu bewegen, die zerstrittenen Rassen der Menschen, Elfen und Zwerge zu schlagen, bevor sie sich verbünden konnten, und sich ihr Land stückchenweise einzuverleiben. Ariakus' Plan sah vor, bis zum Sommer endgültig über Ansalon zu herrschen. Andere Drachenfürsten auf den anderen Kontinenten Krynns betrachteten ihn mit unverhülltem Neid – und mit Angst. Denn *ein* Kontinent würde Ariakus nie zufriedenstellen. Seine Augen waren bereits auf den Westen, das Sirrion-Meer, gerichtet.

Aber jetzt – Unglück und Katastrophen.

Als Ariakus die Tür von Kitiaras Schlafzimmer erreichte, fand er sie verschlossen vor. Kühl sprach er ein Wort in der Sprache der Magie, und die schwere Holztür sprang auf. Ariakus schritt durch den Schauer von Funken und blauen Flammen, die die Tür verschlangen, mit der Hand an seinem Schwert.

Kit lag im Bett. Beim Anblick von Ariakus setzte sie sich auf, mit einer Hand hielt sie ihren Morgenmantel zusammen. Trotz seiner rasenden Wut bewunderte Ariakus die Frau, auf die er sich von all seinen Befehlshabern am meisten verließ. Obwohl er sie in ihrer dienstfreien Zeit überrascht hatte, obwohl sie wissen mußte, daß sie ihr Leben verwirkt hatte, indem sie zugelassen hatte, besiegt zu werden, betrachtete sie ihn kühl und gelassen. Nicht eine Spur von Furcht lag in ihren braunen Augen, nicht ein Wort kam über ihre Lippen.

Das machte Ariakus nur noch zorniger, da es ihn an seine

tiefe Enttäuschung durch sie erinnerte. Ohne ein Wort zu sagen, riß er den Drachenhelm vom Kopf und schleuderte ihn durch das Zimmer, wo er gegen eine mit Schnitzereien verzierte Holzkommode fiel und wie Glas zersprang.

Als Kitiara Ariakus' Gesicht sah, verlor sie für einen Augenblick die Beherrschung und schrak in ihrem Bett zurück, ihre Hand griff nervös nach den Bändern ihres Morgenmantels.

Es gab wenige, die in Ariakus' Gesicht sehen konnten, ohne jeden Mut zu verlieren. Es war ein Gesicht bar jeglicher menschlicher Empfindung. Selbst sein Zorn zeigte sich nur in einem Muskelzucken seiner Kiefer. Langes schwarzes Haar floß um sein bleiches Gesicht. Ein Eintagebart schimmerte blau auf seiner glattrasierten Haut. Seine Augen waren schwarz und kalt wie ein zugefrorener See.

Ariakus erreichte das Bett mit einem Sprung. Er riß die Vorhänge um das Bett herunter und griff in Kitiaras kurzes, lockiges Haar. Er zog sie an den Haaren aus dem Bett und schleuderte sie auf den Steinboden.

Kitiara fiel hart, ein Schmerzensschrei entfuhr ihr. Aber sie erholte sich schnell und wirbelte bereits wie eine Katze hoch, als Ariakus' Stimme ihr Einhalt gebot.

»Auf die Knie, Kitiara«, befahl er. Langsam und bedächtig zog er sein langes, glänzendes Schwert aus der Scheide. »Auf die Knie und senke deinen Kopf, so wie die Verurteilten, die das Schafott bestiegen haben. Denn ich bin dein Scharfrichter, Kitiara. So bezahlen meine Befehlshaber für ihr Versagen!«

Kitiara kniete, aber sie sah weiter zu ihm auf. Als er den Haß in ihren braunen Augen aufflammen sah, war Ariakus einen Moment lang dankbar, das Schwert in seiner Hand zu halten. Wieder mußte er sie bewundern. Selbst im Angesicht des Todes lag keine Furcht in ihren Augen. Nur Trotz.

Er hob die Klinge, aber der Schlag wurde nie ausgeführt.

Knochenkalte Finger legten sich um das Gelenk seiner Schwerthand.

»Ich denke, du solltest dir die Erklärung der Fürstin anhören«, ertönte eine hohle Stimme.

Lord Ariakus war ein starker Mann. Er konnte einen Speer mit solch einer Wucht werfen, daß er den Körper eines Pferdes durchdrang. Er konnte den Hals eines Mannes mit einer Drehung seiner Hand brechen. Aber von diesem eisigen Griff konnte er sich nicht befreien, der langsam sein Handgelenk zerquetschte. Schließlich ließ Ariakus unter unerträglichen Schmerzen das Schwert fallen. Klappernd fiel es auf den Boden.

Kitiara erhob sich etwas benommen. Mit einer Geste befahl sie ihrem geisterhaften Häscher, Ariakus freizulassen. Der Fürst wirbelte herum, hob eine Hand, um die Magie zu beschwören, die diese Kreatur in Schlacke verwandeln würde.

Dann hielt er inne. Mit stockendem Atem taumelte Ariakus zurück, der Zauberspruch, der ihm auf den Lippen lag, verschwand aus seinem Gedächtnis.

Vor ihm stand eine größere Gestalt als er selbst, in einer uralten Rüstung, die noch aus der Zeit vor der Umwälzung stammen mußte. Die Rüstung war die eines Ritters aus Solamnia. Das Wappen des Ordens der Rose war auf der Vorderseite abgebildet, verblaßt und kaum noch sichtbar. Die gepanzerte Gestalt trug keinen Helm, keine Waffen. Dennoch trat Ariakus noch einen Schritt zurück. Denn die Gestalt, die er anstarrte, war nicht die eines lebenden Mannes.

Das Gesicht der Gestalt war durchsichtig. Ariakus konnte durch das Gesicht auf die dahinterliegende Wand sehen. Ein blasses Licht flackerte in den Augenhöhlen. Das Wesen schien geradeaus zu sehen, als ob es auch durch Ariakus hindurchsehen würde.

»Ein toter Ritter!« flüsterte er ehrfürchtig.

Der Fürst rieb sein schmerzendes Handgelenk, das betäubt war von der Kälte jenes, der in einem Reich lebt, das weit entfernt von der Wärme lebenden Fleisches ist. Verängstigter, als er je zugeben würde, beugte sich Ariakus, um sein Schwert aufzuheben, murmelte einen Zauber, um die Nachwirkungen dieser tödlichen Berührung abzuwehren. Als er sich wieder erhob, warf er Kitiara einen bitteren Blick zu.

»Diese... diese Kreatur dient dir?« fragte er heiser.
Kitiara zuckte mit den Schultern. »Sagen wir lieber, wir sind überein gekommen, uns gegenseitig zu dienen.«
Ariakus musterte sie mit neidischer Bewunderung. Nach einem Seitenblick auf den toten Ritter steckte er das Schwert wieder in die Scheide.
»Sucht er häufig dein Schlafzimmer auf?« Er schnaufte verächtlich. Sein Handgelenk schmerzte unerträglich.
»Er kommt und geht, wann er möchte«, erwiderte Kitiara. Sie zog lässig ihren Morgenmantel enger um ihren Körper, offenbar wegen der Kühle der morgendlichen Frühlingsluft und nicht aus Scham. Zitternd fuhr sie mit einer Hand durch ihr lokkiges Haar und zuckte mit den Schultern. »Schließlich ist es *seine* Burg.«
Ariakus schwieg, ein geistesabwesender Blick erschien in seinen Augen, als sein Gedächtnis die uralten Legenden durchforstete. »Fürst Soth!« sagte er plötzlich und wandte sich zu der Gestalt: »Ritter der Schwarzen Rose.«
Der Ritter verbeugte sich bestätigend.
»Ich hatte die alte Geschichte über Burg Dargaard vergessen«, murmelte Ariakus und musterte Kitiara nachdenklich. »Du hast mehr Mut, als selbst *ich* dir zugetraut hätte – sich in diesem verfluchten Gemäuer niederzulassen. Nach der Legende herrscht Fürst Soth über eine Armee von Skelettkriegern...«
»Eine wirksame Kraft in einer Schlacht«, unterbrach ihn Kitiara gähnend. Sie ging zu einem kleinen Tisch neben dem Kamin und hob eine Karaffe aus geschliffenem Glas hoch. »Ihre Berührung allein«, sie schenkte Ariakus ein Lächeln, »nun, du weißt, wie ihre Berührung auf jene wirkt, die nicht über die magischen Fähigkeiten verfügen, sich zu verteidigen. Wein?«
»Ja, bitte«, antwortete Ariakus, seine Augen waren weiter auf das durchsichtige Gesicht von Fürst Soth gerichtet. »Was ist mit den dunklen Elfen, den Todesfeen, die ihm angeblich folgen?«
»Sie sind hier... irgendwo.« Kit fröstelte wieder, dann hob

sie ihr Weinglas. »Du wirst sie wahrscheinlich in Kürze hören. Fürst Soth schläft natürlich nicht. Die Damen helfen ihm, die langen Stunden der Nacht zu verbringen.« Einen Augenblick lang erblaßte Kitiara, als sie ihr Weinglas an den Lippen hielt. Dann setzte sie es ab, ohne getrunken zu haben, ihre Hand zitterte leicht. »Es ist nicht angenehm«, sagte sie kurz. Dann blickte sie sich um und fragte: »Was hast du mit Garibanus angestellt?«

Nachdem er den Wein hinuntergestürzt hatte, machte Ariakus eine lässige Handbewegung. »Ich habe ihn... an der Treppe zurückgelassen.«

»Tot?« fragte Kitiara und schenkte dem Fürsten ein weiteres Glas Wein ein.

Ariakus blickte sie finster an. »Vielleicht. Er stand mir im Weg. Spielt es eine Rolle?«

»Ich fand ihn... unterhaltsam«, antwortete Kitiara. »Er ersetzte Bakaris in mehr als einer Hinsicht.«

»Bakaris, ja.« Lord Ariakus trank sein Glas leer. »Dein Kommandant hat es also geschafft, gefangengenommen zu werden, als deine Armee unterlag!«

»Er war ein Idiot«, entgegnete Kitiara kühl. »Er versuchte, den Drachen zu reiten, obwohl er verkrüppelt ist.«

»Das habe ich gehört. Was ist mit seinem Arm geschehen?«

»Die Elfenfrau schoß ihn mit einem Pfeil am Turm des Oberklerikers an. Es war sein Fehler, und jetzt hat er dafür bezahlt. Ich hatte ihn vom Kommando entbunden und zu meinem Leibwächter ernannt, aber er bestand darauf, seinen Fehler wiedergutzumachen.«

»Du scheinst seinen Verlust nicht gerade zu bedauern«, stellte Ariakus fest, Kitiara musternd. Ihr Morgenmantel, der nur am Hals von zwei Bändern zusammengehalten wurde, bedeckte nur wenig von ihrem geschmeidigen Körper.

Kit lächelte. »Nein, Garibanus ist... ein ganz guter Ersatz. Ich hoffe, du hast ihn nicht getötet. Es wäre eine Plage, jemanden zu suchen, der morgen nach Kalaman reist.«

»Was willst du in Kalaman – dich auf die Kapitulation vor der

Elfenfrau und den Rittern vorbereiten?« fragte Lord Ariakus bitter, sein Zorn kehrte mit dem Wein zurück.

»Nein«, antwortete Kitiara. Sie saß in einem Stuhl gegenüber von Ariakus und musterte ihn kühl. »Ich bereite mich darauf vor, *ihre* Kapitulation anzunehmen.«

»Ha!« schnaubte Ariakus verächtlich. »Sie sind nicht verrückt. Sie wissen, daß sie gewinnen. Und sie haben recht!« Sein Gesicht lief rot an. Er nahm die Karaffe und leerte sie in sein Glas. »Du verdankst deinem toten Ritter dein Leben, Kitiara. Zumindest heute nacht. Aber er wird nicht ewig in deiner Nähe sein.«

»Meine Pläne verlaufen erfolgreicher, als ich gehofft habe«, erwiderte Kitiara sanft, nicht im geringsten durch Ariakus' flakkernden Blick irritiert. »Wenn ich dich genarrt habe, mein Fürst, habe ich keine Zweifel, daß ich auch den Feind narren werde.«

»Und wie hast du mich genarrt, Kitiara?« fragte Ariakus mit tödlicher Ruhe. »Willst du etwa sagen, daß du *nicht* an allen Fronten verlierst? Daß du *nicht* aus Solamnia vertrieben wurdest? Daß die Drachenlanzen und diese guten Drachen *keine* schändliche Niederlage herbeigeführt haben?« Seine Stimme wurde mit jedem Wort lauter.

»Haben sie nicht!« schnappte Kitiara, ihre braunen Augen blitzten auf. Sie beugte sich über den Tisch und ergriff Ariakus' Hand, als er gerade sein Weinglas zu den Lippen führen wollte. »Was die guten Drachen betrifft, mein Fürst, weiß ich von meinen Kundschaftern, daß ihre Rückkehr einem Elfenlord und einem Silberdrachen zu verdanken ist, die in den Tempel von Sanction eingebrochen waren und entdeckt haben, was mit den Eiern der guten Drachen passiert. Wessen Fehler ist das? Wer hat da einen Fehler begangen? Die Bewachung des Tempels lag in *deiner* Verantwortung...«

Wütend riß Ariakus seine Hand aus Kitiaras Griff frei. Er schleuderte das Weinglas durch das Zimmer, erhob sich und sah sie an.

»Bei den Göttern, du gehst zu weit!« schrie er.

»Hör mit dieser Pose auf«, sagte Kitiara. Sie erhob sich kühl, drehte sich um und ging durch das Zimmer. »Folge mir in mein Kriegszimmer. Dort werde ich dir meine Pläne erklären.«

Ariakus starrte auf die Karte vom nördlichen Ansalon. »Es könnte funktionieren«, räumte er ein.

»Natürlich wird es funktionieren«, sagte Kit, gähnte und streckte sich lustlos. »Meine Soldaten sind vor ihnen wie verängstigte Kaninchen davongerannt. Zu schade für die Ritter, daß sie nicht scharfsinnig genug waren, um zu bemerken, daß wir uns immer nach Süden bewegten, und sie haben sich nie gefragt, warum meine Soldaten offenbar einfach wegschmolzen und verschwanden. Während wir uns unterhalten, sammeln sich meine Soldaten in einem geschützten Tal südlich dieses Gebirges. Innerhalb einer Woche wird eine mehrere tausend Mann starke Armee bereit sein, in Kalaman einzumarschieren. Der Verlust ihres ›Goldenen Generals‹ wird ihre Moral untergraben. Die Stadt wird wahrscheinlich ohne Kampf kapitulieren. Von dort werde ich das ganze Land, das wir scheinbar verloren gegeben haben, zurückerobern. Gib mir das Kommando über die Soldaten dieses Dummkopfes Toede im Süden, laß die Fliegenden Zitadellen kommen, um die ich gebeten habe, und Solamnia wird glauben, eine zweite Umwälzung zu erleben.«

»Aber die Elfenfrau...«

»Braucht uns nicht zu kümmern«, unterbrach Kitiara.

Ariakus schüttelte den Kopf. »Das scheint das schwache Glied in deinen Plänen zu sein, Kitiara. Was ist mit dem Halb-Elfen? Bist du dir sicher, daß er sich nicht einmischt?«

»Er ist uninteressant. *Sie* ist diejenige, um die es geht, und sie ist eine liebende Frau.« Kitiara zuckte die Schultern. »Sie vertraut mir, Ariakus. Du spottest, aber es ist wahr. Sie vertraut mir zu sehr und Tanis, dem Halb-Elfen, zu wenig. Aber so ist es immer mit Verliebten. Jenen, die wir am meisten lieben, vertrauen wir am wenigsten. Es hat sich als ganz glücklich herausgestellt, daß Bakaris in ihre Hände fiel.«

Ariakus, der aus ihrer Stimme eine Veränderung heraushörte, sah Kitiara prüfend an, aber sie hatte ihr Gesicht von ihm abgewendet. Er erkannte sofort, daß sie gar nicht so überzeugt war, wie sie schien, und dann wußte er, daß sie ihn angelogen hatte. Der Halb-Elf! Was war mit ihm? *Wo war er* beispielsweise? Ariakus hatte eine Menge von ihm gehört, aber ihn niemals kennengelernt. Der Drachenfürst zog in Erwägung, sie wegen dieser Sache zu bedrängen, aber er überlegte es sich anders. Es war besser, zu wissen, daß sie ihn angelogen hatte. Es gab ihm eine gewisse Macht über diese gefährliche Frau. Soll sie ihre Selbstzufriedenheit ruhig weiter auskosten.

Gleichgültigkeit vortäuschend, fing Ariakus zu gähnen an. »Was hast du mit der Elfenfrau vor?« fragte er, so wie sie es von ihm erwartet hätte. Ariakus' Vorliebe für zierliche Blondinen war bekannt.

Kitiara zog ihre Augenbrauen hoch und warf ihm einen koketten Blick zu. »Zu schade, mein Fürst«, sagte sie spöttisch, »aber die Dunkle Königin verlangt die Dame. Vielleicht kannst du sie haben, wenn sie mit ihr fertig ist.«

Ariakus erbebte. »Pah, dann wird sie für mich nicht mehr von Interesse sein. Gib sie deinem Freund Fürst Soth. Vor langer Zeit gefielen ihm Elfenfrauen, wenn ich mich richtig erinnere.«

»Das stimmt«, murmelte Kitiara. Ihre Augen verengten sich. Sie hob ihre Hand. »Hör mal«, sagte sie leise.

Ariakus horchte. Zuerst hörte er nichts, dann nahm er allmählich einen seltsamen Klang wahr – ein durchdringendes Wimmern, als ob Hunderte Frauen ihre Toten betrauern würden. Während des Zuhörens wurde es immer lauter und durchbohrte die Stille der Nacht.

Der Drachenfürst setzte sein Weinglas ab, über seine zitternde Hand erschrocken. Er sah zu Kitiara; sie war blaß geworden. Ihre großen Augen weiteten sich. Als Kitiara seinen Blick bemerkte, schluckte sie und befeuchtete ihre trockenen Lippen.

»Furchtbar, nicht wahr?« fragte sie mit heiserer Stimme.

»Ich habe entsetzliche Sachen in den Türmen der Erzmagier

erlebt«, sagte Ariakus, »aber das war nichts im Vergleich zu dem hier. Was *ist* das?«

»Komm«, sagte Kitiara, während sie aufstand. »Wenn du den Mut hast, zeige ich es dir.«

Sie verließen das Kriegszimmer, und Kitiara führte Ariakus durch die kurvenreichen Korridore des Schlosses, bis sie wieder in Kits Schlafzimmer über der kreisförmigen Eingangshalle mit der kuppelförmigen Decke anlangten.

»Bleib im Schatten«, warnte Kitiara.

Eine unnötige Warnung, dachte Ariakus, während sie leise nach draußen auf einen Balkon schlichen, von dem aus man die kreisförmige Halle überblicken konnte. Als er über den Rand des Balkons spähte, wurde Ariakus von blankem Entsetzen überwältigt. Schweißnaß zog er sich schnell in Kitiaras Schlafzimmer zurück.

»Wie kannst du das aushalten?« fragte er sie, als sie eingetreten war und die Tür hinter sich geschlossen hatte. »Geht das jede Nacht so?«

»Ja«, antwortete sie zitternd. Sie holte tief Luft und schloß ihre Augen. Innerhalb von Sekunden hatte sie sich wieder unter Kontrolle. »Manchmal glaube ich, daß ich mich daran gewöhnt habe, dann mache ich den Fehler hinunterzusehen. Das Lied ist nicht so schlimm...«

»Fürst Soth sitzt also jede Nacht da unten auf seinem Thron, umgeben von seinen Skelettkriegern, und die dunklen Hexen singen dieses entsetzliche Schlaflied«, brummte Ariakus.

»Und es ist immer dasselbe Lied«, murmelte Kitiara. Zitternd hob sie geistesabwesend die leere Weinkaraffe hoch und setzte sie wieder ab. »Obwohl die Vergangenheit ihn gequält hat, kann er ihr nicht entkommen. Immer grübelt er, fragt sich, was er hätte tun können, um diesem Schicksal zu entgehen, das ihn verdammt, ohne Ruhe für alle Ewigkeit durch das Land zu ziehen. Die dunklen Elfenfrauen, die eine Rolle bei seinem Niedergang spielten, sind gezwungen, seine Geschichte mit ihm immer wieder durchzumachen. Jede Nacht müssen sie es wiederholen. Jede Nacht muß er sich das anhören.«

»Was bedeuten die Worte?«

»Ich kenne sie inzwischen genauso gut wie er.« Kitiara lachte, dann zuckte sie die Achseln. »Laß noch Wein kommen, und ich erzähle dir die Geschichte, wenn du Zeit hast.«

»Ich habe Zeit«, sagte Ariakus und lehnte sich im Stuhl zurück. »Obwohl ich morgen früh aufbrechen muß, wenn ich die Zitadellen schicken soll.«

Kitiara lächelte ihn an, das bezaubernde, verworfene Lächeln, das so viele anziehend fanden.

»Ich danke dir, mein Fürst«, sagte sie. »Ich werde dich nicht noch einmal enttäuschen.«

»Nein«, sagte Ariakus kühl und läutete mit einer kleinen silbernen Glocke. »Das kann ich dir versprechen, Kitiara. Wenn das noch einmal der Fall sein sollte, dann wirst du *sein* Schicksal«, er zeigte nach unten, wo das Wimmern seinen schaurigen Höhepunkt erreichte, »im Vergleich zu deinem als angenehm empfinden.«

Der Ritter der Schwarzen Rose

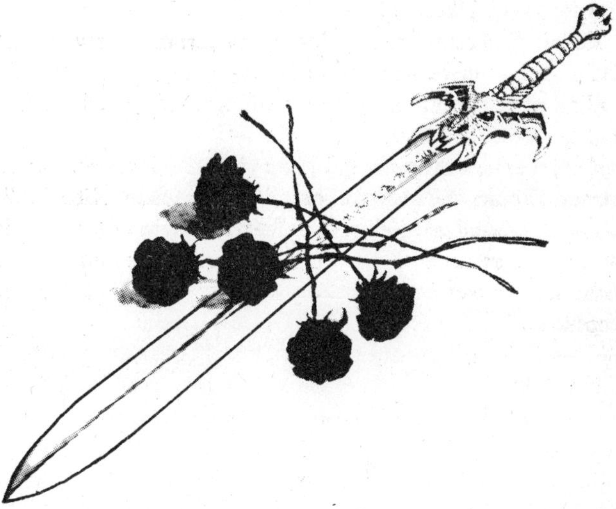

Wie du weißt«, begann Kitiara, »war Fürst Soth ein wahrer und ehrenwerter Ritter von Solamnia. Aber er war ein höchst leidenschaftlicher Mann, dem es an Selbstdisziplin fehlte, und das wurde ihm zum Verhängnis.

Soth verliebte sich in ein wunderschönes Elfenmädchen, eine Jüngerin von Istars Königspriester. Zu dieser Zeit war er verheiratet, aber die Gedanken an seine Frau schwanden beim Anblick des schönen Elfenmädchens. Er setzte sich über sein heiliges Heiratsgelöbnis und seine Ritterschwüre hinweg und gab seiner Leidenschaft nach. Er log das Mädchen an, verführte es, überredete es, auf Burg Dargaard zu leben, und versprach ihr die Ehe. Seine Frau verschwand unter unheilvollen Umständen.«

Kitiara zuckte die Achseln und fuhr fort.

»Wie ich aus dem Lied verstanden habe, blieb das Elfenmädchen dem Ritter treu, als es seine furchtbaren Taten herausfand. Sie betete zur Göttin Mishakal und fragte, ob der Ritter seine Sünden abbüßen dürfe, und offenbar wurden ihre Gebete erhört. Fürst Soth wurde die Macht gegeben, die Umwälzung zu verhindern, obwohl es bedeuten würde, sein eigenes Leben zu opfern.

Gestärkt durch die Liebe des Mädchens, das er entehrt und betrogen hatte, machte sich Fürst Soth nach Istar auf, in der Absicht, den Königspriester aufzuhalten und seine verlorene Ehre wiederherzustellen.

Aber der Ritter wurde auf seiner Reise von Elfenfrauen aufgehalten, Jüngerinnen des Königspriesters, die von Fürst Soths Verbrechen wußten und drohten, ihn zu zerstören. Um seine Liebe zu dem Elfenmädchen zu schwächen, enthüllten sie ihm, daß sie in seiner Abwesenheit untreu gewesen wäre.

Soths Temperament ging mit ihm durch, und er verlor alle Vernunft. In einem Anfall von Eifersucht ritt er nach Burg Dargaard zurück. Er trat durch die Tür und beschuldigte das unschuldige Mädchen der Untreue. Dann erfolgte die Umwälzung. Der riesige Kerzenleuchter im Korridor fiel zu Boden, und das Elfenmädchen und ihr Kind verbrannten jämmerlich. Bevor sie starb, flehte sie noch einen Fluch über den Ritter herbei, verdammte ihn zum ewigen entsetzlichen Leben. Soth und sein Gefolge starben im Feuer, aber nur, um so fürchterlich wiedergeboren zu werden.«

»Das ist es also, was er hört«, murmelte Ariakus lauschend.

Die Falle...

Bakaris schlief unruhig in seiner Gefängniszelle. Obwohl tagsüber arrogant und unverschämt, quälten ihn nachts erotische Träume von Kitiara und Angstträume von seiner Hinrichtung durch die Ritter von Solamnia. Oder vielleicht war es seine Hinrichtung durch Kitiara. Er war sich dessen niemals sicher, wenn er, in kalten Schweiß gebadet, erwachte. Wenn er in seiner frostigen Zelle in den stillen Stunden der Nacht wach lag, verfluchte Bakaris die Elfenfrau, die die Ursache seiner Niederlage gewesen war. Immer wieder schmiedete er Rachepläne.

Bakaris dachte gerade wieder daran, zwischen Schlaf und Wachen schwebend, als das Geräusch eines Schlüssels im Schloß seiner Gefängniszelle ihn auf die Beine brachte. Es war fast Morgendämmerung, fast die Stunde der Hinrichtung! Vielleicht holten ihn die Ritter!

»Wer ist da?« rief Bakaris barsch.

»Pssst!« befahl eine Stimme. »Du befindest dich nicht in Gefahr, wenn du den Mund hältst und das tust, was man dir sagt.«

Bakaris setzte sich erstaunt auf. Er hatte die Stimme erkannt. Warum auch nicht? Jede Nacht hatte sie in seinen Rachegedanken gesprochen. Die Elfenfrau! Und der Kommandant konnte zwei andere Gestalten, kleine Gestalten, im Schatten erkennen. Höchstwahrscheinlich der Zwerg und der Kender. Sie waren immer um die Elfenfrau herum.

Die Zellentür öffnete sich. Die Elfenfrau glitt herein. In ihrer Hand hielt sie einen Umhang.

»Beeil dich«, befahl sie kühl. »Zieh das an.«

»Erst wenn ich weiß, was los ist«, erwiderte Bakaris argwöhnisch, obwohl er innerlich jubelte.

»Wir tauschen dich aus... gegen einen anderen Gefangenen«, antwortete Laurana.

Bakaris runzelte die Stirn. Er durfte nicht allzu neugierig erscheinen.

»Ich glaube dir nicht«, sagte er und legte sich wieder auf sein Bett. »Es ist eine Falle...«

»Es interessiert mich nicht, was du glaubst!« schnappte Laurana ungeduldig. »Du kommst mit, und wenn ich dich ohnmächtig schlagen muß! Es spielt keine Rolle, ob du bei Bewußtsein bist oder nicht, solange ich in der Lage bin, dich Kiti... der Person, die dich will, vorzuzeigen!«

Kitiara! So war das also. Was hatte sie vor? Welches Spiel spielte sie? Bakaris zögerte. Er vertraute Kit genausowenig wie sie ihm. Sie war fähig, ihn zu benutzen, um ihre eigenen Ziele voranzutreiben, was sie zweifellos gerade wieder tat. Aber vielleicht konnte er sie, als Gegenleistung, auch benutzen. Wenn er nur das Spiel durchschauen würde! Aber als er in Lauranas Gesicht sah, wußte Bakaris, daß sie willens war, ihre Drohung wahrzumachen. Er würde den rechten Moment abwarten müssen.

»Ich habe offenbar keine andere Wahl«, sagte er. Der Mond schien durch ein vergittertes Fenster in die schmutzige Zelle auf Bakaris' Gesicht. Er war seit Wochen im Gefängnis. Er wußte nicht, wie lange, er hatte jegliches Zeitgefühl verloren. Als er nach dem Umhang griff, sah er in Lauranas kalte grüne Augen, die aufmerksam und vor Ekel leicht verengt auf ihn gerichtet waren.

Unsicher kratzte sich Bakaris mit seiner gesunden Hand am Bart.

»Entschuldigt, meine Dame«, sagte er sarkastisch, »aber die Diener in Eurem Haus haben nicht daran gedacht, mir ein Rasiermesser zu bringen. Ich weiß, daß euch Elfen der Anblick von Gesichtshaaren ekelt!«

Zu seiner Überraschung bemerkte Bakaris, daß seine Worte Gefühlsregungen auslösten. Laurana wurde leichenblaß, ihre Lippen kreideweiß. Nur mit äußerster Kraftanstrengung verlor sie nicht die Beherrschung. »Geh!« sagte sie mit erstickter Stimme.

Der Zwerg betrat mit seiner Streitaxt in der Hand die Zelle. »Du hast den General gehört«, knurrte Flint. »Mach endlich! Wieso du elendes Aas es überhaupt wert bist, gegen Tanis...«

»Flint!« sagte Laurana kurz.

Plötzlich verstand Bakaris! Kitiaras Plan begann in seinen Gedanken Formen anzunehmen.

»Tanis also! Er ist derjenige, gegen den ich ausgetauscht werde.« Er beobachtete eingehend Lauranas Gesicht. Es zeigte keine Reaktion. Er hätte genausogut über einen Fremden sprechen können statt über einen Mann, von dem er durch Kitiara wußte, daß diese Frau ihn liebte. Er versuchte es noch einmal, um seine Theorie zu überprüfen. »Ich würde ihn jedoch nicht als Gefangenen bezeichnen, höchstens als einen Gefangenen der Liebe. Kit muß ihn leid sein. Na gut. Armer Mann. Ich werde ihn vermissen. Er und ich hatten einiges gemeinsam...«

Jetzt zeigte sich eine Reaktion. Er sah, wie sich ihre zarten Kiefer verkrampften, wie ihre Schultern unter dem Umhang zitterten. Wortlos drehte sich Laurana um und schritt aus der Zelle. Er hatte also recht. Es hatte etwas mit dem bärtigen Halb-Elfen zu tun. Aber was? Tanis hatte Kit in Treibgut verlassen. Hatte sie ihn wiedergefunden? War er zu ihr zurückgekehrt? Bakaris verstummte und zog den Umhang enger um sich. Es spielte keine Rolle, jedenfalls nicht für ihn. Er würde diese neue Information für seine Rache verwenden können. Sich Lauranas angespanntes, blasses Gesicht im Mondlicht vergegenwärtigend, dankte Bakaris der Dunklen Königin für ihr Wohlwollen, während der Zwerg ihn aus der Zellentür schubste.

Die Sonne war noch nicht aufgegangen. Nur eine blasse lilafarbene Linie am östlichen Horizont zeigte an, daß der neue Tag in ungefähr einer Stunde dämmern würde. Es war noch dunkel und still in der Stadt Kalaman – die Stadt schlief friedlich nach dem Tag und der Nacht der Festlichkeiten. Selbst die Wachen gähnten auf ihren Posten, und gelegentlich war lautes Schnarchen zu hören. Für die vier Gestalten war es ein einfaches, lautlos durch die Straßen zu huschen, bis sie eine kleine, verschlossene Tür in der Stadtmauer erreichten.

»Diese Tür führte früher zu einigen Stufen, die nach oben zur Mauer gingen, über diese Mauer kommt man dann zur anderen Seite«, flüsterte Tolpan, der in seinen Beuteln hantierte, bis er sein Werkzeug gefunden hatte.

»Woher weißt du das?« murrte Flint, der sich nervös umschaute.

»Ich war früher oft in Kalaman, als ich noch klein war«, antwortete Tolpan. Er fand ein Stück Draht und ließ es in das Schloß gleiten. »Mit meinen Eltern. Wir haben immer diese Tür benutzt.«

»Warum habt ihr nicht das Haupttor benutzt, oder wäre das zu einfach gewesen?« knurrte Flint.

»Beeil dich!« befahl Laurana ungeduldig.

»Wir hätten das Haupttor benutzt«, erklärte Tolpan, der

weiter mit Draht arbeitete. »Ach ja.« Er entfernte den Draht, steckte ihn sorgfältig wieder in seinen Beutel zurück, dann schob er leise die alte Tür auf. »Wo war ich? O ja. Wir hätten das Haupttor benutzt, aber Kendern war das Betreten der Stadt nicht erlaubt.«

»Und deine Eltern sind trotzdem gegangen!« schnaufte Flint, während er Tolpan durch die Tür zu einer schmalen Steintreppe folgte. Der Zwerg hörte dem Kender nur halb zu. Er hielt ein wachsames Auge auf Bakaris, der sich nach Flints Ansicht zu willig benahm. Laurana hatte sich völlig in sich zurückgezogen. Ihre einzigen Worte waren kurze Aufforderungen, sich zu beeilen.

»Nun, natürlich«, sagte Tolpan, der fröhlich drauflosplapperte. »Sie hatten es immer als einen Irrtum betrachtet. Ich meine, warum sollten wir mit Goblins gleichgestellt werden? Jemand mußte uns einfach zufällig auf die gleiche Liste gesetzt haben. Aber meine Eltern empfanden es nicht als höflich, darüber zu streiten. Und darum sind wir eben durch die Nebentür ein und aus gegangen. Einfacher für jeden hier in der Gegend. Da sind wir. Öffne die Tür – sie ist gewöhnlich nicht verschlossen. Huch, paß auf. Da ist eine Wache. Warte, bis sie vorbei ist.«

Sie drückten sich gegen die Mauer, bis die Wache müde vorbeigestolpert war. Dann überquerten sie leise die Mauer, traten durch eine weitere Tür, liefen eine andere Treppe hinunter und befanden sich dann außerhalb der Stadtmauern.

Es war niemand da. Bebend hüllte Flint sich tiefer in seinen Umhang. Befürchtungen stiegen in ihm hoch. Was war, wenn Kitiara die Wahrheit gesagt hatte? Was war, wenn Tanis bei ihr war? Was war, wenn er *im Sterben lag*?

Wütend zwang Flint sich, nicht daran zu denken. Er hoffte fast, daß es eine Falle sein würde! Plötzlich wurden seine düsteren Gedanken von einer barschen Stimme unterbrochen, die so dicht in ihrer Nähe sprach, daß er entsetzt zurückschrak.

»Bist du es, Bakaris?«

»Ja. Gut, dich wiederzusehen, Gakhan.«

Benommen drehte Flint sich um. Eine dunkle Gestalt war aus dem Schatten der Mauer getreten. Sie war völlig vermummt. Er erinnerte sich an Tolpans Beschreibung des Drakoniers.

»Tragen sie noch andere Waffen mit sich?« fragte Gakhan, seine Augen auf Flints Streitaxt gerichtet.

»Nein«, antwortete Laurana scharf.

»Durchsuch sie«, befahl Gakhan Bakaris.

»Du hast mein Ehrenwort«, sagte Laurana wütend. »Ich bin eine Prinzessin der Qualinesti...«

Bakaris trat einen Schritt zu ihr. »Elfen haben ihren eigenen Ehrenkodex«, höhnte er. »Oder so ähnlich hast du es in der Nacht gesagt, als du mich mit deinem verdammten Pfeil angeschossen hast.«

Laurana errötete, sagte aber nichts und rührte sich nicht.

Als Bakaris vor ihr stand, hob er seinen rechten Arm mit seiner linken Hand, dann ließ er ihn fallen. »Du hast meine Karriere, mein Leben zerstört.«

Laurana versteifte sich und musterte ihn. »Ich sagte bereits, ich trage keine Waffen.«

»Du kannst mich durchsuchen, wenn du möchtest«, bot Tolpan an und stellte sich zwischen Bakaris und Laurana. »Hier!« Er ließ den Inhalt eines Beutels auf Bakaris' Fuß fallen.

»Der Teufel soll dich holen!« fluchte Bakaris und schlug dem Kender auf den Kopf.

»Flint!« warnte Laurana mit zusammengebissenen Zähnen. Sie konnte das Gesicht des Zwerges vor Wut erröten sehen. Bei ihrem Ausruf schluckte der Zwerg seine Wut hinunter.

»Es tut mir leid, wirklich!« schniefte Tolpan, während er seine Sachen zusammensuchte.

»Wenn du noch mehr Zeit vergeudest, können wir uns gleich von der Wache festnehmen lassen«, bemerkte Laurana kühl, »die Sonne geht gleich auf, und sie werden uns deutlich erkennen.«

»Die Elfenfrau hat recht, Bakaris«, sagte Gakhan gereizt. »Nimm die Streitaxt des Zwerges und laß uns hier verschwinden.«

Bakaris schaute zum heller werdenden Horizont und zum vermummten Drakonier, dann warf er Laurana einen bösen Blick zu und riß die Streitaxt aus der Hand des Zwerges.

»Er stellt keine Gefahr dar! Was sollte ein alter Mann wie er auch schon groß ausrichten?« murmelte Bakaris.

»Beweg dich«, befahl Gakhan Laurana, Bakaris ignorierend. »Zu dem Wäldchen dort drüben. Versteck dich und versuche nicht, die Wachen zu alarmieren. Ich bin ein Zauberkundiger, und meine Zauber sind tödlich. Die Finstere Herrin hat mir befohlen, dich sicher zu ihr zu bringen, *General*. Für deine beiden Freunde habe ich keine Anordnungen erhalten.«

Sie folgten Gakhan über das flache, offene Land außerhalb der Stadttore zu einem Wald. Bakaris ging neben Laurana. Sie hielt ihren Kopf hoch erhoben und weigerte sich resolut, selbst seine Existenz wahrzunehmen. Als sie die Bäume erreichten, erklärte Gakhan: »Dort sind unsere Reittiere.«

»Wir gehen nirgendwohin!« sagte Laurana wütend, während sie beunruhigt auf die Kreaturen starrte.

Zuerst dachte Flint, es wären kleine Drachen, aber als er näher trat, hielt der Zwerg die Luft an.

»Lindwürmer«, keuchte er.

Den Drachen entfernt verwandt, sind geflügelte Lindwürmer kleiner und leichter und werden von den Drachenfürsten häufig für Botendienste verwendet, so wie die Greife von den Elfenlords. Nicht ganz so intelligent wie Drachen, waren geflügelte Lindwürmer für ihr grausames und unberechenbares Verhalten bekannt. Die Tiere starrten die Gefährten mit roten Augen an, ihre Schwänze, die wie von Skorpionen wirkten, rollten sich bedrohlich. Der mit Gift versehene Schwanz konnte dem Feind einen Stich zufügen, der innerhalb weniger Sekunden zum Tod führte.

»Wo ist Tanis?« fragte Laurana.

»Sein Zustand hat sich verschlechtert«, antwortete Gakhan. »Du mußt schon mit nach Burg Dargaard kommen.«

»Nein!« Laurana trat zurück, aber Bakaris' Hand schloß sich mit festem Griff um ihren Arm.

»Ruf nicht um Hilfe«, sagte er freundlich, »oder einer deiner Freunde wird sterben. Nun, es scheint, daß wir eine kleine Reise nach Burg Dargaard unternehmen. Tanis ist ein *teurer* Freund. Es tut mir wirklich leid, daß du ihn hier nicht treffen kannst.« Bakaris wandte sich an den Drakonier. »Gakhan, geh nach Kalaman zurück. Berichte uns über die Reaktion der Leute, wenn sie herausfinden, daß ihr *General* fehlt.«

Gakhan zögerte, seine dunklen Reptilienaugen musterten Bakaris argwöhnisch. Kitiara hatte ihn gewarnt, daß so etwas eintreten könnte. Er konnte sich vorstellen, was Bakaris vorhatte – seine eigene persönliche Rache. Gakhan konnte Bakaris aufhalten, das war nicht das Problem. Aber es bestand die Möglichkeit, daß in solch einer brenzligen Situation einer der Gefangenen fliehen und Hilfe holen würde. Sie befanden sich zu nah an der Stadtmauer. Der Teufel sollte Bakaris holen! Gakhan blickte finster, dann erkannte er, daß er nichts unternehmen und nur hoffen konnte, daß Kitiara für diesen Fall vorgesorgt hatte. Schulterzuckend tröstete sich Gakhan mit dem Gedanken an Bakaris' Schicksal, wenn er zu der Finsteren Herrin zurückkehren würde.

»Gewiß, Kommandant«, erwiderte der Drakonier zuvorkommend. Er verbeugte sich und verschwand in den Schatten. Sie sahen seine vermummte Gestalt von Baum zu Baum in Richtung Kalaman huschen. Bakaris' Gesicht wurde ungeduldig, seine grausamen Züge um den bärtigen Mund vertieften sich.

»Komm schon, General.« Bakaris schob Laurana zu den Lindwürmern.

Aber statt vorwärts zu gehen, wirbelte Laurana herum, um dem Mann gegenüberzustehen.

»Sag mir nur eins«, sagte sie mit weißen Lippen. »Ist es wahr? Ist Tanis bei... bei Kitiara? In... in dem Brief hieß es, daß er bei Burg Vingaard verletzt wurde... und im Sterben liegt!«

Als Bakaris die Seelenqualen in ihren Augen sah, Qualen, die dem Halb-Elfen galten, lächelte er. Er hatte sich niemals erträumt, daß Rache so befriedigend sein könnte. »Woher soll ich das wissen? Ich war in deinem stinkenden Gefängnis eingesperrt. Aber mir fällt es schwer zu glauben, daß er verletzt ist. Kit hat niemals zugelassen, daß er sich an einem Kampf beteiligt! Die einzigen Schlachten, die er austrug, waren die der Liebe...«

Laurana ließ ihren Kopf sinken. Bakaris legte in scheinheiligem Mitgefühl eine Hand auf ihren Arm. Laurana riß sich wütend los und wandte ihr Gesicht ab.

»Ich glaube dir nicht!« knurrte Flint. »Tanis würde niemals zulassen, daß Kitiara so etwas tut...«

»Oh, da hast du recht, Zwerg«, erwiderte Bakaris, der schnell erkannte, daß er zu weit gegangen war. »Er weiß nichts davon. Die Finstere Herrin schickte ihn vor Wochen nach Neraka, um unsere Audienz bei der Königin vorzubereiten.«

»Weißt du, Flint«, sagte Tolpan gewichtig. »Tanis *war* von Kitiara wirklich angetan. Erinnerst du dich an das Fest im Wirtshaus Zur letzten Bleibe? Es war Tanis' Fest zum Lebenstag. Er wurde gerade ›volljährig‹, nach Elfenmaßstab, und, mein Gott, das war ein Fest! Erinnerst du dich? Caramon bekam einen Bierhumpen auf den Kopf gedroschen, als er nach Dezra grapschte. Und Raistlin trank zuviel Wein, und einer seiner Zaubersprüche mißlang, und Otiks Schürze fing Feuer, und Kit und Tanis saßen in der Ecke neben dem Kamin, und sie waren...«

Bakaris blickte Tolpan wütend an. Dem Kommandanten gefiel es nicht, daran erinnert zu werden, wie Kitiara wirklich zu dem Halb-Elfen stand.

»Der Kender soll seinen Mund halten, General«, knurrte Bakaris, »oder der Lindwurm kann sich um ihn kümmern. Zwei Geiseln würden der Finsteren Herrin gewiß ausreichen...«

»Es ist also eine Falle«, stellte Laurana leise fest und sah sich benommen um. »Tanis liegt nicht im Sterben... er ist nicht einmal da! War ich ein Idiot...«

»Wir gehen nirgendwohin mit dir!« fiel Flint ein.

Bakaris musterte ihn kühl. »Hast du jemals beobachtet, wie ein geflügelter Lindwurm jemanden zu Tode sticht?«

»Nein«, sagte Tolpan interessiert, »aber ich habe mal einen Skorpion gesehen. Ist es so ähnlich? Nicht, daß ich es ausprobieren möchte, falls du nichts dagegen hast«, stammelte der Kender, als er Bakaris' Gesicht sich verfinstern sah.

»Die Wachen auf den Stadtmauern können zwar deine Schreie hören«, erklärte Bakaris Laurana, die ihn anstarrte, als ob er in einer Fremdsprache reden würde. »Aber bis dahin wäre es zu spät.«

»War ich ein Idiot«, wiederholte Laurana leise.

»Sag ein Wort, Laurana!« drängte Flint dickköpfig. »Wir werden kämpfen...«

»Nein«, sagte sie mit kläglicher Stimme. »Nein. Ich werde nicht euer Leben aufs Spiel setzen. Es war meine Dummheit. Bakaris, nimm mich. Laß meine Freunde gehen...«

»Genug davon!« rief Bakaris ungeduldig. »Ich werde niemanden gehen lassen!« Er bestieg einen Lindwurm und streckte seine Hand Laurana entgegen. »Wir haben nur zwei Tiere.«

Mit ausdruckslosem Gesicht nahm Laurana Bakaris' Hilfe an und bestieg den geflügelten Drachen. Er legte seinen gesunden Arm um sie und drückte sie grinsend an sich.

Bei seiner Berührung gewann Lauranas Gesicht wieder etwas Farbe. Wütend versuchte sie, sich aus seinem Griff zu befreien.

»So bist du aber sicherer, General«, flüsterte Bakaris in ihr Ohr. »Ich möchte auf keinen Fall, daß du herunterfällst.«

Laurana biß sich auf die Lippe, starrte nach vorn und zwang sich, nicht zu weinen.

»Riechen diese Kreaturen *immer* so schrecklich?« fragte Tolpan und musterte voller Ekel den Lindwurm, während er Flint beim Aufsteigen half. »Ich glaube, du solltest sie überreden, ein Bad zu nehmen...«

»Paß auf den Schwanz auf«, unterbrach Bakaris kühl. »Der geflügelte Drache tötet im allgemeinen nicht ohne meinen Befehl, aber sie sind sehr reizbar. Schon kleine Dinge können sie sehr aufregen.«

»Oh.« Tolpan schluckte. »Ich wollte bestimmt nicht beleidigend sein. In der Tat vermute ich, daß man sich an den Geruch gewöhnen kann, nach einer Weile...«

Auf ein Signal von Bakaris spreizten die Lindwürmer ihre ledernen Flügel aus und erhoben sich, nicht an Last gewöhnt, langsam in die Luft. Flint hielt sich an Tolpan fest und hielt ein Auge auf Laurana, die mit Bakaris vor ihnen flog. Gelegentlich sah der Zwerg, wie sich Bakaris näher zu Laurana beugte und Laurana Abstand zu halten versuchte. Das Gesicht des Zwerges wurde grimmig.

»Dieser Bakaris hat nichts Gutes im Sinn!« murmelte der Zwerg zu Tolpan.

»Was?« fragte Tolpan und drehte sich um.

»Ich sagte, dieser Bakaris hat nichts Gutes im Sinn!« schrie der Zwerg. »Und ich wette, daß das etwas anderes ist, als seine Befehle zu befolgen. Dieser Gakhan war überhaupt nicht erfreut, weggeschickt zu werden.«

»Was?« gellte Tolpan. »Ich verstehe nichts! Dieser Wind...«

»Ach, macht nichts!« Dem Zwerg wurde plötzlich schwindelig. Er konnte kaum atmen. Um sich abzulenken, starrte er düster auf die Baumspitzen, die mit der aufgehenden Sonne aus den Schatten hervortraten.

Nach einstündigem Flug machte Bakaris ein Handzeichen, und die Lindwürmer begannen langsam zu kreisen, suchten einen geeigneten Landeplatz im dicht bewaldeten Gebirgsland. Bakaris zeigte auf eine kleine Lichtung, die kaum sichtbar war, und schrie seinem Tier Anweisungen zu. Der Lindwurm landete, wie ihm befohlen wurde, und Bakaris stieg ab.

Flint blickte sich um, seine schlimmen Vorahnungen schienen sich zu bestätigen. Es gab keinerlei Anzeichen für eine Burg. Nirgends irgendein Lebewesen. Sie befanden sich auf einer kleinen Lichtung, umgeben von hohen Nadelbäumen, deren uralte Äste so dicht und verstrickt waren, daß sie kaum Sonnenlicht durchließen. In dem dunklen Wald bewegten sich Schatten. An einem Ende der Lichtung sah Flint eine kleine Höhle in der Gebirgswand.

»Wo sind wir?« fragte Laurana eisig. »Das kann unmöglich Burg Dargaard sein. Warum haben wir angehalten?«

»Scharfsinnig beobachtet, General«, sagte Bakaris freundlich. »Burg Dargaard liegt noch über eine Meile entfernt. Man erwartet uns noch nicht. Die Finstere Herrin hat höchstwahrscheinlich noch gar nicht gefrühstückt. Wir wollen doch nicht so unhöflich sein und sie stören, oder?« Er sah zu Tolpan und Flint. »Ihr zwei bleibt sitzen«, befahl er, als der Kender gerade herunterspringen wollte. Tolpan erstarrte.

Bakaris stellte sich zu Laurana und legte seine Hand auf den Hals des Lindwurms. Die lidlosen Augen des Tieres folgten jeder seiner Bewegungen so erwartungsvoll, wie ein Hund auf sein Futter wartet.

»Du steigst ab, Lady Laurana«, sagte Bakaris mit tödlicher Sanftheit. Sie saß auf dem Rücken des Lindwurms und musterte ihn voller Verachtung. »Uns bleibt noch Zeit für ein kleines... Frühstück zu zweit...«

Lauranas Augen blitzten auf. Ihre Hand bewegte sich mit solch einer Sicherheit zu ihrem Schwert, daß sie selbst fast überzeugt war, daß sie es trug. »Bleib von mir weg!« befahl sie mit einer Stimme, daß Bakaris einen Moment lang zögerte. Dann grinste er und ergriff ihr Handgelenk.

»Nein, meine Dame. Ich würde mich an deiner Stelle nicht sträuben. Vergiß den Lindwurm nicht – und deine Freunde. Ein Wort von mir, und sie werden auf schreckliche Weise sterben!«

Sich krümmend drehte sich Laurana um und sah den gekrümmten Schwanz des Wurms über Flints Rücken schweben. Das Tier bebte in tödlicher Vorfreude...

»Nein! Laurana...«, begann Flint gequält, aber sie warf ihm einen scharfen Blick zu, der ihn daran erinnerte, daß sie immer noch der General war. Mit blutleerem Gesicht ließ sie zu, daß Bakaris ihr beim Absteigen half.

»Nun, ich dachte, du wärst hungrig«, sagte Bakaris grinsend.

»Laß sie gehen!« verlangte Laurana. »Ich bin es doch, die du willst...«

»In diesem Punkt hast du recht«, gab Bakaris zurück und

legte seine Hand um ihre Taille. »Aber ihre Gegenwart scheint dein gutes Benehmen zu garantieren.«

»Mach dir keine Sorgen um uns, Laurana!« brüllte Flint.

»Halt deinen Mund, Zwerg!« schrie Bakaris wütend. Er drückte Laurana gegen den Körper des Lindwurms und drehte sich zu den beiden Gefährten um. Flints Blut gefror, als er den blanken Irrsinn in den Augen des Mannes sah.

»Ich... ich glaube, wir tun besser das, was er sagt, Flint«, sagte Tolpan schluckend. »Er wird Laurana verletzen...«

»Sie verletzen? O nein, nicht viel«, sagte Bakaris lachend. »Sie wird für Kitiara immer noch nützlich sein, egal, was sie im Sinn hat. Aber beweg dich nicht, Zwerg. Ich könnte mich vergessen!« warnte Bakaris. Dann wandte er sich zu Laurana. »So wie es aussieht, wird es Kitiara nicht stören, wenn ich zuerst ein bißchen Spaß mit der Dame habe. O nein, werde nur nicht ohnmächtig...«

Es war ein alter Selbstverteidigungstrick der Elfen. Flint hatte das schon oft erlebt und straffte sich, zum Handeln bereit, als sich Lauranas Augen verdrehten, ihre Knie nachzugeben schienen und ihr Körper zusammenfiel.

Instinktiv versuchte Bakaris, sie aufzufangen.

»Nein, nicht! Ich mag meine Frauen lebhaft... au!«

Lauranas Faust landete in seinem Magen. Vom Schmerz überwältigt, fiel er vornüber. Laurana zog ein Knie an und traf ihn direkt unter dem Kinn. Als Bakaris zu Boden sank, packte Flint den erschreckten Kender und glitt von dem geflügelten Drachen.

»Lauft, Flint! Schnell!« keuchte Laurana, während sie von dem geflügelten Drachen und dem vor Schmerz stöhnenden Mann wegsprang. »In den Wald!«

Aber Bakaris, dessen Gesicht vor Wut verzerrt war, streckte seine Hand aus und griff nach Lauranas Fußgelenk. Sie stolperte und fiel zu Boden, wild nach ihm tretend. Flint schwang einen Baumast und sprang auf Bakaris zu, als der Kommandant gerade mühsam aufstand. Als er Flint aufbrüllen hörte, wirbelte er herum und schlug den Zwerg mit dem Handrücken ins Gesicht. Gleichzeitig bekam er Lauranas Arm zu fassen und zog sie auf die Füße. Dann drehte er sich zu Tolpan um, der zu dem bewußtlosen Zwerg gerannt war.

»Die Dame und ich gehen in die Höhle...«, sagte Bakaris schwer atmend. Er verdrehte Lauranas Arm, so daß sie vor Schmerz aufschrie. »Eine Bewegung, Kender, und ich breche ihr den Arm. Wenn wir in der Höhle sind, will ich nicht gestört werden. In meinem Gürtel steckt ein Dolch. Ich werde ihn an ihre Kehle halten. Hast du verstanden, kleiner Dummkopf?«

»Ja, Herr«, stammelte Tolpan. »Ich... ich würde nicht im Traum daran denken zu stören. Ich... ich bleibe nur hier bei... bei Flint.«

»Und geht nicht in den Wald.« Bakaris zog Laurana auf die Höhle zu. »Er wird von Drakoniern bewacht.«

»N... nein, Herr«, stotterte Tolpan, der sich mit weit aufgerissenen Augen zu Flint kniete.

Zufrieden warf Bakaris dem hockenden Kender einen letzten Blick zu, dann schob er Laurana zum Höhleneingang.

Tränenblind stolperte Laurana vorwärts. Als ob er sie daran erinnern wollte, daß sie in der Falle saß, verdrehte Bakaris wieder ihren Arm. Der Schmerz war unerträglich. Es gab keine Möglichkeit, sich dem festen Griff des Mannes zu entziehen. Sich selbst für ihre Dummheit verfluchend, versuchte Laurana, ihre Angst zu bekämpfen und klar zu denken. Es war schwer, die Hand des Mannes war stark, und sein Geruch – der Geruch der Menschen – erinnerte sie auf eine entsetzliche Weise an Tanis.

Als ob er ihre Gedanken erraten hätte, drückte Bakaris sie eng an sich und rieb sein bärtiges Gesicht an ihrer glatten Wange.

»Du wirst eine weitere Frau sein, die der Halb-Elf und ich geteilt haben...«, flüsterte er heiser, dann brach er plötzlich ab.

Einen Moment lang wurde Bakaris' Griff um Lauranas Arm unerträglich fest. Dann lockerte er sich. Seine Hand glitt von ihrem Arm. Laurana riß sich frei und wirbelte herum.

Blut tröpfelte zwischen Bakaris' Fingern, als er an seine Seite griff, wo Tolpans kleines Messer immer noch aus der Wunde ragte. Der Mann zog seinen eigenen Dolch und machte einen Satz auf den trotzigen Kender zu.

Irgend etwas riß in Laurana, setzte eine wilde Wut und einen Haß frei, von denen sie nicht vermutet hatte, daß sie in ihr steckten. Sie spürte keine Angst mehr, es kümmerte sie nicht mehr, ob sie tot oder lebendig war. Laurana hatte nur noch einen Gedanken – diesen menschlichen Mann zu töten.

Mit einem wilden Aufschrei stürzte sie sich auf ihn und schlug ihn zu Boden. Er gab ein Ächzen von sich, dann lag er stumm unter ihr. Verzweifelt versuchte Laurana, an sein Messer zu kommen. Dann wurde ihr bewußt, daß er sich nicht mehr bewegte. Langsam erhob sie sich.

Einen Moment lang konnte sie durch den roten Nebel vor ihren Augen nichts erkennen. Als er sich klärte, sah sie Tolpan den Körper umdrehen. Bakaris war tot. Seine Augen starrten in den Himmel, ein Ausdruck tiefen Entsetzens und der Überraschung lag auf seinem Gesicht. Seine Hand hielt immer noch den Dolch umklammert, der in seinen Leib getrieben war.

»Was ist denn geschehen?« flüsterte Laurana, die vor Wut und Abscheu bebte.

»Du hast ihn niedergeschlagen, und er fiel in sein Messer«, erklärte Tolpan gelassen.

»Aber zuvor…«

»Oh, ich habe ihm das Messer in den Körper gestoßen«, sagte Tolpan. Er zog sein Messer aus der Seite des Mannes und betrachtete es stolz. »Und Caramon hat mir gesagt, es wäre nur von Nutzen, wenn ich auf einen bissigen Hasen stoßen würde! Na warte, wenn ich ihm hiervon erzähle! Weißt du, Laurana«, fuhr er etwas traurig fort, »alle unterschätzen uns Kender immer. Bakaris hätte wirklich meine Beutel durchsuchen sollen. Aber mit der Ohnmacht, das war ein toller Trick. Hast du…«

»Wie geht es Flint?« unterbrach Laurana, die nicht an die letzten entsetzlichen Minuten erinnert werden wollte. Ohne recht zu wissen, was sie tat oder warum, nahm sie ihren Umhang ab und warf ihn über das bärtige Gesicht. »Wir müssen hier verschwinden.«

»Ihm geht es ganz gut«, sagte Tolpan, zu dem Zwerg schauend, der stöhnte und seinen Kopf schüttelte. »Was ist mit den Lindwürmern? Meinst du, sie werden uns angreifen?«

»Ich weiß es nicht«, antwortete Laurana, die die Tiere musterte. Die Lindwürmer starrten unruhig herum, unsicher, was mit ihrem Herrn geschehen war. »Ich habe gehört, daß sie nicht besonders intelligent sind. Im allgemeinen handeln sie nicht ohne Befehl. Vielleicht – wenn wir keine schnellen Bewegungen machen – können wir in den Wald verschwinden, bevor sie herausfinden, was passiert ist. Hilf Flint.«

»Komm schon, Flint«, drängte Tolpan und zerrte am Zwerg. »Wir müssen flieh...«

Die Worte des Kenders wurden von einem wahnsinnigen Schrei übertönt, einem Schrei der Furcht und des Entsetzens, der Tolpans Haare zu Berge stehen ließ. Er schaute hoch; Laurana starrte auf eine Gestalt, die offensichtlich aus den Tiefen der Höhle hervorgekommen war. Bei ihrem Anblick wurde Tolpan von einem grauenvollen Gefühl überflutet. Sein Herz trommelte, seine Hände wurden kalt, er konnte kaum noch atmen.

»Flint!« keuchte er kraftlos.

Der Zwerg, der in der Stimme des Kenders etwas hörte, was er niemals zuvor vernommen hatte, rappelte sich hoch. »Was...«

Tolpan konnte nur zeigen.

Flint sah schwankend in die Richtung, in die Tolpan zeigte.

»Im Namen von Reorx«, sagte der Zwerg mit gebrochener Stimme, »was ist das?«

Die Gestalt bewegte sich unbarmherzig auf Laurana zu, die unter ihrem Zauber stand und ihr nur gelähmt entgegenstarren konnte. In eine uralte Rüstung gekleidet, schien er ein Ritter von Solamnia zu sein. Aber die Rüstung war wie von Feuer geschwärzt. Ein orangefarbenes Licht flackerte hinter seinem Helm, während der Helm selbst in der Luft schwebte.

Die Gestalt streckte einen gepanzerten Arm aus. Flint würgte vor Entsetzen. Der Arm endete nicht in einer Hand. Der Ritter schien nach Laurana mit nichts als Luft zu greifen. Aber sie schrie vor Schmerzen auf und sackte bei dem entsetzlichen Anblick in die Knie. Ihr Kopf fiel nach vorn, sie brach zusammen, betäubt von der eisigen Berührung. Der Ritter löste seinen Griff und ließ ihren schlaffen Körper zu Boden gleiten. Er beugte sich runter und hob sie auf seine Arme.

Tolpan wollte sich bewegen, aber der Ritter wandte ihm seinen flackernden orangefarbenen Blick zu, und der Kender blieb stehen und sah in die orangefarbenen Flammenaugen der Kreatur. Weder er noch Flint konnte den Blick abwenden, obwohl das Entsetzen so groß war, daß der Zwerg befürchtete, den Verstand zu verlieren. Nur seine Liebe und seine Sorge um Laurana bewahrten ihn vor dem Wahnsinn. Immer wieder befahl er sich, etwas zu unternehmen, sie zu retten. Aber sein zitternder Körper gehorchte ihm nicht. Der Blick des Ritters glitt über beide.

»Geht nach Kalaman zurück«, sagte eine hohle Stimme. »Sagt ihnen, daß die Elfenfrau in unserer Gewalt ist. Die Finstere Herrin wird morgen mittag kommen und die Übergabebedingungen bekanntgeben.«

Der Ritter wandte sich um und stieg über Bakaris' Körper. Die schimmernde Gestalt trat direkt in die Leiche, als ob sie nicht existieren würde. Dann verschwand der Ritter mit Laurana auf seinen Armen im dunklen Wald.

Mit dem Ritter war der Zauber verschwunden. Tolpan, der sich schwach und elend fühlte, begann unbeherrscht zu zittern. Flint erhob sich mühsam.

»Ich gehe hinterher...«, murmelte der Zwerg, obwohl seine Hände so heftig zitterten, daß er seinen Helm kaum aufheben konnte.

»N... nein«, stammelte Tolpan mit verkrampftem und bleichem Gesicht, als er dem Ritter hinterherstarrte. »Was auch immer das war, wir können es nicht bekämpfen. Ich... ich hatte Angst, Flint!« Der Kender schüttelte in seiner Not den Kopf.

»Es... es tut mir leid, aber ich *kann* diesem – diesem Ding *nicht* noch einmal gegenüberstehen! Wir müssen nach Kalaman zurück. Vielleicht gibt es dort Hilfe...«

Tolpan begann zu laufen. Einen Moment lang stand Flint wütend und unentschlossen da und starrte in die Richtung, in der Laurana verschwunden war. Dann verzerrte sich sein Gesicht vor Verzweiflung. »Er hat recht«, murmelte er. »Ich kann diesem Ding auch nicht folgen. Was auch immer es war, es war nicht von dieser Welt.«

Als Flint sich umdrehte, fiel sein Blick auf Bakaris, der unter Lauranas Umhang lag. Ein Schmerz griff nach seinem Herzen. Nicht darauf achtend, sagte sich Flint mit plötzlicher Gewißheit: »Er hat über Tanis Lügen erzählt. Und auch Kitiara. Tanis ist nicht bei ihr, das *weiß* ich!« Der Zwerg ballte seine Faust. »Ich weiß nicht, wo er ist, aber eines Tages werde ich ihm gegenübertreten müssen, und dann muß ich ihm sagen... Ich habe ihn enttäuscht. Er hat sie mir anvertraut, und ich habe versagt!« Der Zwerg schloß seine Augen. Dann hörte er Tolpan schreien. Seufzend stolperte er wie blind hinter dem Kender her, seinen linken Arm beim Laufen reibend. »Wie kann ich ihm das je sagen?« stöhnte er. »Wie?«

Ein friedliches Zwischenspiel

In Ordnung«, sagte Tanis und starrte wütend auf den Mann, der so ruhig und gelassen vor ihm saß. »Ich will Antworten. Du hast uns absichtlich in den Mahlstrom geführt! Warum? Wußtest du von diesem Ort? Wo sind wir? Wo sind die anderen?«

Berem saß vor Tanis auf einem Holzstuhl. Der Stuhl war mit Vögel- und Tierabbildungen reich verziert in einem bei den Elfen beliebten Stil. In der Tat wurde Tanis stark an Loracs Thron in dem verdammten Elfenkönigreich Silvanesti erinnert. Die Ähnlichkeit konnte ihn jedoch keineswegs beruhigen, und Berem krümmte sich unter den wütenden Blicken des Halb-Elfen. Die Hände, die für den Körper des älteren Mannes zu jung waren, zupften an seiner schäbigen Hose. Er hob seinen Blick und musterte nervös die seltsame Umgebung.

»Verdammt noch mal! Antworte mir!« tobte Tanis. Er warf sich auf Berem, packte ihn an seinem Hemd und riß ihn aus dem Stuhl. Dann fuhren seine Hände zur Kehle des Mannes.

»Tanis!« Goldmond erhob sich schnell und legte eine Hand auf seinen Arm. Aber der Halb-Elf war wie von Sinnen. Sein Gesicht war vor Furcht und Wut verzerrt, sie erkannte ihn kaum wieder. Hektisch riß sie an den Händen, die Berem festhielten. »Flußwind, halte ihn auf!«

Der große Mann von den Ebenen packte Tanis an den Handgelenken und zog ihn von Berem weg.

»Laß ihn in Ruhe, Tanis!«

Einen Moment lang sträubte sich Tanis, dann erschlaffte er und holte tief und zitternd Luft.

»Er ist stumm«, sagte Flußwind streng. »Selbst wenn er dir etwas erzählen wollte, könnte er es nicht. Er kann nicht sprechen…«

»Doch, ich kann.«

Die drei hielten erschrocken inne und starrten Berem an.

»Ich kann sprechen«, sagte er ruhig in der Umgangssprache. Geistesabwesend rieb er an seiner Kehle, wo sich Tanis' Fingerabdrücke rot auf der gebräunten Haut abzeichneten.

»Warum gibst du dann vor, es nicht zu können?« fragte Tanis schwer atmend.

Berem rieb sich den Hals, seine Augen waren auf Tanis gerichtet. »Einem Mann, der nicht sprechen kann, werden keine Fragen gestellt.«

Tanis zwang sich zur Ruhe, um im Kopf klar zu werden. Er warf Flußwind und Goldmond einen Blick zu. Flußwind schüttelte nur den Kopf. Goldmond hob die Schultern. Tanis zog einen anderen Holzstuhl heran und setzte sich vor Berem. »Berem«, Tanis sprach langsam, seine Ungeduld zügelnd, »du redest mit uns. Bedeutet das, daß du unsere Fragen beantworten willst?«

Berem starrte Tanis an, dann nickte er einmal.

»Warum?« fragte Tanis.

»Ich... ihr müßt mir helfen, hier zu verschwinden... Ich kann hier nicht bleiben...«

Tanis wurde es trotz der stickigen und warmen Luft in dem Zimmer eiskalt. »Bist du in Gefahr? Sind wir in Gefahr? Was ist das hier für ein Ort?«

»Ich weiß es nicht!« Berem sah sich hilflos um. »Ich weiß nicht, wo wir sind. Ich weiß nur, daß ich hier nicht bleiben kann. Ich muß zurück!«

»Warum? Die Drachenfürsten jagen dich. Einer von d... den Fürsten...«, Tanis hustete, dann sprach er heiser weiter. »Einer von ihnen erzählte mir, daß *du* der Schlüssel zum endgültigen Sieg der Dunklen Königin bist. Warum, Berem? Was wollen sie von dir?«

»Ich weiß es nicht!« schrie Berem und ballte seine Fäuste. »Ich weiß nur, daß sie mich jagen... daß ich vor ihnen fliehe... seit... seit Jahren! Kein Frieden... keine Ruhe!«

»Wie lange, Berem?« fragte Tanis leise. »Seit wann jagen sie dich?«

»Jahre!« antwortete Berem mit erstickter Stimme. »Jahre... ich weiß nicht mehr, wie lange.« Seufzend schien er in seine gelassene Zufriedenheit zurückzusinken. »Ich bin dreihundertzweiundzwanzig Jahre alt. Vielleicht dreiundzwanzig? Vierundzwanzig?« Er zuckte mit den Schultern. »Die meiste Zeit hat mich die Königin gesucht.«

»Dreihundertzweiundzwanzig!« wiederholte Goldmond erstaunt. »Aber... du bist ein Mensch! Das ist unmöglich!«

»Ja, ich bin ein Mensch«, sagte Berem und richtete seine blauen Augen auf Goldmond. »Ich weiß, daß es unmöglich ist. Ich bin gestorben. Viele Male.« Sein Blick fuhr zu Tanis. »Du hast mich sterben sehen. Es war in Pax Tarkas. Ich habe dich erkannt, als du das erste Mal auf dem Schiff warst.«

»Du bist gestorben, als die Felsen auf dich gefallen sind!« rief Tanis aus. »Aber wir haben dich *lebendig* auf der Hochzeit gesehen, Sturm und ich...«

»Ja, da habe ich euch auch gesehen. Darum bin ich geflohen. Ich wußte... es würden Fragen kommen.« Berem schüttelte den Kopf. »Wie hätte ich dir mein Überleben erklären können? Ich weiß ja selbst nicht, wie ich überlebe! Ich weiß nur, daß ich sterbe und wieder lebendig werde. Immer wieder.« Er ließ seinen Kopf in seine Hände sinken. »Ich will nichts als Frieden finden!«

Tanis war völlig verwirrt. Er kratzte sich am Bart, während er den Mann musterte. Daß er log, schien festzustehen. Oh, nicht wegen des Sterbens und Wiederlebendigwerdens. Tanis hatte das selbst gesehen. Aber er wußte genau, daß die Königin der Finsternis fast alle ihre Kräfte, die sie im Krieg entbehren konnte, auf die Suche nach diesem Mann verwendete. Er mußte einfach den Grund wissen!

»Berem, wie ist der Grüne Juwel in dein Fleisch gekommen?«

»Ich weiß es nicht«, antwortete Berem so leise, daß man ihn kaum hören konnte. Unsicher fuhr seine Hand zur Brust, als ob er Schmerzen hätte. »Er ist Teil meines Körpers, wie meine Knochen und mein Blut. Ich... ich glaube, *er* ist es, der mich immer wieder ins Leben zurückbringt.«

»Kannst du ihn entfernen?« fragte Goldmond sanft und ließ sich auf ein Kissen neben Berem sinken. Sie legte ihre Hand auf seinen Arm.

Berem schüttelte heftig den Kopf, sein graues Haar fiel über seine Augen. »Ich habe es versucht!« murmelte er. »Viele Male habe ich versucht, ihn herauszureißen! Genausogut könnte ich versuchen, mein Herz herauszureißen!«

Tanis erbebte, dann stöhnte er verzweifelt. Das brachte sie auch nicht weiter! Er hatte immer noch keine Vorstellung davon, wo sie sich befanden. Er hatte gehofft, Berem könnte es ihnen sagen... Wieder sah sich Tanis in ihrer seltsamen Umgebung um. Sie waren in einem Zimmer eines offensichtlich uralten Gebäudes. Es wurde von einem sanften, schaurigen Licht beleuchtet, das von an den Wänden wie Tapeten hängendem Moos herrührte. Die Möbel waren so alt wie das Gebäude und in angeschlagenem, schäbigem Zustand, obwohl sie einst wertvoll gewesen sein mußten. Es gab kein Fenster. Von draußen war nichts zu hören. Sie hatten keine Ahnung, wie lange sie schon hier waren. Sie hatten jegliches Zeitgefühl verloren, aßen zuweilen von den seltsamen Pflanzen und schliefen unruhig.

Tanis und Flußwind hatten das Gebäude erforscht, aber weder einen Ausgang noch ein lebendes Wesen entdeckt. Tanis fragte sich, ob über dem Ganzen nicht ein magischer Zauber hing, ein Zauber, der sie nicht hinausließ. Denn jedes Mal, wenn sie sich vorwärts wagten, führten die engen, kaum beleuchteten Korridore sie unausweichlich in dieses Zimmer zurück.

Sie erinnerten sich kaum an die Ereignisse, nachdem das Schiff im Mahlstrom versunken war. Tanis hatte die Holzplanken splittern hören. Die Maste waren niedergestürzt, die Segel zerrissen. Er hatte Schreie gehört. Er hatte gesehen, wie Caramon von einer gigantischen Welle über Bord gespült wurde. Er hatte Tikas rote Locken im Wasser wirbeln sehen, dann war auch sie verschwunden. Der Drache war dagewesen... und Kitiara... Er hatte noch Kratzer von den Krallen des Drachen am Arm. Dann war eine andere Welle gekommen... er hatte den Atem angehalten, bis er sicher war, daß seine Lungen bersten würden. Er hatte gedacht, daß der Tod einfach und willkommen wäre. Er trieb an die Oberfläche des wirbelnden Gewässers, nur um wieder hinabgezogen zu werden und zu wissen, daß es das Ende war...

Und dann war er an diesem seltsamen Ort in durchnäßten Kleidern wach geworden und hatte Flußwind, Goldmond und Berem vorgefunden.

Zuerst schien Berem Angst vor ihnen zu haben. Er hatte sich in eine Ecke verkrochen und sie nicht an sich herangelassen. Geduldig hatte Goldmond auf ihn eingeredet und ihm Essen gebracht. Allmählich hatte sie ihn mit ihrer Warmherzigkeit für sich gewonnen. Das und, wie Tanis nun erkannte, sein starkes Verlangen, diesen Ort zu verlassen, hatten den Ausschlag gegeben, sein Verhalten zu ändern.

Tanis hatte anfangs angenommen, daß Berem das Schiff in

den Mahlstrom gesteuert hätte, weil er diesen Ort kannte, daß er sie mit Absicht hierhergebracht hätte.

Aber jetzt war sich der Halb-Elf nicht mehr so sicher. Der verwirrte und verängstigte Blick Berems zeigte, daß er auch keine Ahnung hatte, wo sie waren. Die bloße Tatsache, daß er sogar mit ihnen sprach, war ein Indiz dafür, daß er die Wahrheit sagte. Er war verzweifelt. Er wollte hier heraus. Warum?

»Berem...«, begann Tanis, erhob sich und schritt im Zimmer auf und ab. Er spürte, daß Berems Blick ihm folgte. »Wenn du vor der Königin der Finsternis wegläufst, dann scheint das doch hier das ideale Versteck zu sein...«

»Nein!« schrie Berem.

Tanis wirbelte herum. »Warum nicht? Warum willst du unbedingt hier weg? Warum willst du dorthin zurück, wo *sie* dich finden wird?«

Berem krümmte sich auf seinem Stuhl. »Ich... ich weiß nichts über diesen Ort! Ich schwöre es! Ich... ich muß zurück... Es gibt einen Ort, wo ich hingehen muß... Ich suche etwas... Bevor ich es nicht finde, werde ich nicht zur Ruhe kommen.«

»Es finden! Was finden?« schrie Tanis. Er spürte Goldmonds Hand an seinem Arm, und er wußte, er tobte wie ein Wahnsinniger, aber es war so enttäuschend! Etwas zu haben, das der Königin der Finsternis die Macht über die Welt geben könnte, und nicht zu wissen, was es war!

»Ich kann es dir nicht sagen!« wimmerte Berem.

Tanis hielt den Atem an, schloß seine Augen und versuchte, sich zu beruhigen. In seinem Kopf hämmerte es. Er hatte das Gefühl, daß er in tausend Stücke zerbersten würde. Goldmond erhob sich. Sie legte beide Hände auf seine Schultern und flüsterte ihm besänftigende Worte zu, von denen er außer dem Namen Mishakal nichts verstand. Langsam verging das schreckliche Gefühl und ließ ihn leer und erschöpft zurück.

»In Ordnung, Berem.« Tanis seufzte. »Es ist alles in Ordnung. Es tut mir leid. Wir werden darüber nicht mehr reden. Erzähl mir von dir. Woher kommst du?«

Berem zögerte einen Moment lang, seine Augen verengten

sich, und er verspannte sich. Tanis war über Berems merkwürdiges Verhalten erstaunt. »Ich komme aus Solace. Woher kommst du?« wiederholte er beiläufig.

Berem musterte ihn argwöhnisch. »Ihr… ihr habt sicherlich nie davon gehört. Ein… ein kleines Dorf außerhalb von… außerhalb von…«, er schluckte, dann räusperte er sich. »Neraka.«

»Neraka?« Tanis sah fragend zu Flußwind.

Der Barbar schüttelte den Kopf. »Er hat recht. Ich habe noch nie davon gehört.«

»Ich auch nicht«, murmelte Tanis. »Zu schade, daß Tolpan und seine Karten nicht hier sind… Berem, warum…«

»Tanis!« schrie Goldmond.

Der Halb-Elf erhob sich bei dem Klang ihrer Stimme, seine Hand fuhr automatisch zu seinem nicht vorhandenen Schwert. Schwach erinnerte er sich, daß sein Gewicht ihn nach unten gezogen hatte. Er verfluchte sich, Flußwind nicht gebeten zu haben, an der Tür Wache zu halten. Jetzt konnte er nichts unternehmen, sondern nur den rotgekleideten Mann anstarren, der an der Türschwelle stand.

»Hallo«, sagte der Mann freundlich in der Umgangssprache.

Die roten Gewänder brachten Raistlins Bild mit solcher Wucht zurück, daß dem Halb-Elfen alles vor den Augen verschwamm. Einen Moment lang dachte er, es *wäre* Raistlin. Dann sah er es deutlich. Dieser Magier war älter – viel älter, und sein Gesicht wirkte freundlich.

»Wo sind wir?« fragte Tanis barsch. »Wer bist du? Warum wurden wir hierhergebracht?«

»*KreeaQUEKH*«, sagte der Mann voller Abscheu, drehte sich um und ging fort.

»Verdammt!« Tanis sprang vor in der Absicht, den Mann zu ergreifen und zurückzuziehen. Aber er spürte einen festen Griff an seiner Schulter.

»Warte«, rief Flußwind. »Beruhige dich, Tanis. Er ist ein Zauberkundiger. Du könntest ihn nicht bekämpfen, selbst wenn du dein Schwert hättest. Wir folgen ihm, mal sehen, wohin er geht. Wenn er über diesen Ort einen Zauber geworfen hat, muß er ihn vielleicht aufheben, um selbst wieder herauszukommen.«

Tanis holte tief Luft. »Du hast natürlich recht. Es tut mir leid. Ich weiß nicht, was mit mir los ist. Ich fühle mich so gespannt wie die Haut über einer Trommel. Wir folgen ihm. Goldmond, bleib mit Berem hier...«

»Nein!« schrie Berem. Er sprang auf und klammerte sich mit solcher Kraft an Tanis, daß er ihn beinahe umgeworfen hätte. »Laß mich nicht hier zurück! Tu es nicht!«

»Wir lassen dich nicht zurück!« sagte Tanis, während er versuchte, sich aus Berems todesähnlich starrem Griff zu befreien. »Nun, in Ordnung. Vielleicht sollten wir lieber alle zusammenbleiben.«

Sie eilten in den schmalen Korridor und dann zu der trostlosen, verlassenen Eingangshalle.

»Da ist er!« zeigte Flußwind.

Im schwachen Licht konnten sie gerade noch ein Stückchen von dem roten Gewand um eine Ecke gleiten sehen. Geräuschlos folgten sie. Der Korridor führte in einen anderen Korridor mit anderen Räumen, die von ihm abzweigten.

»Das war vorher nicht da!« rief Flußwind aus. »Sonst waren hier immer solide Wände.«

»Solide Illusionen«, murrte Tanis. Sie traten in den Korridor und sahen sich neugierig um. Räume mit den gleichen uralten, nicht zusammenpassenden Möbeln wie in ihrem Zimmer gingen zu beiden Seiten ab. Diese Räume waren auch leer, aber alle von dem gleichen seltsamen Licht beleuchtet. Vielleicht war es ein Wirtshaus. Wenn dem so war, dann waren sie offensichtlich die einzigen Kunden und würden vielleicht die einzigen für die nächsten hundert Jahre bleiben.

Sie setzten ihren Weg durch verfallene Korridore und riesige, säulengeschmückte Hallen fort. Es gab keine Zeit, die Umgebung zu untersuchen, nicht während sie dem rotgekleideten Mann folgten, der sich erstaunlich schnell fortbewegte. Zweimal dachten sie, ihn verloren zu haben, nur um dann wieder einen kurzen Blick auf die rote Robe zu erhaschen, die auf einer Wendeltreppe verschwand oder durch einen abzweigenden Gang flatterte.

An solch einer Verbindungsstelle hielten sie einen Moment inne, blickten in zwei abweichende Flure und fühlten sich verloren und enttäuscht.

»Wir teilen uns auf«, entschied Tanis nach einem Moment. »Aber geht nicht zu weit. Wir treffen uns wieder hier. Wenn du ihn siehst, Flußwind, pfeif einmal. Ich mache das gleiche.«

Flußwind und Goldmond nickten und glitten in den einen Flur, während Tanis und Berem, der praktisch auf seinen Fersen trippelte, den anderen durchsuchten.

Sie fanden nichts. Der Gang führte zu einem großen Saal, der genauso unheimlich beleuchtet war wie alles andere an diesem seltsamen Ort. Sollte er hineingehen oder umkehren? Nachdem er einen Augenblick gezögert hatte, entschied Tanis, einen kurzen Blick in den Saal zu werfen. In dem Raum stand nur ein runder Tisch. Und auf dem Tisch, erkannte er beim Nähertreten, lag eine bemerkenswerte Karte!

Tanis beugte sich über die Karte in der Hoffnung, einen Hinweis zu finden, wo sie waren und was das für ein geheimnisvoller Ort war. Die Karte war eine verkleinerte Wiedergabe einer Stadt! Von einer Kuppel aus klarem Kristall geschützt, war sie so genau im Detail dargestellt, daß Tanis das merkwürdige Gefühl hatte, daß die Stadt unterhalb der Kristallkuppel realer war als diejenige, in der er sich offensichtlich aufhielt.

»Zu schade, daß Tolpan nicht hier ist«, dachte er wehmütig und malte sich die Freude des Kenders aus.

Die Gebäude waren im uralten Stil erbaut; zierliche Türme erhoben sich in den kristallklaren Himmel, Licht funkelte von den weißen Kuppeln. Bogengänge aus Stein spannten sich über die mit Bäumen gesäumten Prachtstraßen. Die Straßen waren wie ein großes Spinnennetz angelegt und führten letztendlich im Stadtkern zusammen.

Berem zerrte nervös an Tanis' Ärmel, damit zum Ausdruck bringend, daß sie besser gehen sollten. Obwohl er sprechen konnte, war es offensichtlich, daß der Mann sich daran gewöhnt hatte oder es vielleicht vorzog zu schweigen.

»Ja, nur einen Moment«, sagte Tanis widerstrebend. Er hatte nichts von Flußwind gehört, und es bestand immerhin die Möglichkeit, daß diese Karte sie vielleicht aus diesem Ort führen konnte.

Er beugte sich über den Tisch und betrachtete die Miniaturen eingehender. Um den Stadtkern standen große Pavillons und säulengestützte Paläste. Gläserne Kuppeln beschützten Sommerblumen vor dem Winterschnee. Mitten im Herzen der Stadt erhob sich ein Gebäude, das Tanis vertraut vorkam, obwohl er wußte, daß er in seinem Leben niemals in dieser Stadt gewesen war. Dennoch erkannte er es wieder. Noch während er das Gebäude aufmerksam betrachtete und sich zu erinnern versuchte, sträubten sich seine Haare.

Es schien ein Tempel für die Götter zu sein. Und es war das schönste Bauwerk, das er je gesehen hatte, schöner als der Sonnenturm und der Sternenturm in den Elfenkönigreichen. Sieben Türme erstreckten sich in den Himmel, als ob sie die Götter für ihre Erschaffung priesen. Der mittlere Turm war höher als die übrigen, als ob er nicht die Götter pries, sondern mit ihnen im Wettstreit lag. Verwirrte Erinnerungen an seine Elfenlehrer kehrten zurück, brachten ihm Geschichten über die Umwälzung, Geschichten über den Königspriester...

Tanis schrak zurück, ihm stockte der Atem. Berem starrte ihn beunruhigt an, das Gesicht des Halb-Elfen war leichenblaß geworden.

»Was ist denn?« krächzte er ängstlich und klammerte sich an Tanis.

Der Halb-Elf schüttelte den Kopf. Er konnte nicht sprechen. Die entsetzliche Erkenntnis, wo sie waren und was vor sich ging, schlug über ihm zusammen wie die roten Wellen des Blutmeeres.

Verwirrt sah Berem auf die Karte. Die Augen des Mannes weiteten sich, dann kreischte er, ein Kreischen, so wie es Tanis noch nie in seinem Leben gehört hatte. Plötzlich warf Berem sich mit seinem Körper auf die Kristallkuppel und schlug auf sie, als ob er sie zerbrechen wollte.

»Die Stadt der Verdammung!« stöhnte Berem. »Die Stadt der Verdammung.«

Tanis versuchte ihn zu beruhigen, als er Flußwinds schrilles Pfeifen hörte. Er packte Berem und zog ihn vom Tisch weg. »Ich weiß«, sagte er. »Komm, wir müssen hier raus.«

Aber wie? Wie sollte man aus einer Stadt herauskommen, die angeblich vom Angesicht Krynns verschwunden war? Wie sollte man aus einer Stadt herauskommen, die am Grund des Blutmeeres liegen mußte? Wie sollte man aus...

Als er Berem durch die Tür des Kartenraums schob, blickte Tanis nach oben. Worte waren in Marmor eingemeißelt. Worte über eines der Wunder der Welt. Worte, deren Buchstaben nun schon fast unleserlich und mit Moos bedeckt waren. Aber er konnte sie entziffern.

Willkommen, o edler Besucher, in unserer schönen Stadt.
Willkommen in der von den Göttern geliebten Stadt.
Willkommen, geehrter Gast, in Istar.

Ich habe ihn einst getötet...

Ich habe gesehen, was du mit ihm getan hast! Du hast versucht, ihn zu töten!« schrie Caramon Par-Salian an. Als Oberhaupt des Turms der Erzmagier – des letzten Turms der Erzmagier im unheimlichen Wald von Wayreth – war Par-Salian der Ranghöchste des Ordens der Zauberkundigen auf Krynn.

Der junge Krieger hätte den verhutzelten alten Mann mit bloßen Händen erschlagen können. Er hatte sich in den vergangenen zwei Tagen eine Menge gefallen lassen müssen, aber nun war er mit seiner Geduld am Ende.

»Mord ist nicht unser Geschäft«, erwiderte Par-Salian mit seiner sanften Stimme. »Dein Bruder wußte, was ihn erwartet, wenn er sich einverstanden erklärt, sich diesen Prüfungen zu unterziehen. Er wußte, daß der Tod die Strafe für Versagen ist.«

»Er wußte es nicht wirklich«, murmelte Caramon und fuhr sich mit einer Hand über die Augen. »Und wenn er es wußte, kümmerte es ihn nicht. Manchmal trübt seine... seine Liebe zur Magie seine Vernunft.«

»Liebe? Nein.« Par-Salian lächelte traurig. »Ich glaube nicht, daß man es als Liebe bezeichnen kann.«

»Nun gut, was auch immer«, murrte Caramon. »Ihm war nicht bewußt, was du mit ihm vorhattest! Es ist alles so verdammt ernst...«

»Natürlich«, sagte Par-Salian nachsichtig. »Was würde mit dir geschehen, Krieger, wenn du in eine Schlacht treten würdest, ohne zu wissen, wie man mit dem Schwert umgeht?«

Caramon blickte finster. »Versuche nicht, dich herauszuwinden...«

»Was würde geschehen?« fragte Par-Salian hartnäckig.

»Es wäre mein Tod«, antwortete Caramon mit der umständlichen Geduld, die man im Gespräch mit einer älteren, senilen Person an den Tag legt. »Jetzt...«

»Nicht nur du würdest sterben«, fuhr Par-Salian fort, »sondern auch deine Kameraden, die von dir abhängen, könnten aufgrund deiner Unfähigkeit sterben.«

»Ja«, sagte Caramon ungeduldig und wollte seine Schimpferei fortsetzen. Dann hielt er jedoch inne und schwieg.

»Du verstehst, was ich sagen will«, sagte Par-Salian freundlich. »Wir verlangen die Prüfung nicht von allen, die Magie anwenden. Es gibt viele mit der Gabe, die durch das Leben gehen und mit den ersten grundlegenden Zaubersprüchen zufrieden sind, die in den Schulen unterrichtet werden. Als Hilfe im Alltagsleben sind sie ausreichend, und mehr wollen sie auch nicht. Aber manchmal kommt jemand wie dein Bruder. Für ihn ist die Gabe mehr als ein Werkzeug, um durch das Leben zu kommen.

Für ihn ist die Gabe das Leben. Er strebt nach Höherem. Er sucht Wissen und Macht, die gefährlich werden können – nicht nur für den Anwender, sondern auch für andere. Darum zwingen wir alle Zauberkundigen, die in die Bereiche der wahren Macht vorstoßen wollen, sich der Prüfung zu unterziehen. So können wir die Unfähigen aussondern…«

»Du hast dein Bestes getan, um Raistlin auszusondern!« knurrte Caramon. »Er ist nicht unfähig, sondern zerbrechlich, und jetzt ist er verletzt, vielleicht liegt er im Sterben!«

»Nein, er ist nicht unfähig. Ganz im Gegenteil. Dein Bruder war sehr gut, Krieger. Er hat all seine Feinde besiegt. Er hat ausgesprochen gekonnt gehandelt. Fast zu gekonnt.« Par-Salian wirkte nachdenklich. »Ich frage mich, ob jemand ein besonderes Interesse an deinem Bruder hat.«

»Ich weiß es nicht.« Caramons Stimme wurde hart. »Und es interessiert mich auch nicht. Ich weiß nur, daß ich dem ein Ende bereiten werde. Und zwar sofort.«

»Das kannst du nicht. Es ist dir nicht gestattet. Er liegt nicht im Sterben…«

»Du kannst mich nicht aufhalten!« erklärte Caramon kühl. »Magie! Tricks, um Kinder zum Lachen zu bringen! Wahre Macht! Pah! Dafür zu sterben lohnt sich nicht…«

»Dein Bruder glaubt daran«, entgegnete Par-Salian sanft. »Soll ich dir zeigen, wie sehr er an seine Magie glaubt? Soll ich dir wahre Macht zeigen?«

Par-Salian nicht beachtend, trat Caramon einen Schritt vor, entschlossen, das Leiden seines Bruders zu beenden. Dieser Schritt war sein letzter – zumindest für eine Zeit. Er stand unbeweglich, auf der Stelle festgefroren, als wären seine Füße im Eis gefangen. Caramon wurde von Furcht ergriffen. Es war das erste Mal in seinem Leben, daß er unter einem Zauber stand, und das hilflose Gefühl, völlig unter der Kontrolle eines anderen zu sein, war schrecklicher, als sechs axtschwingenden Goblins gegenüberzustehen.

»Paß auf.« Par-Salian begann seltsame Worte zu singen. »Ich werde dir jetzt eine Vision geben…«

Plötzlich sah Caramon sich selbst den Turm der Erzmagier betreten. Er blinzelte erstaunt. Er geht durch die Türen und durch die schaurigen Korridore! Das Bild war so real, daß Caramon voller Beunruhigung und Angst auf seinen eigenen Körper schaute, ob er auch wirklich hier wäre. Aber er war da. Er schien zur gleichen Zeit an zwei Orten zu sein. Wahre Macht. Der Krieger begann zu schwitzen, dann erbebte er vor Kälte.

Caramon – der Caramon in dem Turm – sucht seinen Bruder. Er wandert durch die leeren Korridore und ruft Raistlins Namen. Und schließlich findet er ihn.

Der junge Magier liegt auf dem kalten Steinboden. Blut fließt aus seinem Mund. Neben ihm liegt der Körper eines dunklen Elfen, tot – durch Raistlins Magie. Aber der Preis dafür ist schrecklich. Der junge Magier scheint selbst dem Tod nahe zu sein.

Caramon läuft zu seinem Bruder und hebt den zerbrechlichen Körper mit seinen starken Armen hoch. Er ignoriert Raistlins verzweifelte Bitten, ihn allein zu lassen, und macht sich daran, seinen Zwillingsbruder aus dem bösen Turm zu tragen. Er wird Raistlin von diesem Ort fortbringen, komme, was wolle.

Aber gerade als sie die Tür erreichen, sehen sie eine Geisterscheinung. Eine weitere Prüfung, denkt Caramon grimmig. Nun, dieser Prüfung wird Raistlin sich nicht unterziehen müssen. Sanft legt er seinen Bruder auf den Boden und wendet sich dieser Herausforderung zu.

Was dann geschieht, macht keinen Sinn. Der beobachtende Caramon blinzelt erstaunt. Er sieht sich einen Zauberspruch werfen! Er hat sein Schwert fallen lassen und hält seltsame Gegenstände in den Händen und beginnt Worte zu sprechen, die er nicht versteht! Blitze schießen aus seinen Händen! Die Geisterscheinung verschwindet mit einem Aufschrei.

Der richtige Caramon wirft Par-Salian einen verstörten Blick zu, aber der Magier schüttelt nur den Kopf und zeigt wortlos zu dem Bild, das vor Caramons Augen flackert. Ängstlich und verwirrt wendet sich Caramon wieder der Vision zu.

Raistlin erhebt sich langsam.

»Wie hast du das geschafft?« fragt Raistlin Caramon, der an der Mauer lehnt.

Caramon weiß es nicht. Wie konnte er etwas tun, wozu sein Bruder jahrelange Studien brauchte! Aber der Krieger sieht sich selbst eine schlagfertige Erklärung abgeben. Caramon sieht auch den schmerzlichen und gequälten Blick im Gesicht seines Bruders.

»Nein, Raistlin!« schreit der echte Caramon. »Es ist ein Trick! Ein Trick von diesem alten Mann! Ich kann so etwas nicht! Ich habe dir niemals deine Magie gestohlen! Niemals!«

Aber der Caramon in der Vision – großspurig und draufgängerisch – macht sich daran, seinen »kleinen« Bruder zu »befreien«.

Raistlin hebt seine Hände und hält sie seinem Bruder entgegen. Aber nicht, um ihn zu umarmen. Nein. Der junge Magier, krank und verletzt und verzehrt vor Eifersucht, beginnt die Worte eines Zaubers zu sprechen – den letzten Zauber, zu dem er noch Kraft hat.

Flammen blitzen aus Raistlins Händen. Das magische Feuer bauscht sich vor und verschlingt seinen Bruder…

Caramon sieht, vor Entsetzen wie gelähmt, zu, wie er in der Vision von dem Feuer verzehrt wird… Er sieht zu, wie sein Bruder auf dem kalten Steinboden zusammenbricht.

»Ncin! Raist…«

Kühle, sanfte Hände berührten sein Gesicht. Er konnte Stimmen hören, aber ihre Worte waren bedeutungslos. Er konnte verstehen, wenn er wollte. Aber er wollte sie nicht verstehen. Seine Augen waren geschlossen. Er konnte sie öffnen, aber er weigerte sich. Die Augen zu öffnen, die Worte zu verstehen – das würde seinen Schmerz nur real werden lassen.

»Ich muß mich ausruhen«, hörte Caramon sich sagen, dann sank er in die Dunkelheit zurück.

Wieder nähert er sich einem Turm, aber diesmal ist es ein anderer. Es ist der Sonnenturm in Silvanesti. Wieder ist Raistlin bei ihm, aber nun trägt sein Bruder die Schwarze Robe. Und jetzt ist es Raistlin, der Caramon hilft. Der große Krieger ist verletzt. Blut strömt ununterbrochen aus einer Speerwunde, die ihn fast seinen Arm gekostet hätte.

»Ich muß mich ausruhen«, sagt Caramon.

Sanft legt Raistlin ihn auf den Boden, macht es ihm bequem, lehnt ihn mit dem Rücken gegen den kalten Stein des Turms. Und dann macht Raistlin sich auf, ihn zu verlassen.

»Raist! Nein...«, schreit Caramon. »Du kannst mich hier nicht liegen lassen!«

Der verletzte, hilflose Krieger sieht Horden von untoten Elfen, von denen sie in Silvanesti angegriffen worden waren und die nur darauf warten, auf ihn loszustürmen. Nur eins hält sie noch zurück – die magische Macht seines Bruders.

»Raist! Laß mich nicht allein!« schreit er.

»Wie ist es, wenn man schwach und einsam ist?« fragt Raistlin ihn sanft.

»Raist! Mein Bruder...«

»Ich habe ihn schon einmal getötet, Tanis, ich kann es wieder tun!«

»Raist! Nein! Raist!«

»Caramon, bitte...« Eine andere Stimme, sanft. Sanfte Hände berührten ihn. »Caramon, bitte! Wach auf! Komm zurück, Caramon. Komm zu mir zurück. Ich brauche dich.«

Nein! Caramon schob diese Stimme weg. Er schob die sanften Hände weg. Nein, ich will nicht zurückkommen. Ich will nicht. Ich bin müde. Ich bin verletzt. Ich will mich ausruhen.

Aber die Hände, die Stimme ließen ihn nicht ausruhen.

Und jetzt fällt er, fällt in eine entsetzlich rote Finsternis. Skelettfinger umklammern ihn, augenlose Köpfe wirbeln an ihm vorbei, ihre Münder zu stummen Schreien geöffnet. Er holt Luft, dann versinkt er in Blut. Nach Atem ringend, findet er schließlich fast erstickt den Weg zur Oberfläche zurück und schnappt nach Luft. Raistlin! Aber nein, er ist verschwunden. Seine Freunde. Tanis. Auch verschwunden. Er sieht, wie er weggespült wird. Das Schiff. Verschwunden. Zerborsten. Matrosen verwundet, ihr Blut vermischt mit dem blutroten Meer.

Tika! Sie ist in seiner Nähe. Er zieht sie zu sich. Sie schnappt nach Luft. Aber er kann sie nicht festhalten. Das wirbelnde Wasser reißt sie aus seinen Armen und zieht ihn nach unten. Dieses Mal findet er die Oberfläche nicht mehr. Seine Lungen brennen, platzen. Tod... Ruhe... süße, warme...

Aber immer diese Hände! Sie ziehen ihn zurück zu der grauenhaften Oberfläche. Lassen ihn die brennende Luft einatmen. Nein, laß mich los!

Und dann andere Hände, die sich aus dem blutroten Wasser strecken. Feste Hände, sie ziehen ihn nach unten. Er fällt nach unten... unten... in die barmherzige Dunkelheit. Geflüsterte Worte der Magie besänftigen ihn, er atmet... atmet Wasser... und seine Augen sind geschlossen... das Wasser ist warm und tröstlich... Er ist wieder ein Kind.

Aber nicht ganz. Sein Zwillingsbruder fehlt.

Nein! Erwachen ist qualvoll. Laß mich für immer in diesem dunklen Traum schweben. Besser als der stechende, bittere Schmerz.

Aber die Hände ziehen ihn. Die Stimme ruft ihn.

»Caramon, ich brauche dich...«

Tika.

»Ich bin zwar kein Kleriker, aber ich glaube, es geht ihm gut. Laß ihn ruhig schlafen.«

Tika wischte schnell ihre Tränen weg, versuchte, stark und beherrscht zu erscheinen.

»Was... was war denn mit ihm?« Sie versuchte, ruhig zu fragen, konnte aber ein Schaudern nicht unterdrücken. »War er verwundet, als das Schiff... in den Strudel geriet? Seit Tagen ist er in diesem Zustand! Seitdem du uns gefunden hast.«

»Nein, ich glaube nicht. Wenn er verwundet gewesen wäre, hätten die Meer-Elfen ihn geheilt. Das war etwas anderes. Wer ist dieser Raist, von dem er immer spricht?«

»Sein Zwillingsbruder«, antwortete Tika zögernd.

»Was ist geschehen? Ist er gestorben?«

»Nein... nein. Ich bin mir nicht sicher, was geschehen ist. Caramon hat seinen Bruder sehr geliebt, und er... Raistlin hat ihn verraten.«

»Ich verstehe.« Der Mann nickte ernst. »So etwas geschieht dort oben. Und du fragst mich, warum ich hier unten lebe.«

»Du hast sein Leben gerettet!« sagte Tika. »Und ich kenne dich nicht... deinen Namen.«

»Zebulah«, antwortete der Mann lächelnd. »Und ich habe nicht sein Leben gerettet. Er ist aus Liebe zu dir zurückgekehrt.«

Tika senkte ihren Kopf, ihre roten Locken verbargen ihr Gesicht. »Ich hoffe es«, flüsterte sie. »Ich liebe ihn so sehr. Ich würde für ihn sterben, wenn es ihn retten könnte.«

Da sie jetzt sicher war, daß mit Caramon alles in Ordnung war, richtete Tika ihre Aufmerksamkeit auf diesen seltsamen Mann. Er war mittleren Alters, glatt rasiert; seine Augen waren so weitherzig und offen wie sein Lächeln. Er war ein Mensch und in die rote Robe gekleidet. Beutel hingen an seinem Gürtel.

»Du bist ein Magier«, sagte Tika plötzlich. »Wie Raistlin!«

»Ah, das erklärt alles.« Zebulah lächelte. »Als er mich in seinem Dämmerzustand gesehen hat, muß er sich an seinen Bruder erinnert haben.«

»Aber was machst du hier?« Tika sah sich zum ersten Mal in der seltsamen Umgebung um.

Sie hatte sie natürlich schon gesehen, als der Mann sie hierhergebracht hatte, aber in ihrer Sorge hatte sie nichts wahrgenommen. Jetzt bemerkte sie, daß sie sich in einer Kammer eines zerstörten Gebäudes befanden. Die Luft war warm und stickig. Pflanzen wuchsen üppig bei der feuchten Luft.

Es gab auch Möbel, so alt und ruiniert wie das Zimmer, die willkürlich aufgestellt waren. Caramon lag auf einem dreibeinigen Bett – die vierte Bettecke wurde von einem Stapel alter, moosbedeckter Bücher gestützt. Dünne Wasserbäche tröpfelten wie kleine, glitzernde Schlangen von einer Steinwand herab, die vor Feuchtigkeit glänzte. Tatsächlich glänzte alles vor Feuchtigkeit und spiegelte das blasse, unheimlich grüne Licht wider, das von dem Moos an der Wand herunterfunkelte.

Das Moos war überall, in jeder Farbe und jeder Art. Dunkelgrün, goldgelb, korallenrot – es kletterte die Wände hoch und wand sich über die kuppelförmige Decke.

»Was mache *ich* hier?« murmelte sie. »Und was *ist* hier?«

»Hier ist... Nun, vermutlich kannst du *hier* sagen«, antwortete Zebulah freundlich. »Die Meer-Elfen haben euch vor dem Ertrinken gerettet, und ich habe euch hierhergebracht.«

»Meer-Elfen? Ich habe nie von Meer-Elfen gehört«, sagte Tika und sah sich neugierig um, als ob eine im Schrank versteckt sein könnte. »Und ich erinnere mich nicht, daß Elfen mich gerettet haben. Ich kann mich nur noch an so etwas wie riesige, sanfte Fische erinnern...«

»Oh, du brauchst dich nicht nach Meer-Elfen umzusehen. Du wirst sie nicht sehen. Sie fürchten und mißtrauen Kreea-QUEKH – *Luftatmern*, in ihrer Sprache. Und jene Fische *waren* die Meer-Elfen. Nur in dieser Gestalt zeigen sie sich den Kreea-QUEKH. Ihr nennt sie Delphine.«

Caramon bewegte sich und stöhnte im Schlaf. Tika legte ihre Hand auf seine Stirn, strich sein feuchtes Haar aus dem Gesicht, beruhigte ihn.

»Warum haben sie dann unser Leben gerettet?« fragte sie.

»Kennst du Elfen?« fragte Zebulah.

»Ja«, antwortete Tika weich, an Laurana denkend.

»Dann weißt du auch, daß für alle Elfen das Leben heilig ist.«

»Ich verstehe.« Tika nickte. »Und wie die Elfen auf dem Land sagen sie sich von der Welt los, statt ihr zu helfen.«

»Sie tun, was sie können, um zu helfen«, wies Zebulah sie streng zurecht. »Urteile nicht über etwas, das du nicht verstehst, junge Frau.«

»Es tut mir leid«, sagte Tika und errötete. Sie wechselte das Thema. »Aber du bist ein Mensch. Warum...«

»Warum ich hier bin? Ich habe weder Zeit noch Lust, dir meine Geschichte zu erzählen, denn offensichtlich würdest du mich nicht verstehen. Auch die anderen nicht.«

Tika hielt den Atem an. »Es gibt noch andere? Hast du noch andere von unserem Schiff gesehen... unsere Freunde?«

Zebulah zuckte mit den Schultern. »Es sind *immer* andere hier unten. Es gibt unendlich viele Ruinen hier, und in vielen sind kleine Luftlöcher. Diejenigen, die wir retten, bringen wir in die am nächsten gelegenen Gebäude. Was deine Freunde betrifft, dazu kann ich nichts sagen. Wenn sie mit euch auf dem Schiff waren, sind sie wahrscheinlich gestorben. Die Meer-Elfen haben für die Toten die entsprechenden Rituale durchgeführt und ihre Seelen auf den Weg geschickt.« Zebulah erhob sich. »Es freut mich, daß dein junger Freund überlebt hat. Es gibt hier genug zum Essen. Die meisten Pflanzen sind eßbar. Wenn du möchtest, kannst du in den Ruinen spazierengehen. Ich habe sie mit einem Zauber belegt, damit du nicht in das Meer gerätst und ertrinkst. Bring hier alles in Ordnung. Du wirst noch mehr Möbel...«

»Aber warte!« schrie Tika. »Wir können hier nicht bleiben! Es gibt doch sicher einen Weg nach oben?«

»Alle fragen mich danach«, sagte Zebulah mit einer Spur von Ungeduld. »Und offen gesagt, denke ich auch so. Es *muß* einen Weg nach oben geben. Manche scheinen ihn zufällig zu finden. Dann gibt es noch solche, die einfach entscheiden, daß sie hierbleiben wollen – so wie ich. Ich habe mehrere alte Freunde, die seit Jahren hier leben. Aber, überleg es dir. Sieh dich um. Aber achte darauf, in den Teilen der Ruinen zu bleiben, die wir hergerichtet haben.« Er wandte sich zur Tür.

»Warte! Geh nicht!« Tika sprang auf und lief hinter dem rotgekleideten Magier her. »Du könntest meine Freunde sehen. Du könntest ihnen sagen...«

»Oh, das bezweifle ich«, erwiderte Zebulah. »Um die Wahrheit zu sagen – und keine Beleidigung, junge Frau –, ich habe genug von deiner Unterhaltung. Je länger ich hier lebe, um so mehr verärgern mich solche KreeaQUEKH wie du. Immer in Eile. Niemals zufrieden mit einem Ort. Du und dein junger Freund, ihr wäret viel glücklicher hier unten auf dieser Welt als oben in der anderen. Aber nein, ihr bringt euch selbst um bei dem Versuch, einen Weg zurück zu finden. Und was erwartet euch oben? Verrat!« Er warf einen kurzen Blick auf Caramon.

»Oben ist Krieg!« schrie Tika leidenschaftlich. »Die Leute leiden. Kümmert dich das nicht?«

»Die Leute oben leiden immer«, antwortete Zebulah. »Es gibt nichts, was *ich* dagegen unternehmen könnte. Nein, es kümmert mich nicht. Wohin bringt es dich? Wohin hat es ihn gebracht?« drehte sich um und schlug die klapprige Tür beim Hinausgehen hinter sich zu.

Tika starrte dem Mann unsicher nach, fragte sich, ob sie ihm nicht nachlaufen und ihn festhalten sollte. Er war offenbar ihre einzige Verbindung zu der Welt *dort oben*. Wo auch immer *hier unten* war...

»Tika...«

»Caramon!« Zebulah vergessend, lief Tika zu dem Krieger, der gerade versuchte, sich aufzurichten.

»Wo im Namen der Hölle sind wir?« fragte er und sah sich mit weit aufgerissenen Augen um. »Was ist passiert? Das Schiff...«

»Ich... ich weiß es nicht genau«, stammelte Tika. »Fühlst du dich kräftig genug, um zu sitzen? Vielleicht solltest du lieber liegen...«

»Mir geht es gut«, schnappte Caramon. Als sie vor seiner Grobheit zusammenzuckte, streckte er seine Arme aus und zog sie an sich. »Es tut mir leid, Tika. Verzeih mir. Es ist nur... ich...« Er schüttelte den Kopf.

»Ich verstehe«, sagte Tika leise. Sie legte ihren Kopf an seine Brust und erzählte ihm von Zebulah und den Meer-Elfen. Caramon hörte zu, blinzelte verwirrt, während er langsam die Neuigkeiten verdaute. Mit finsterem Blick sah er zur Tür.

»Ich wünschte, ich wäre wach gewesen«, murmelte er. »Dieser Zebulah kennt mit großer Wahrscheinlichkeit den Weg nach oben. Ich hätte ihn schon dazu gebracht, ihn uns zu zeigen.«

»Da bin ich mir nicht so sicher«, sagte Tika zweifelnd. »Er ist ein Zauberkundiger wie...« Sie brach eilig ab. Als sie den Schmerz in Caramons Gesicht sah, schmiegte sie sich enger an ihn und streichelte sein Gesicht.

»Weißt du, Caramon«, sagte sie leise, »irgendwie hat er recht. Wir *könnten* hier unten glücklich sein. Ist dir klar, daß wir zum ersten Mal allein sind? Ich meine, richtig allein, nur du und ich? Und es ist irgendwie so ruhig und friedlich und schön. Das schimmernde Licht von dem Moos ist so weich und heimelig, nicht so grob und stechend wie das Sonnenlicht. Und hör das Wasser murmeln, es singt für uns. Dann diese uralten Möbel, dieses lustige Bett…«

Tika verstummte. Sie spürte Caramons Arme um ihren Körper. Seine Lippen fuhren über ihr Haar. Ihre Liebe zu ihm wallte in ihr auf, ließ ihr Herz vor Schmerz und Verlangen fast stillstehen. Schnell schlang sie ihre Arme um ihn, hielt ihn fest, spürte sein Herz gegen ihr Herz schlagen.

»O Caramon!« flüsterte sie atemlos. »Laß uns glücklich sein! Bitte! Ich… ich weiß, daß wir irgendwann gehen müssen. Wir müssen die anderen finden und zu der Welt nach oben zurückkehren. Aber jetzt, laß uns allein sein – nur du und ich!«

»Tika!« Caramon umklammerte sie, drückte sie an sich, als ob er ihre Körper zu einem verschmelzen wollte, zu einem einzigen Lebewesen. »Tika, ich liebe dich! Ich… ich habe dir schon einmal gesagt, daß ich erst mit dir zusammensein kann, wenn ich mich völlig dir hingeben kann. Ich kann es nicht – noch nicht.«

»Doch, du kannst!« sagte Tika heftig. Sie schob sich von ihm fort und sah ihm in die Augen. »Raistlin ist nicht mehr da, Caramon! Du kannst jetzt dein eigenes Leben führen!«

Caramon schüttelte sanft den Kopf. »Raistlin ist immer noch ein Teil von mir. Er wird es immer sein, so wie ich immer ein Teil von ihm sein werde. Kannst du das verstehen?«

Nein, sie konnte es nicht, aber sie nickte trotzdem, ließ ihren Kopf hängen.

Lächelnd holte Caramon Luft. Dann legte er seine Hand unter ihr Kinn und hob ihren Kopf. Ihre Augen sind wunderschön, dachte er. Grün, mit braunen Pünktchen. Jetzt schimmerten sie von Tränen. Ihre Haut war gebräunt, und sie hatte mehr Sommersprossen als sonst, und sie waren ihr lästig. Tika würde sieben Jahre ihres Lebens für eine makellose Haut, wie Laurana sie hatte, geben. Aber Caramon liebte jede Sommersprosse, er liebte ihr krauses, lockiges rotes Haar.

Tika sah die Liebe in seinen Augen. Sie hielt den Atem an. Er zog sie näher zu sich. Sein Herz klopfte schneller, als er flüsterte: »Ich gebe dir alles, was ich von mir geben kann, Tika, wenn du dich damit zufriedengibst. Ich wünschte um deinetwillen, es wäre mehr.«

»Ich liebe dich!« sagte sie nur und umarmte ihn.

Er wollte sichergehen, daß sie verstanden hatte. »Tika…«, begann er.

»Pst, Caramon…«

Apoletta

Nach einer langen Verfolgungsjagd durch die Straßen einer Stadt, deren zerfallende Schönheit für Tanis ein Greuel war, betraten sie einen der Paläste im Zentrum. Sie liefen durch einen ausgestorbenen Garten und einen Korridor, bogen um eine Ecke und blieben stehen. Der rotgekleidete Mann war nirgendwo zu sehen.

»Stufen!« sagte Flußwind plötzlich. Tanis sah, daß sie oben auf einer Marmortreppe standen, die steil abfiel. Darum also hatten sie den Mann aus den Augen verloren. Weiter unten konnten sie wieder die rote Robe flattern sehen.

»Bleibt im Schatten der Mauer«, warnte Flußwind, als er sie zu einer Treppenseite führte. Die Treppe bot so viel Platz, daß fünfzig Männer nebeneinander hätten hinuntergehen können.

Verblaßte und rissige Wandgemälde waren immer noch so lebensecht erhalten, daß Tanis wieder den Eindruck bekam, daß die dargestellten Personen lebendiger waren als er. Vielleicht hatten einige genau an dieser Stelle gestanden, als das feurige Gebirge auf den Tempel des Königspriesters gestürzt war... Er setzte seinen Weg fort und versuchte, nicht daran zu denken.

Nach etwa zwanzig Stufen kamen sie zu einem breiten Treppenabsatz, der mit lebensgroßen silbernen und goldenen Statuen geschmückt war. Von dort führten die Stufen weiter nach unten zu einem anderen Treppenabsatz, dann folgten noch mehr Stufen, und so ging es weiter, bis sie alle erschöpft waren und nach Luft rangen. Immer noch flatterte vor ihnen die rote Robe.

Plötzlich nahm Tanis eine Veränderung in der Luft wahr. Sie wurde feuchter, ein starker Geruch von Meer. Als er lauschte, hörte er das schwache Geräusch von Wasser, das gegen Stein plätscherte. Flußwind berührte seinen Arm und zog ihn in den Schatten zurück. Sie waren nahe am Ende der Stufen angelangt. Der rotgekleidete Mann stand auf der untersten Stufe und spähte in einen dunklen Teich, der sich vor ihm in eine riesige, düstere Höhle erstreckte.

Der rotgekleidete Mann kniete am Rand des Wassers nieder. Und dann bemerkte Tanis eine andere Gestalt im Wasser! Er konnte im Fackelschein Haare glänzen sehen – sie hatten einen blassen, grünlichen Schimmer. Zwei schlanke weiße Arme ruhten auf den Steinstufen, der Rest der Gestalt war unter Wasser. Der Kopf der Gestalt lag auf ihren Armen in einem Zustand völliger Entspanntheit. Der rotgekleidete Mann streckte eine Hand aus und berührte sanft die Gestalt im Wasser. Sie hob ihren Kopf.

»Ich habe gewartet«, sagte eine Frauenstimme anklagend.

Tanis keuchte. Die Frau sprach in der Elfensprache! Jetzt

konnte er ihr Gesicht sehen, die großen, strahlenden Augen, die spitz zulaufenden Ohren, die zarten Gesichtszüge...

Eine Meer-Elfe!

Bruchstücke von Geschichten aus seiner Kindheit fielen Tanis wieder ein, während er versuchte, der Unterhaltung zwischen dem rotgekleideten Mann und der Elfenfrau, die ihn liebevoll anlächelte, zu folgen.

»Es tut mir leid, Liebste«, entschuldigte sich der rotgekleidete Mann in der Elfensprache und setzte sich zu ihr. »Ich habe nach dem jungen Mann gesehen, dessentwegen du dir Sorgen gemacht hast. Es geht ihm jetzt gut. Aber er war nahe dran. Du hattest recht. Er *wollte* unbedingt sterben. Irgend etwas wegen seines Bruders, eines Magiers, der ihn verraten hat.«

»Caramon!« murmelte Tanis. Flußwind sah ihn fragend an. Der Barbar konnte der Elfenunterhaltung natürlich nicht folgen. Tanis schüttelte den Kopf, er wollte nicht verpassen, was der Mann sonst noch erzählte.

»*QueaKI'ICHKeecx*«, sagte die Frau verächtlich. Tanis war verwirrt, dieses Wort war sicher nicht elfisch!

»Ja!« Der Mann runzelte die Stirn. »Nachdem ich mich vergewissert hatte, daß die beiden in Sicherheit sind, ging ich zu den anderen. Einer von ihnen – ein Bärtiger, ein Halb-Elf – sprang mich an, als ob er mich verschlingen wollte! Den anderen, die wir gerettet haben, geht es gut.«

»Die Toten haben wir den Ritualen entsprechend aufgebahrt«, sagte die Frau, und Tanis konnte den uralten Kummer in ihrer Stimme hören, den Kummer der Elfen um den Verlust von Leben.

»Ich hätte sie gern gefragt, was sie im Blutmeer von Istar zu suchen hatten. Ich habe niemals davon gehört, daß ein Kapitän so dumm ist, sich in den Mahlstrom zu wagen. Das Mädchen hat mir erzählt, daß oben Krieg sei. Vielleicht blieb ihnen nichts anderes übrig.«

Die Elfenfrau spritzte spielerisch den rotgekleideten Mann naß.

»Dort oben ist *immer* Krieg. Du bist zu neugierig, mein Geliebter. Manchmal glaube ich, du könntest mich verlassen und in deine Welt zurückkehren. Besonders wenn du mit diesen *KreeaQUEKH* geredet hast.«

Tanis hörte eine Spur aufrichtiger Sorge in der Stimme der Frau, obwohl sie immer noch verspielt den Mann naßspritzte.

Der rotgekleidete Mann lehnte sich vor und küßte ihr nasses grünliches Haar, das im Licht der flackernden Fackel, die über ihnen an der Wand hing, glänzte. »Nein, Apoletta. Laß sie ihre Kriege führen, und laß ihnen die Brüder, die ihre Brüder verraten. Laß sie ihre ungestümen Halb-Elfen und ihre dummen Kapitäne haben. Solange meine Magie mir dient, werde ich unter den Wellen bleiben...«

»Um auf ungestüme Halb-Elfen zu sprechen zu kommen«, unterbrach Tanis ihn in der Elfensprache, während er schnell die Stufen hinunterschritt. Flußwind, Goldmond und Berem folgten ihm, obwohl sie keine Ahnung hatten, worüber geredet wurde.

Der Mann wendete beunruhigt seinen Kopf. Die Elfenfrau verschwand so schnell im Wasser, daß sich Tanis einen Moment lang fragte, ob er sich ihre Existenz vielleicht nicht ausgedacht hätte. Nicht eine kleine Welle auf der dunklen Oberfläche verriet, wo sie gewesen war. Als Tanis die unterste Stufe erreicht hatte, konnte er die Hand des Zauberkundigen eben noch ergreifen, als dieser gerade der Meer-Elfe ins Wasser folgen wollte.

»Warte! Ich werde dich *nicht* verschlingen!« bat Tanis. »Es tut mir leid, wie ich mich verhalten habe. Ich weiß, es macht keinen guten Eindruck, dir so nachzuschleichen, wie wir es getan haben. Aber uns blieb nichts anderes übrig! Ich weiß, ich kann dich nicht aufhalten, wenn du einen Zauber wirfst. Ich weiß, daß du mich in Flammen aufgehen lassen könntest oder mich einschläfern oder mich in Spinnweben einhüllen oder hundert andere Dinge. Ich war mit Magiern zusammen. Aber würdest du uns bitte zuhören? Bitte hilf uns. Ich habe dich von zweien unserer Freunde reden hören – ein großer Mann und ein Mädchen. Du hast gesagt, daß der Mann fast gestorben wäre –

sein Bruder hätte ihn verraten. Wir wollen sie finden. Willst du uns nicht sagen, wo sie sind?«

Der Mann zögerte.

Tanis redete eilig und zusammenhanglos weiter in seinem Versuch, den Mann festzuhalten, der ihnen helfen könnte. »Ich habe die Frau hier mit dir gesehen. Ich hörte sie sprechen. Ich weiß, was sie ist. Eine Meer-Elfe, nicht wahr? Du hast recht. ich bin ein Halb-Elf. Aber ich bin bei den Elfen aufgewachsen und kenne ihre Legenden. Ich dachte, daß es nur Legenden wären. Aber auch bei Drachen dachte ich, daß sie nur eine Legende wären. Oben in der Welt *herrscht* Krieg. Und du hast recht. Irgendwo scheint *immer* Krieg zu herrschen. Aber dieser Krieg wird sich nicht auf die Wasseroberfläche beschränken. Wenn die Königin der Finsternis siegt, kannst du sicher sein, daß sie von der Existenz der Meer-Elfen erfährt. Ich weiß nicht, ob es hier auch Drachen gibt, aber...«

»Es gibt Meer-Drachen, Halb-Elf«, sagte eine Stimme, und die Elfenfrau tauchte wieder aus dem Wasser auf. Sie glitt durch das dunkle Wasser, bis sie die Steinstufen erreicht hatte. Sie legte ihre Hände auf die Stufen und sah mit leuchtendgrünen Augen zu ihm auf. »Und wir haben Gerüchte über ihre Rückkehr gehört. Jedoch haben wir ihnen nicht geglaubt. Wir wußten nicht, daß die Drachen erwacht waren. Wessen Schuld war das?«

»Spielt das eine Rolle?« fragte Tanis erschöpft. »Sie haben die uralte Heimat zerstört. Silvanesti ist jetzt ein Land der Alpträume. Die Qualinesti wurden aus ihrer Heimat vertrieben. Die Drachen töten und verbrennen alles. Nichts, niemand ist sicher. Die Dunkle Königin hat nur eine Absicht – die Herrschaft über alles, was lebt, zu gewinnen. Werdet ihr sicher sein? Selbst hier unten? Denn ich nehme an, daß wir uns unten im Meer befinden.«

»Du hast recht, Halb-Elf«, sagte der rotgekleidete Mann seufzend. »Ihr seid unten im Meer in den Ruinen der Stadt Istar. Die Meer-Elfen haben euch gerettet und hierhergebracht, so wie sie es mit allen Schiffbrüchigen tun. Ich weiß, wo eure

Freunde sind, und kann euch zu ihnen führen. Darüber hinaus weiß ich nichts, was ich für euch tun könnte.«

»Uns hier hinausbringen«, sagte Flußwind kategorisch, der die Unterhaltung zum ersten Mal verstand. Zebulah hatte in der Umgangssprache geredet. »Wer ist diese Frau, Tanis? Sie sieht elfisch aus.«

»Sie ist eine Meer-Elfe. Sie heißt...«, Tanis stockte.

»Apoletta«, sagte die Elfenfrau lächelnd. »Verzeiht mir, daß ich euch nicht richtig begrüßen kann, aber wir bekleiden unsere Körper nicht wie ihr *KreeaQUEKH*. Selbst nach all diesen Jahren kann ich meinen Gatten nicht überreden, damit aufzuhören, seinen Körper mit dieser lächerlichen Robe zu bedecken, wenn er sich an Land befindet. Er bezeichnet es als Schamgefühl. Darum will ich weder euch noch ihn in Verlegenheit bringen und nicht aus dem Wasser steigen, um euch angemessen zu begrüßen.«

Tanis, der rot geworden war, übersetzte die Worte der Elfenfrau seinen Freunden. Goldmonds Augen weiteten sich. Berem schien nicht zuzuhören, er war in eine Art inneren Traum verloren, ihm war nur vage bewußt, was um ihn herum geschah. Flußwinds Miene veränderte sich nicht. Offenbar konnte ihn nichts mehr erschüttern, was er über Elfen hörte.

»Jedenfalls haben uns die Meer-Elfen gerettet«, fuhr Tanis fort. »Wie alle Elfen betrachten sie das Leben als heilig und helfen jedem, der im Meer verloren ist oder ertrinkt. Dieser Mann, ihr Gatte...«

»Zebulah«, sagte er und reichte ihnen seine Hand.

»Ich bin Tanis, der Halb-Elf, Flußwind und Goldmond vom Stamm der Que-Shu und Berem...«, stammelte Tanis und verstummte, nicht genau wissend, was er sagen sollte.

Apoletta lächelte höflich, aber dann verschwand ihr Lächeln. »Zebulah«, sagte sie, »such die Freunde, von denen der Halb-Elf redet, und bring sie hierher.«

»Wir könnten mit dir gehen«, bot Tanis an. »Wenn du schon dachtest, daß ich dich verschlingen würde, kann ich nicht dafür garantieren, was Caramon tun wird...«

»Nein«, sagte Apoletta kopfschüttelnd. »Schick die Barbaren, Halb-Elf. Du bleibst hier. Ich möchte mit dir reden und mehr über den Krieg erfahren, der uns, wie du sagst, in Gefahr bringen könnte. Es macht mich traurig zu erfahren, daß die Drachen erwacht sind. Wenn das stimmt, befürchte ich, daß du recht hast. Unsere Welt wird nicht länger sicher sein.«

»Ich komme bald zurück, Liebste«, sagte Zebulah.

Apoletta reichte ihrem Gatten die Hand. Er nahm sie, führte sie an seine Lippen und küßte sie sanft. Dann ging er. Tanis übersetzte schnell für Flußwind und Goldmond, die sich sofort bereit erkärten, Caramon und Tika zu suchen.

Als sie Zebulah zurück durch die unheimlichen, zerstörten Straßen folgten, erzählte er ihnen Geschichten über den Fall von Istar und wies beim Vorbeigehen auf verschiedene Sehenswürdigkeiten.

»Seht ihr...«, erklärte er, »als die Götter das feurige Gebirge auf Krynn schleuderten, schlug es auf Istar ein und bildete einen riesigen Krater im Land. Das Meereswasser stürzte hinein und füllte die Leere auf und schuf das, was als das Blutmeer bekannt ist. Viele Gebäude in Istar wurden zerstört, aber einige überlebten, und hier und dort behielten sie kleine Luftlöcher. Die Meer-Elfen fanden heraus, daß dies ein hervorragender Platz für die Seeleute sei, die sie aus gekenterten Schiffen retteten. Die meisten von ihnen fühlten sich bald wie zu Hause.«

Der Magier sprach mit einer Spur von Stolz, die Goldmond amüsant fand, aber sie war höflich genug, es nicht zu zeigen. Es war der Besitzerstolz, als ob die Ruinen Zebulah gehörten und er sie zum Vergnügen der Öffentlichkeit hergerichtet hätte.

»Aber du bist ein Mensch. Du bist kein Meer-Elf. Warum lebst du hier?« fragte Goldmond.

Der Magier lächelte, seine Augen blickten zurück in die Vergangenheit. »Ich war jung und gierig«, sagte er leise, »immer in der Hoffnung, einen schnellen Weg zum Reichtum zu finden. Meine magischen Künste führten mich in die Tiefen des Ozeans auf der Suche nach dem verlorenen Schatz von Istar. Ich *fand* Reichtümer, aber nicht Gold oder Silber.

Eines Abends sah ich Apoletta in den Seewäldern schwimmen. Ich sah sie, bevor sie mich sah, bevor sie ihre Gestalt ändern konnte. Ich verliebte mich in sie... und ich habe mich lange Zeit um sie bemüht, bis sie die Meine wurde. Sie kann oben nicht leben, und nachdem ich so lange in Frieden und ruhiger Schönheit hier unten gelebt hatte, wußte ich, daß auch ich auf der Welt oben kein Leben mehr führen könnte. Aber gelegentlich bereitet es mir Vergnügen, mit Menschen zu reden, und darum wandere ich in den Ruinen umher, um nachzusehen, wen die Elfen hergebracht haben.«

Goldmond sah sich um, als Zebulah eine Pause machte. »Wo ist denn der legendäre Tempel des Königspriesters?« fragte sie.

Ein Schatten fuhr über das Gesicht des Magiers. Sein freundlicher Blick bekam einen Ausdruck tiefen Grams, vermischt mit Ärger.

»Es tut mir leid«, sagte Goldmond schnell. »Ich wollte dir keinen Kummer bereiten...«

»Nein, es ist in Ordnung«, sagte Zebulah mit einem kurzen, traurigen Lächeln. »Eigentlich tut es mir gut, mich an diese schrecklich düstere Zeit zu erinnern. Ich vergesse gern bei meinen täglichen Streifzügen, daß dies einst eine Stadt der Freude, des Kummers, des Lebens und der atemberaubendsten Dinge war. Kinder spielten in den Straßen – sie spielten auch an jenem schrecklichen Abend, als die Götter das feurige Gebirge hinunterwarfen.«

Einen Moment lang schwieg er, dann fuhr er mit einem Seufzen fort.

»Du fragst, wo der Tempel steht. Es gibt ihn nicht mehr. An der Stelle, wo der Königspriester gestanden und den Göttern seine hochmütigen Forderungen zugeschrien hat, ist jetzt ein dunkles Loch. Obwohl mit Meereswasser gefüllt, lebt dort nichts. Niemand kennt seine Tiefe, denn die Meer-Elfen wagen nicht, sich ihm zu nähern. Ich habe so lange in das dunkle, stehende Wasser geschaut, bis ich das Entsetzen nicht mehr ertragen konnte, und ich glaube nicht, daß diese Dunkelheit zu einem Grund führt. Das Loch ist so tief wie das Herz des Bösen.«

Zebulah hielt in einer Straße an und sah Goldmond aufmerksam an. »Die Schuldigen wurden bestraft. Aber warum die Unschuldigen? Warum mußten sie leiden? Du trägst das Medaillon von Mishakal, der Göttin der Heilkunst. Verstehst du es? Hat die Göttin es dir erklärt?«

Goldmond zögerte, über diese Frage verstört, da sie selbst nach der Antwort suchte. Flußwind stand neben ihr, wie immer streng und schweigend seine Gedanken verbergend.

»Ich habe mir diese Frage oft gestellt«, stammelte Goldmond. Sie trat näher zu Flußwind, berührte seinen Arm mit ihrer Hand, als ob sie sich vergewissern wollte, daß er in der Nähe war. »Einst wurde ich in einem Traum bestraft für meine Fragen, für meinen fehlenden Glauben. Bestraft mit dem Verlust desjenigen, den ich liebe.« Flußwind legte seinen starken Arm um sie und zog sie eng an sich. »Aber immer wenn ich mich wegen meiner Fragen schäme, werde ich daran erinnert, daß es ebendiese Fragen waren, die mich zu den alten Göttern geführt haben.«

Einen Moment lang schwieg sie. Flußwind streichelte über ihr silbergoldenes Haar, und sie sah lächelnd zu ihm hoch. »Nein«, sagte sie leise zu Zebulah, »ich kenne die Lösung dieses Rätsels nicht. Ich frage immer noch. Ich brenne immer noch vor Zorn, wenn ich die Unschuldigen leiden und die Schuldigen belohnt sehe. Aber ich weiß jetzt, daß mein Zorn wie ein Schmiedefeuer sein kann. In seiner Hitze wird der unbehandelte Erzklumpen, das heißt meine Seele, erwärmt und geformt zu dem glänzenden, stählernen Stab, der mein Glaube ist. Dieser Stab stützt mein schwaches Fleisch.«

Zebulah musterte Goldmond schweigend, als sie mitten in den Ruinen von Istar stand, ihr silbergoldenes Haar glänzte wie das Sonnenlicht, das niemals die zerstörten Gebäude berühren würde. Die vollendete Schönheit ihres Gesichts war gezeichnet von den Erlebnissen in den dunklen Straßen, durch die sie gereist war. Jedoch beeinträchtigten diese Spuren des Leidens und der Verzweiflung keineswegs ihre Schönheit, sondern verstärkten sie nur noch. In ihren Augen lag Weisheit, jetzt bereichert von der großen Freude ihres Wissens, daß sie in ihrem Leib ein neues Leben trug.

Der Blick des Magiers wanderte zu dem Mann, der die Frau so sanft in seinen Armen hielt. Auch sein Gesicht trug die Spuren eines langen, qualvollen Weges. Auch wenn dieses Gesicht immer streng und gleichmütig aussehen würde, seine tiefe Liebe zu dieser Frau zeigte sich deutlich in den dunklen Augen des Mannes und in seiner sanften Berührung.

Vielleicht habe ich einen Fehler begangen, so lange hierzubleiben, dachte Zebulah, der sich plötzlich alt und traurig fühlte. Vielleicht hätte ich helfen können, wenn ich oben geblieben wäre und meinen Zorn gebraucht hätte – so wie diese beiden –, um Antworten zu finden. Statt dessen habe ich meinen Zorn an meiner Seele nagen lassen, bis es leichter schien, ihn hier unten zu vergessen.

»Wir sollten nicht länger warten«, sagte Flußwind abrupt. »Caramon wird schnell auf die Idee kommen, uns zu suchen, wenn er es nicht bereits tut.«

»Ja«, sagte Zebulah. »Wir sollten gehen, obwohl ich nicht glaube, daß der junge Mann und die Frau schon aufgebrochen sind. Er war sehr schwach...«

»War er verletzt?« fragte Goldmond besorgt.

»Nicht am Körper«, erwiderte Zebulah, während sie ein baufälliges Gebäude betraten. »In seiner Seele war er verletzt. Ich konnte das erkennen, schon bevor mir das Mädchen von seinem Zwillingsbruder erzählte.«

Eine dunkle Linie bildete sich zwischen Goldmonds Augenbrauen, ihre Lippen preßten sich zusammen.

»Entschuldige mich, Dame von den Ebenen«, sagte Zebulah mit einem leichten Lächeln, »aber ich sehe, daß das Schmiedefeuer, von dem du gesprochen hast, in deinen Augen lodert.«

Goldmond errötete. »Ich habe dir gesagt, daß ich immer noch schwach bin. Ich sollte in der Lage sein, Raistlin und das, was er seinem Bruder angetan hat, ohne weiteres zu akzeptieren. Ich sollte den Glauben haben, daß dies alles Teil des größeren Guten ist, das ich nicht begreifen kann. Aber leider kann ich es nicht. Ich kann nur beten, daß die Götter ihn aus meinem Weg halten.«

»Ich nicht«, sagte Flußwind plötzlich mit barscher Stimme. »Ich nicht«, wiederholte er grimmig.

Caramon starrte in die Dunkelheit. Tika, in seine Arme gekuschelt, war schnell eingeschlafen. Er spürte ihr Herz schlagen, er hörte sie leise atmen. Er fuhr mit seiner Hand durch ihre roten Locken, die über seine Schulter flossen, aber Tika bewegte sich bei seiner Berührung, und er hörte sofort auf, aus Angst, sie zu wecken. Sie soll sich ausruhen. Nur die Götter wissen, wie lang sie nicht geschlafen und über ihn gewacht hatte. Sie würde ihm das niemals erzählen, das wußte er. Als er sie gefragt hatte, hatte sie nur gelacht und ihm erklärt, daß er schnarchen würde.

Aber in ihrem Lachen war ein Beben gewesen, und sie hatte nicht in seine Augen sehen können.

Caramon streichelte besänftigend ihre Schulter, und sie schmiegte sich eng an ihn. Beruhigt stellte er fest, daß sie tief schlief, dann seufzte er. Vor nur wenigen Wochen hatte er Tika geschworen, daß er niemals ihre Liebe annehmen würde, bis er sich ihr mit Körper *und* Seele völlig hingeben könnte. Er konnte immer noch seine Worte hören: *Meine erste Verpflichtung gilt meinem Bruder. Ich bin seine Stärke.*

Jetzt war Raistlin verschwunden, er hatte seine eigene Stärke gefunden. So wie er ihm, Caramon, erklärte hatte: *Ich brauche dich nicht mehr.*

Ich sollte froh sein, sagte sich Caramon, während er in die Dunkelheit starrte. ich liebe Tika, und sie liebt mich. Und jetzt sind wir frei, um diese Liebe zu leben. Ich kann jetzt diese Bindung mit ihr eingehen. Jetzt kann sie die erste in meinen Gedanken sein. Sie liebt, sie gibt. Sie *verdient* es, geliebt zu werden.

Raistlin hatte es nicht verdient. Zumindest dachten alle so. Wie oft habe ich Tanis Sturm fragen hören, wenn er dachte, ich hörte es nicht, warum ich mich mit dem Sarkasmus, den bitteren Beschuldigungen, den unverschämten Befehlen abfinde. Ich habe ihre mitleidigen Blicke gesehen. Ich weiß, sie denken, daß ich manchmal langsam denke, und es stimmt – verglichen mit Raistlin. Ich bin der Ochse, der sich dahinschleppt, die Last klaglos erträgt. Das denken sie von mir.

Sie verstehen es nicht. *Sie* brauchen mich nicht. Nicht einmal Tika braucht mich – nicht so, wie Raist mich gebraucht hat. Sie haben ihn niemals gehört, wenn er nachts schreiend aufgewacht ist, als er noch klein war. Man hat uns so oft allein gelassen, ihn und mich. Es war niemand da in der Dunkelheit, der ihn gehört und getröstet hat, nur ich. Er konnte sich nie an diese Träume erinnern, aber sie waren entsetzlich. Sein schmächtiger Körper zitterte vor Angst. Seine Augen waren vom Anblick der furchtbaren Dinge, die nur er sehen konnte, verstört. Er hat sich schluchzend an mich geklammert. Und ich habe ihm Geschichten erzählt oder Schattenspiele an der Wand gemacht, um das Entsetzen zu vertreiben.

»Schau, Raist«, habe ich gesagt, »Häschen...«, und ich habe dann zwei Finger hochgehalten und sie wie Hasenohren bewegt.

Nach einer Weile hat er dann mit dem Zittern aufgehört. Er hat nicht gelächelt oder gelacht. Das hat er nie getan, auch nicht, als wir klein waren. Aber er entspannte sich.

»Ich muß schlafen. Ich bin so müde«, hat er geflüstert und meine Hand festgehalten. »Aber du bleibst wach, ja, Caramon? Beschütze meinen Schlaf. Halte sie fern. Sie dürfen mich nicht kriegen.«

»Ich bleibe wach. Niemand wird dir weh tun, Raist!« habe ich versprochen.

Dann hat er fast gelächelt und erschöpft seine Augen geschlossen. Ich hielt mein Versprechen. Ich bin wach geblieben, während er schlief. Und es war schön. Vielleicht hat es *sie* ferngehalten, denn solange ich wach blieb und aufpaßte, hatte er keine Alpträume.

Und auch als er älter wurde, schrie er immer noch manchmal in der Nacht und griff nach mir. Und ich war da. Aber was wird er jetzt tun? Was wird er ohne mich tun, wenn er in der Finsternis ist, allein, verloren und verängstigt?

Was wird er ohne mich tun?

Caramon schloß seine Augen und begann zu weinen, ganz leise, um Tika nicht zu wecken.

Berem.
Unerwartete Hilfe.

Und das ist unsere Geschichte«, schloß Tanis.

Apoletta hatte ihm aufmerksam zugehört, ihre grünen Augen waren gespannt auf ihn gerichtet gewesen. Sie hatte ihn nicht unterbrochen. Als er geendet hatte, schwieg sie weiter. Sie wirkte gedankenverloren. Tanis störte sie nicht. Das Gefühl des Friedens und der Ruhe beruhigte und tröstete ihn. Der Gedanke an die Rückkehr in die rauhe, grelle Welt des Sonnenlichtes und des Lärms machte ihm plötzlich angst. Wie leicht wäre es, alles zu verdrängen und hierzubleiben, am Meeresgrund, für immer in dieser leisen Welt verborgen.

»Was ist mit ihm?« fragte sie schließlich und nickte zu Berem.

Tanis kam mit einem Seufzen wieder in die Wirklichkeit zurück.

»Ich weiß es nicht«, sagte er schulterzuckend und blickte kurz zu Berem. Der Mann starrte in die dunkle Höhle. Seine Lippen bewegten sich, als ob er immer wieder einen Gesang wiederholen würde.

»Für die Königin der Finsternis ist er der Schlüssel. Wenn sie ihn findet, ist ihr der Sieg gewiß.«

»Nun«, sagte Apoletta abrupt, »ihr habt ihn. Ist damit *euer* Sieg gewiß?«

Tanis blinzelte. Diese Frage überraschte ihn. Er kratzte sich am Bart und grübelte. Daran hatte er noch gar nicht gedacht.

»Es stimmt... wir haben ihn«, murmelte er, »aber was sollen wir mit ihm machen? Was hat er an sich, das den Sieg garantiert – egal, für welche Seite?«

»Weiß er es nicht?«

»Er behauptet, es nicht zu wissen.«

Apoletta musterte Berem stirnrunzelnd. »Ich würde sagen, er lügt«, sagte sie nach einem Moment. »Aber andererseits ist er ein Mensch, und ich weiß wenig über die seltsamen Denkweisen der Menschen. Aber es gibt einen Weg, wie du es herausfinden kannst. Gehe nach Neraka zum Tempel der Dunklen Königin.«

»Neraka!« wiederholte Tanis erstaunt. »Aber das ist...« Er wurde von einem Aufschrei unterbrochen, der so voller Angst und Entsetzen war, daß er beinahe ins Wasser gestürzt wäre. Seine Hand fuhr zu seiner leeren Schwertscheide. Mit einem Fluch wirbelte er herum, nicht weniger als eine Horde Drachen erwartend.

Aber es war nur Berem, der ihn mit weit aufgerissenen Augen anstarrte.

»Was ist los, Berem?« fragte Tanis nervös. »Was war denn?«

»Er hat nichts gesehen, Halb-Elf«, sagte Apoletta, »er hat auf den Namen Neraka so reagiert...«

»Neraka!« wiederholte Berem, heftig seinen Kopf schüttelnd. »Unheil! Großes Unheil! Nein… nein…«

»Aber du kommst doch daher«, sagte Tanis und trat näher. Berem schüttelte hartnäckig den Kopf.

»Aber du hast mir gesagt…«

»Ein Fehler!« murmelte Berem. »Ich meinte nicht Neraka. Ich meinte… Takar… Takar…! Das hatte ich gemeint…«

»Du hast Neraka gemeint. Du weißt, daß dort in Neraka die Dunkle Königin ihren großen Tempel stehen hat!« sagte Apoletta streng.

»Hat sie das?« Berem sah die Elfe direkt an, seine blauen Augen waren groß und unschuldig. »Die Dunkle Königin, einen Tempel in Neraka? Nein, da gibt es nur ein kleines Dorf. Mein Dorf…« Plötzlich griff er an seinen Magen und krümmte sich, als hätte er Schmerzen. »Ich fühl' mich nicht gut. Laßt mich in Ruhe…«, greinte er wie ein Kind und ließ sich auf den Marmorboden neben dem Wasser fallen. Er setzte sich und umklammerte seinen Magen und starrte in die Dunkelheit.

»Berem!« rief Tanis wütend.

»Fühl' mich nicht gut…«, murmelte Berem widerspenstig.

»Was hast du gesagt, wie alt er ist?« fragte Apoletta.

»Über dreihundert Jahre, das *behauptet* er jedenfalls«, sagte Tanis verärgert. »Wenn du nur die Hälfte von dem, was er erzählt, glaubst, bleiben immer noch hundertfünfzig Jahre übrig, was genauso unlogisch ist, jedenfalls aus menschlicher Perspektive.«

»Weißt du«, erwiderte Apoletta nachdenklich, »der Tempel der Königin in Neraka ist ein Rätsel für uns. Nach der Umwälzung tauchte er plötzlich auf, soweit wir es feststellen konnten. Jetzt finden wir diesen Mann, dessen eigene Geschichte sich zu jener Zeit und jenem Ort zurückführen läßt.«

»Es ist seltsam…«, sagte Tanis mit einem Blick auf Berem.

»Ja. Es braucht nicht mehr als ein Zufall zu sein, aber wenn du Zufällen weit genug folgst, wirst du herausfinden, daß sie in schicksalhaften Mustern verknüpft sind, wie mein Gatte sagt.« Apoletta lächelte.

»Zufall oder nicht, ich werde wohl nicht in den Tempel der Königin der Finsternis hineinspazieren und sie fragen, warum sie die ganze Welt nach einem Mann abgrast, der einen grünen Juwel in seiner Brust trägt«, sagte Tanis sarkastisch.

»Vermutlich nicht«, gab Apoletta zu. »Es ist trotzdem schwer zu glauben, wie du erzählst, daß sie so mächtig geworden ist. Und was ist mit den guten Drachen?«

»Gute Drachen?« wiederholte Tanis verblüfft. »Was für gute Drachen?«

Jetzt war Apoletta erstaunt. »Nun, die *guten* Drachen. Die silbernen und die goldenen Drachen. Bronzene Drachen. Und die Drachenlanzen. Sicherlich haben die Silberdrachen euch die Lanzen gegeben, die sie in Verwahrung hatten...«

»Ich habe nie von Silberdrachen gehört«, entgegnete Tanis, »außer in einem alten Lied über Huma. Das gleiche ist mit den Drachenlanzen. Wir haben sie schon so lange ohne Erfolg gesucht, daß ich angefangen habe zu glauben, daß sie nur in Kindergeschichten existieren.«

»Das gefällt mir nicht.« Apoletta stützte ihr Kinn in die Hände, ihr Gesicht war angespannt und blaß. »Irgend etwas stimmt da nicht. Wo sind die guten Drachen? Warum kämpfen sie nicht? Anfangs habe ich die Gerüchte über die Rückkehr der Meer-Drachen nicht geglaubt, weil ich wußte, daß die guten Drachen das niemals zugelassen hätten. Aber wenn die guten Drachen verschwunden sind, wie ich nach unserer Unterhaltung glauben muß, Halb-Elf, dann befürchte ich, daß sich mein Volk wirklich in Gefahr befindet.« Sie hob lauschend ihren Kopf. »Ach ja, mein Gatte kommt mit deinen Freunden zurück.« Sie stieß sich vom Rand ab. »Er und ich werden zu meinem Volk zurückgehen und diskutieren, was wir unternehmen müssen...«

»Warte!« rief Tanis. »Du mußt uns noch den Weg nach oben zeigen! Wir können hier nicht bleiben!«

»Aber ich kenne den Weg nicht«, sagte Apoletta. »Auch Zebulah nicht. Das war niemals unser Anliegen.«

»Wir könnten wochenlang durch diese Ruinen laufen!«

schrie Tanis. »Oder vielleicht für alle Ewigkeiten! Du bist dir nicht sicher, daß Leute aus diesem Ort *entkommen* können, oder? Vielleicht sterben sie einfach!«

»Wie ich schon sagte«, erwiderte Apoletta kühl, »das war niemals unser Anliegen.«

»Nun, dann macht es zu eurem Anliegen!« brüllte Tanis. Seine Stimme hallte unheimlich über das Wasser. Berem sah zu ihm und schrak beunruhigt zusammen. Apolettas Augen verengten sich vor Zorn. Tanis holte tief Luft, dann biß er sich auf die Lippe, er schämte sich plötzlich.

»Es tut mir leid...«, begann er, aber da kam Goldmond auf ihn zu und legte ihre Hand auf seinen Arm.

»Tanis? Was ist los?« fragte sie.

»Nichts, was man dagegen tun könnte.« Seufzend sah er an ihr vorbei. »Habt ihr Caramon und Tika gefunden? Geht es ihnen gut?«

»Ja, wir haben sie gefunden«, antwortete Goldmond, ihr Blick folgte Tanis'. Zusammen beobachteten sie die beiden, die langsam hinter Flußwind und Zebulah die Stufen herunterkamen. Tika sah sich erstaunt um. Caramon hielt seine Augen starr geradeaus gerichtet. Als Tanis das Gesicht des Mannes sah, wandte er sich an Goldmond.

»Du hast meine zweite Frage nicht beantwortet«, sagte er.

»Tika geht es gut«, antwortete Goldmond. »Caramon...« Sie schüttelte den Kopf.

Tanis sah wieder zu Caramon und konnte einen bestürzten Ausruf gerade noch unterdrücken. Er hätte diesen Mann mit dem grimmigen, tränenverschmierten Gesicht und den gehetzten dunklen Augen nicht als den lustigen, immer gutgelaunten Krieger wiedererkannt.

Als Tika Tanis' entsetzten Blick sah, trat sie näher zu Caramon und legte ihre Hand auf seinen Arm. Bei ihrer Berührung schien der Krieger aus seinen dunklen Gedanken zu erwachen. Er lächelte sie an. Aber in Caramons Lächeln lag etwas – eine Sanftheit, ein Kummer –, etwas, was niemals zuvor dagewesen war.

Tanis seufzte wieder. Noch mehr Probleme. Wenn die alten Götter zurückgekehrt *waren,* was versuchten sie ihnen anzutun? Sehen, wie schwer die Bürde werden könnte, bevor man unter ihr zusammenbrach? Fanden sie das lustig? Gefangen am Meeresgrund... Warum nicht einfach aufgeben? Warum nicht einfach hier unten bleiben? Die Drachen vergessen... Raistlin vergessen... Laurana vergessen... Kitiara...

»Tanis...« Goldmond schüttelte ihn sanft.

Jetzt standen alle um ihn herum. Sie warteten darauf, daß er ihnen sagen würde, was zu tun sei.

Er räusperte sich und begann zu sprechen. Seine Stimme war heiser, und er hustete. »Ihr braucht mich nicht so anzusehen!« sagte er schließlich barsch. »Ich habe keine Antworten. Wir sitzen offenbar in einer Falle. Es gibt keinen Weg nach oben.«

Sie sahen ihn immer noch an, das Vertrauen und der Glaube an ihn waren ungetrübt. Tanis funkelte sie wütend an. »Hört auf, mich so anzusehen, als ob ich euch noch führte! Ich habe euch *verraten!* Ist euch das immer noch nicht klar? Es ist meine Schuld. Alles ist meine Schuld! Sucht euch einen anderen...«

Er drehte sich um, um seine Tränen zu verbergen, die er nicht mehr zurückhalten konnte, und starrte über das dunkle Wasser, mühsam um seine Beherrschung kämpfend. Ihm fiel erst auf, daß Apoletta ihn beobachtet haben mußte, als sie sprach.

»Vielleicht kann ich euch doch helfen«, sagte die Meer-Elfe langsam.

»Apoletta, was sagst du da?« fragte Zebulah furchtsam und eilte zum Rand des Wassers. »Überleg...«

»Ich habe es mir überlegt«, unterbrach ihn Apoletta. »Der Halb-Elf sagte, wir sollten es wichtig nehmen, was auf der Welt passiert. Er hat recht. Das, was unseren Silvanesti-Vettern widerfahren ist, könnte auch uns widerfahren. Sie haben sich von der Welt abgewendet und zugelassen, daß sich dunkle und böse Dinge in ihr Land schlichen. Wir wurden rechtzeitig gewarnt. Wir könnten das Böse noch bekämpfen. Euer Kommen hat uns vielleicht gerettet, Halb-Elf«, sagte sie aufrichtig. »Wir schulden euch etwas.«

»Helft uns zurück in unsere Welt«, sagte Tanis.

Apoletta nickte ernst. »Ich werde es tun. Wohin wollt ihr?«

Seufzend schüttelte Tanis den Kopf. Er konnte nicht denken. »Ein Ort ist wohl genauso gut wie jeder andere«, sagte er müde.

»Palanthas«, sagte Caramon plötzlich. Seine tiefe Stimme hallte über das stille Wasser.

Die anderen warfen ihm unbehagliche Blicke zu, schwiegen aber.

»Nein«, sagte Apoletta, die wieder zum Rand schwamm. »Ich kann euch nicht nach Palanthas bringen. Unsere Grenzen erstrecken sich nur bis Kalaman. Darüber hinaus wagen wir uns nicht. Insbesondere, wenn das stimmt, was du uns sagst, denn hinter Kalaman liegt die uralte Heimat der Meer-Drachen.«

Tanis wischte über seine Augen, dann drehte er sich wieder zu seinen Freunden. »Nun? Weitere Vorschläge?«

Sie schwiegen nur und sahen ihn an. Dann trat Goldmond vor.

»Soll ich dir eine Geschichte erzählen, Halb-Elf?« fragte sie und legte ihre Hand sanft auf seinen Arm. »Eine Geschichte von einer Frau und einem Mann, verloren, allein und verängstigt. Sie trugen eine schwere Bürde, als sie in ein Wirtshaus eintraten. Die Frau sang ein Lied, der blaue Kristallstab führte ein Wunder vor, der Mob griff sie an. Ein Mann erhob sich. Ein Mann übernahm die Verantwortung. Ein Mann – ein Fremder – sagte: ›Wir gehen durch die Küche.‹« Sie lächelte. »Erinnerst du dich, Tanis?«

»Ich erinnere mich«, flüsterte er.

»Wir warten, Tanis«, sagte sie einfach.

Wieder verdunkelten Tränen seine Sicht. Er blinzelte schnell, dann blickte er sich um. Flußwinds strenges Gesicht war entspannt. Mit einem leichten Lächeln legte er seine Hand auf Tanis' Arm. Caramon zögerte einen Moment, dann trat er nach vorn und umarmte Tanis mit seinen starken Armen.

»Bring uns nach Kalaman«, sagte Tanis zu Apoletta, als er wieder atmen konnte. »Dahin wollten wir doch sowieso.«

Die Gefährten schliefen am Rand des Wassers, ruhten sich, so gut es ging, vor ihrer Reise aus, von der Apoletta sagte, daß sie lang und anstrengend sein würde.

»Wie werden wir reisen? Mit einem Schiff?« fragte Tanis, während Zebulah seine rote Robe ablegte und ins Wasser sprang.

Apoletta sah zu ihrem Gatten, der zu ihr schwamm. »Ihr werdet schwimmen«, sagte sie. »Habt ihr euch nicht gewundert, wie wir euch hierhergebracht haben? Unsere magischen Künste und die meines Gatten werden euch die Fähigkeit geben, genauso mühelos im Wasser zu atmen, wie ihr Luft einatmet.«

»Wollt ihr uns in Fische verwandeln?« fragte Caramon entsetzt.

»Man könnte es auch so sehen«, erwiderte Apoletta. »Wir werden euch holen, wenn die Ebbe einsetzt.«

Tika umklammerte Caramons Hand. Er hielt sie fest, und Tanis, der sah, wie sie einen Blick wechselten, spürte seine Last plötzlich leichter werden. Welche Qualen auch immer in Caramons Seele wüteten, er hatte einen starken Anker gefunden, der ihn abhielt, vom dunklen Gewässer weggespült zu werden.

»Wir werden niemals diesen wunderschönen Ort vergessen«, sagte Tika leise.

Apoletta lächelte nur.

Dunkle Ereignisse

Papa! Papa!«

»Was ist denn, Klein-Roger?« Der Fischer, an die aufgeregten Rufe seines jungen Sohnes gewohnt, der gerade alt genug war, um die Wunder der Welt zu entdecken, hob seinen Kopf nicht von der Arbeit. In der Erwartung, etwas über einen gestrandeten Seestern oder einen verlorengegangenen Schuh zu hören, arbeitete er weiter an seinem Netz, als der kleine Junge zu ihm stürzte.

»Papa«, sagte das Kind und grabschte ungeduldig nach dem Knie seines Vaters, »eine schöne Dame.«

»Häh?« fragte der Fischer geistesabwesend.

»Eine schöne Dame. Ertrunken«, wiederholte der kleine Junge ernst und zeigte mit einem Finger in eine bestimmte Richtung.

Der Fischer hielt in seiner Arbeit inne und starrte seinen Sohn an. Das war etwas Neues.

»Eine schöne Dame? Ertrunken?«

Das Kind nickte und zeigte wieder zum Strand.

Der Fischer blinzelte gegen die grelle Mittagssonne und spähte zum Strand. Dann sah er wieder zu seinem Sohn, seine Augenbrauen zogen sich zusammen.

»Ist das wieder eine Geschichte von Klein-Roger?« fragte er. »Wenn das so ist, wirst du dein Abendessen im Stehen einnehmen.«

Das Kind schüttelte mit großen Augen den Kopf. »Nein«, sagte es und kratzte, in Erinnerungen verloren, sein Hinterteil. »Ich verspreche es.«

Der Fischer runzelte die Stirn, dann sah er zum Meer. In der letzten Nacht hatte es einen Sturm gegeben, aber er hatte nichts gehört, kein Schiff, das gegen die Klippen getrieben worden wäre. Vielleicht waren gestern Leute aus der Stadt mit ihren dummen Vergnügungsbooten draußen gewesen und gestrandet. Oder, noch schlimmer, jemand war umgebracht worden. Es wäre nicht die erste Leiche, die mit einem Messer im Herzen an Land gespült worden wäre.

Er winkte seinem ältesten Sohn zu, der Wasser aus dem Beiboot schöpfte, legte seine Arbeit beiseite und erhob sich. Er wollte gerade den kleinen Jungen zu seiner Mutter schicken, als ihm einfiel, daß er das Kind als Führer brauchte.

»Bring uns zu der schönen Dame«, befahl der Fischer und warf seinem anderen Sohn einen bedeutungsvollen Blick zu.

Klein-Roger zog ungeduldig seinen Vater nach vorn, dann rannte er zum Strand zurück, während sein Vater und sein älterer Bruder langsamer folgten, ängstlich, was sie vorfinden würden.

Sie waren nur einige Meter gegangen, als sich dem Fischer ein

Anblick bot, der ihn zum Laufen brachte, sein älterer Sohn stapfte hinterher.

»Schiffbruch. Kein Zweifel!« keuchte der Fischer. »Verdammte Landratten! Keinen Verstand, mit diesen Nußschalen hinauszufahren.«

Nicht nur eine schöne Dame lag am Strand, sondern zwei. Neben ihnen lagen vier Männer. Alle waren elegant gekleidet. Holzstücke lagen verstreut herum, offensichtlich die Reste eines jener Vergnügungsboote.

»Ertrunken«, sagte der kleine Junge und beugte sich nieder, um eine der schönen Damen zu streicheln.

»Nein, sind sie nicht!« knurrte der Fischer, der den Puls am Hals der Frau untersuchte. Einer der Männer begann sich bereits zu bewegen – ein älterer Mann, ungefähr fünfzig Jahre alt, setzte sich auf und blickte sich verwirrt um. Als er den Fischer bemerkte, zuckte er angstvoll zusammen, kroch auf Händen und Knien zu einem seiner bewußtlosen Gefährten und schüttelte ihn.

»Tanis, Tanis!« schrie der Mann dem bärtigen Mann zu, der sich plötzlich aufsetzte.

»Du brauchst keine Angst zu haben«, sagte der Fischer, der die Beunruhigung des bärtigen Mannes sah. »Wir wollen nur helfen, wenn wir können. David, lauf zurück und hol Mama. Sie soll Decken und die Flasche Brandy, die ich noch vom Weihnachtsfest habe, mitbringen. Hier, Herrin«, sagte er sanft und half einer der Frauen, sich hinzusetzen. »Nimm es leicht. Es ist alles in Ordnung. Seltsame Sache...«, murmelte der Fischer zu sich, als er die Frau in seinen Armen hielt und ihr tröstend auf die Schulter klopfte. »Ihr wäret fast ertrunken, aber keiner von euch scheint Wasser geschluckt...« In Decken gehüllt, wurden die Schiffbrüchigen zu dem kleinen Haus des Fischers in der Nähe des Strandes geführt. Hier verabreichte man ihnen Brandy und jedes andere Mittel, das die Frau des Fischers bei fast Ertrunkenen für notwendig erachtete. Klein-Roger betrachtete sie alle mit Stolz. Er wußte, daß sein »Fang« eine Woche lang Dorfgespräch sein würde.

»Vielen Dank nochmals für eure Hilfe«, sagte Tanis.

»Ich bin froh, daß ich da war«, sagte der Mann mürrisch. »Aber paßt auf. Wenn ihr wieder mit einem kleinen Boot hinausfahrt, kehrt sofort beim ersten Anzeichen eines Sturms um.«

»Äh, ja, ich... wir werden daran denken«, sagte Tanis verwirrt. »Nun, wenn du uns sagen könntest, wo wir sind...«

»Nördlich von der Stadt«, sagte der Fischer. »Ungefähr zwei, drei Meilen. David kann euch im Pferdewagen mitnehmen.«

»Das ist sehr nett von euch«, sagte Tanis, zögerte und sah zu den anderen. Caramon zuckte die Schultern. »Äh, ich weiß, es klingt komisch, aber wir... wir waren vom Kurs abgekommen. Welche Stadt ist nördlich?«

»Nun, Kalaman«, sagte der Fischer, der sie nun argwöhnisch musterte.

»Oh!« sagte Tanis. Er lachte schwach und wandte sich zu Caramon. »Was habe ich dir gesagt! Wir... äh... sind nicht so weit vom Kurs abgekommen, wie du gedacht hast.«

»Sind wir nicht?« fragte Caramon mit aufgerissenen Augen. »O ja, sind wir nicht«, fügte er hastig hinzu, als Tika ihren Ellbogen in seine Rippen drückte. »Ja, ja, ich habe mich wohl geirrt, wie immer. Du kennst mich, Tanis, ich finde mich nie zurecht...«

»Jetzt übertreib nicht!« murmelte Flußwind, und Caramon verstummte.

Der Fischer musterte sie mit einem finsteren Blick. »Ihr seid komische Vögel, kein Zweifel«, sagte er. »Erst könnt ihr euch nicht erinnern, wie ihr hier gestrandet seid. Jetzt wißt ihr nicht einmal, wo ihr seid. Ich schätze, ihr wart alle stockbetrunken, aber das soll nicht meine Sache sein. Wenn ihr meinen Rat hören wollt, sollte keiner von euch jemals wieder einen Fuß in ein Boot setzen, betrunken oder nüchtern. David, hol den Wagen.«

Der Fischer warf ihnen einen letzten verärgerten Blick zu, hob seinen kleinen Sohn auf seine Schultern und kehrte zu seiner Arbeit zurück. Sein älterer Sohn verschwand, vermutlich, um den Wagen zu holen.

Tanis seufzte und sah seine Freunde an.

»Weiß jemand von euch, wie wir hierhergekommen sind?« fragte er. »Oder warum wir so gekleidet sind?«

Alle schüttelten den Kopf.

»Ich erinnere mich an das Blutmeer und den Mahlstrom«, sagte Goldmond. »Aber alles andere kommt mir wie ein Traum vor.«

»Ich erinnere mich an Raist...«, sagte Caramon leise, sein Gesicht war ernst. Als er Tikas Hand spürte, sah er zu ihr. Sein Gesichtsausdruck wurde weicher. »Und ich erinnere mich...«

»Pst«, sagte Tika und errötete. Caramon küßte ihre roten Locken. »Es war kein Traum«, murmelte sie.

»Ich erinnere mich auch an einiges«, sagte Tanis grimmig, mit einem Blick zu Berem. »Aber es ist zusammenhanglos, zerstükkelt. Ich kann die Teile nicht zusammenfügen. Nun, es hat keinen Sinn zurückzublicken. Wir müssen nach vorn sehen. In Kalaman werden wir herausfinden, was passiert ist. Ich weiß nicht einmal, welchen Tag wir heute haben! Oder welchen Monat. Dann...«

»Palanthas«, sagte Caramon. »Wir gehen nach Palanthas.«

»Mal sehen«, antwortete Tanis seufzend. David kam mit dem Wagen zurück, der von einer dürren Mähre gezogen wurde. Der Halb-Elf sah Caramon an. »Bist du dir wirklich sicher, daß du deinen Bruder finden möchtest?« fragte er leise.

Caramon antwortete nicht.

Die Gefährten erreichten gegen Mittag Kalaman.

»Was ist los?« fragte Tanis David, während der junge Mann den Wagen durch die Straßen der Stadt fuhr. »Ist hier ein Fest?«

Die Straßen waren mit Menschen überfüllt. Die meisten Geschäfte waren geschlossen. Alle standen in kleinen Gruppen zusammen und unterhielten sich aufgeregt.

»Es sieht mehr wie eine Beerdigung aus«, sagte Caramon. »Irgendeine hochstehende Persönlichkeit muß gestorben sein.«

»Das... oder Krieg«, murmelte Tanis. Frauen weinten, Männer blickten traurig oder wütend, Kinder standen herum und starrten ängstlich ihre Eltern an.

»Krieg kann es nicht sein, Herr«, sagte David, »und das Frühlingsfest war erst vor zwei Tagen. Weiß nicht, was los ist. Nur eine Minute. Ich kann es herausfinden.« Er brachte das Pferd zum Halten.

»Geh nur«, sagte Tanis. »Aber nur eine Minute. Warum kann es kein Krieg sein?«

»Nun, wir haben den Krieg gewonnen!« David starrte Tanis erstaunt an. »Bei den Göttern, Herr, *mußt* du aber betrunken gewesen sein, daß du das vergessen hast. Der Goldene General und die guten Drachen...«

»Ach ja«, unterbrach Tanis eilig.

»Ich halte hier am Fischmarkt an«, sagte David und sprang vom Wagen. »Sie werden es wissen.«

»Wir kommen mit dir.« Tanis machte den anderen Zeichen.

»Was gibt's Neues?« rief David, während er auf eine Gruppe von Männern und Frauen zulief, die vor einem Geschäft standen.

Einige Männer drehten sich sofort um und sprachen alle auf einmal. Tanis, der hinter dem Jungen ging, fing nur Bruchstücke der aufgeregten Unterhaltung auf. »Goldener General gefangengenommen!... Stadt dem Untergang geweiht... Leute fliehen... böse Drachen...«

Die Gefährten verstanden absolut nichts. Die Leute schienen nur widerstrebend in Anwesenheit von Fremden reden zu wollen – warfen ihnen düstere, mißtrauische Blicke zu, besonders in Anbetracht ihrer eleganten Kleidung.

Die Gefährten dankten David noch einmal für die Mitnahme in die Stadt, dann ließen sie ihn bei seinen Freunden zurück. Nach einer kurzen Diskussion entschieden sie, zum Marktplatz zu gehen, in der Hoffnung, mehr Einzelheiten über die Ereignisse zu erfahren. Die Menge wurde immer dichter, je weiter sie gingen, bis sie sich schließlich ihren Weg durch die vollen Straßen bahnen mußten. Die Leute rannten hin und her, fragten nach den neuesten Nachrichten, schüttelten verzweifelt die

Köpfe. Gelegentlich sahen sie Stadtbewohner mit schnell zusammengepackten Bündeln auf die Stadttore zusteuern.

»Wir sollten uns Waffen kaufen«, schlug Caramon grimmig vor. »Die Neuigkeiten klingen nicht gut. Wer ist wohl dieser *Goldene General?* Die Leute scheinen eine Menge von ihm zu halten, wenn sein Verschwinden sie in solch eine Unruhe versetzt.«

»Wahrscheinlich ein Ritter von Solamnia«, antwortete Tanis. »Und du hast recht, wir sollten uns Waffen kaufen.« Er faßte in seinen Gürtel. »Verdammt! Ich hatte eine Börse mit lustigen alten Münzen, aber sie ist verschwunden! Als ob wir nicht schon genug Ärger hätten...«

»Warte mal!« knurrte Caramon und faßte an seinen Gürtel. »Was ist das... Meine Börse war hier noch vor einer Sekunde!« Er wirbelte herum und erhaschte einen Blick auf eine kleine Gestalt, die mit einer verschlissenen Börse in der Hand in der Menge untertauchte. »He! Du! Die gehört mir!« brüllte Caramon. Die Leute grob auseinanderschiebend, sprang er dem kleinen Dieb nach. Er streckte seine riesige Hand aus, bekam eine Wollweste zu packen und hob die sich windende Gestalt hoch. »Jetzt gib sie mir zurück...« Der riesige Krieger keuchte. »Tolpan!«

»Caramon!« schrie Tolpan.

Caramon ließ ihn vor Erstaunen fallen. Tolpan blickte wild um sich. »Tanis!« schrie er, als er den Halb-Elfen durch die Menge kommen sah. »O Tanis!« Tolpan lief mit ausgebreiteten Armen auf ihn zu. Der Kender vergrub sein Gesicht in Tanis' Gewand und brach in Tränen aus.

Die Bewohner von Kalaman standen auf den Mauern ihrer Stadt. Noch vor wenigen Tagen hatten sie dasselbe getan, nur war ihre Stimmung festlich gewesen, als die Ritter und die guten Drachen ihren triumphalen Einzug in die Stadt hielten. Jetzt waren sie gedämpft, grimmig vor Verzweiflung. Sie sahen über die Ebenen, als die Sonne den Zenit erreicht hatte. Es war gleich Mittag. Sie warteten schweigend.

Tanis stand neben Flint, seine Hand ruhte auf der Schulter des Zwerges. Der alte Zwerg war beim Anblick seines Freundes fast zusammengebrochen.

Es war ein trauriges Wiedersehen gewesen. Eilig und mit gebrochenen Stimmen hatten Flint und Tolpan abwechselnd ihren Freunden erzählt, was seit ihrer Trennung in Tarsis einige Monate vorher geschehen war. So erfuhren die Gefährten von der Entdeckung der Drachenlanzen, der Zerstörung der Kugel der Drachen und Sturms Tod.

Tanis senkte seinen Kopf, vom Kummer über die Neuigkeiten überwältigt. Einen Moment lang konnte er sich die Welt ohne seinen ehrenhaften Freund nicht vorstellen. Als Flint Tanis' Kummer sah, begann er, über Sturms großartigen Sieg und den Frieden, den er im Tod gefunden hatte, zu berichten.

»Er ist jetzt in Solamnia ein Held«, sagte Flint. »Sie erzählen sich bereits Geschichten über ihn, so wie sie es bei Huma machen. Sein großes Opfer hat die Ritterschaft gerettet, so wird erzählt. Er hätte nichts anderes gewollt, Tanis.«

Der Halb-Elf nickte stumm. Dann versuchte er zu lächeln. »Erzähl weiter«, sagte er. »Was hat Laurana getan, als sie in Palanthas ankam? Und ist sie immer noch da? Wenn dem so ist, wir dachten daran...«

Flint und Tolpan tauschten Blicke. Der Zwerg ließ seinen Kopf hängen. Der Kender sah weg, schniefte und schneuzte in ein Taschentuch.

»Was ist los?« fragte Tanis mit einer Stimme, die er nicht als seine wiedererkannte. »Sagt es mir.«

Langsam erzählte Flint die Geschichte. »Es tut mir leid, Tanis«, keuchte der Zwerg. »Ich habe sie im Stich gelassen...«

Der alte Zwerg begann so erbärmlich zu schluchzen, das Tanis' Herz vor Leid schmerzte. Er drückte seinen Freund eng an sich.

»Es war nicht deine Schuld«, sagte er mit tränenerstickter Stimme. »Es ist meine, wenn sie überhaupt jemanden trifft. Für mich hat sie Tod und Schlimmeres riskiert.«

»Wenn du anfängst, die Schuld zu suchen, wirst du mit dem

Verfluchen der Götter aufhören«, sagte Flußwind und legte seine Hand auf Tanis' Schulter. »So heißt es bei meinem Volk.«

Tanis war nicht getröstet. »Um welche Zeit wird die... die Finstere Herrin kommen?«

»Mittags«, sagte Tolpan leise.

Jetzt war es fast soweit, und Tanis stand mit den anderen Stadtbewohnern auf der Mauer und wartete auf die Ankunft der Finsteren Herrin. Gilthanas stand etwas abseits von Tanis, ihn deutlich ignorierend. Der Halb-Elf konnte ihm keine Schuld geben. Gilthanas wußte, warum Laurana gegangen war, er wußte, welchen Köder Kitiara benutzt hatte, um seiner Schwester eine Falle zu stellen. Als er Tanis kühl gefragt hatte, ob er wirklich mit der Drachenfürsten Kitiara zusammengewesen war, konnte Tanis das nicht abstreiten.

»Dann mache ich dich für alles verantwortlich, was Laurana zustößt«, hatte Gilthanas gesagt, seine Stimme hatte vor Wut gebebt. »Und ich werde jede Nacht zu den Göttern beten, egal, welch grausames Schicksal sie treffen wird, daß du das gleiche haben wirst – nur hundertmal schlimmer!«

»Glaubst du nicht, daß ich solch ein Schicksal dankbar annehmen würde, wenn es sie zurückbrächte!« hatte Tanis gequält geschrien. Aber Gilthanas hatte sich nur abgewendet.

Jetzt begannen die Leute zu murmeln und zu zeigen. Ein dunkler Schatten war am Himmel sichtbar – ein blauer Drache.

»Das ist ihr Drache«, sagte Tolpan feierlich. »Ich habe ihn am Turm des Oberklerikers gesehen.«

Der blaue Drache kreiste träge über der Stadt, dann landete er gemächlich in Schußweite von der Stadtmauer. Ein tödliches Schweigen senkte sich über die Stadt, als der Reiter des Drachen sich aus den Bügeln erhob. Die Finstere Herrin nahm ihren Helm ab und begann zu sprechen. Ihr Stimme schallte durch die klare Luft.

»Ihr wißt, daß wir die Elfenfrau, die ihr den *Goldenen General* nennt, gefangengenommen haben!« rief Kitiara. »Falls ihr einen Beweis haben wollt, so kann ich euch das hier zeigen.«

Sie hob ihre Hand. Tanis sah das Sonnenlicht auf einem wunderschön gearbeiteten silbernen Helm blitzen. »In meiner anderen Hand halte ich eine Locke ihres goldenen Haares, die ihr aber jetzt nicht sehen könnt. Ich werde beide Beweise hier liegenlassen, wenn ich verschwinde, damit ihr ein Erinnerungsstück von eurem *General* habt.«

Von den Leuten auf den Mauern kam wildes Gemurmel. Kitiara hörte einen Moment lang zu sprechen auf und musterte sie kalt. Als Tanis sie beobachtete, grub er seine Nägel tief in sein Fleisch, um ruhig zu bleiben. Er hatte einen verrückten Plan entwickelt, er wollte von der Mauer springen und sie angreifen.

Goldmond, die seinen wahnsinnigen, verzweifelten Blick bemerkte, trat zu ihm und legte ihre Hand auf seinen Arm. Sie spürte seinen Körper zittern, dann versteifte er sich bei ihrer Berührung. Dann hatte er sich wieder gefaßt. Als sie auf seine zusammengeballten Hände sah, war sie entsetzt zu sehen, daß Blut an seinen Handgelenken entlangtröpfelte.

»Das Elfenmädchen, Lauralanthalasa, wurde nach Neraka zur Königin der Finsternis gebracht. Sie wird dort bei der Königin als Geisel bleiben, bis die folgenden Bedingungen erfüllt sind. Erstens verlangt die Königin, daß ihr sofort ein Mensch namens Berem oder Ewigan ausgeliefert wird. Zweitens verlangt sie, daß die guten Drachen nach Sanction zurückkehren, wo sie sich freiwillig Lord Ariakus stellen. Schließlich wird der Elfenlord Gilthanas den Rittern von Solamnia und den Elfen, sowohl den Qualinesti als auch den Silvanesti, übermitteln, daß sie die Waffen niederzulegen haben. Der Zwerg Flint Feuerschmied wird dieselbe Forderung seinem Volk überbringen.«

»Das ist Wahnsinn!« schrie Gilthanas als Antwort, trat zum Mauerrand vor und starrte auf die Finstere Herrin. »Wir können uns mit diesen Forderungen nicht einverstanden erklären! Wir wissen nicht, wer dieser Berem ist oder wo er sich aufhält. Ich kann weder für mein Volk noch für die guten Drachen sprechen. Diese Forderungen sind völlig unvernünftig!«

»Die Königin ist alles andere als unvernünftig«, gab Kitiara freundlich zurück. »Ihre Dunkle Majestät haben vorausgesehen, daß für die Erfüllung dieser Forderungen Zeit nötig sein wird. Euch bleiben drei Wochen. Wenn ihr bis dahin nicht den Mann Berem gefunden habt, der sich unserer Meinung nach in der Gegend um Treibgut aufhält, und wenn ihr nicht die guten Drachen weggeschickt habt, werde ich zurückkommen, und dann werdet ihr mehr als nur eine Haarlocke von eurem General an den Toren von Kalaman vorfinden.«

Kitiara hielt inne.

»Ihr werdet ihren Kopf vorfinden.«

Damit warf sie den Helm vor ihrem Drachen auf den Boden. Auf ein Wort von ihr spreizte Skie seine Flügel und erhob sich in die Luft.

Lange Zeit sprach niemand ein Wort oder bewegte sich. Die Leute starrten auf den Helm, der vor der Mauer lag. Die roten Bänder, die am Helm flatterten, schienen die einzige Bewegung zu sein, die einzige Farbe. Dann schrien einige vor Entsetzen auf und zeigten nach vorn.

Am Horizont tauchte etwas Unglaubliches auf. Der Anblick war so schrecklich, daß anfangs jeder glaubte, der Wahnsinn wäre über ihn gekommen. Aber das Etwas trieb immer näher, und alle waren gezwungen, seine Existenz zuzugeben, was ihr Entsetzen nicht minderte.

Denn die Bewohner von Krynn hatten zum erstenmal Lord Ariakus' genialste Kriegsmaschine gesehen – die Fliegende Zitadelle.

In den Tiefen der Tempel von Sanction wirkend, hatten die schwarzgewandeten Magier und dunklen Kleriker eine Burg aus ihren Fundamenten gerissen und in die Luft gesetzt. Jetzt, auf dunklen, grauen Sturmwolken schwebend, beleuchtet von gezackten Widerhaken weißer Blitze, umgeben von hundert Scharen roter und schwarzer Drachen, ragte die Zitadelle über Kalaman, löschte die Sonne aus und warf ihre schrecklichen Schatten auf die Stadt.

Die Leute flohen entsetzt von den Mauern. Drachenangst breitete sich aus, löste Panik und Verzweiflung aus bei allen, die in Kalaman lebten. Aber die Drachen an der Zitadelle griffen nicht an. Drei Wochen hatte ihre Dunkle Königin befohlen. Sie würden diesen erbärmlichen Menschen drei Wochen geben. Und sie würden aufpassen, daß in diesen drei Wochen die Ritter und die guten Drachen nicht zuerst angriffen.

Tanis wandte sich den Gefährten zu, die auf der Mauer zusammenstanden und düster zur Zitadelle starrten. An die Wirkungen der Drachenangst gewöhnt, waren sie in der Lage gewesen, ihr zu widerstehen, und nicht wie die Bewohner Kalamans in Panik geflohen. Nun standen sie allein auf der Mauer.

»Drei Wochen«, sagte Tanis laut, und seine Freunde wandten sich ihm zu.

Zum ersten Mal, seit sie Treibgut verlassen hatten, sahen sie sein Gesicht vom Wahnsinn der Selbstbeschuldigung befreit. In seinen Augen lag Friede, so wie Flint ihn in Sturms toten Augen gesehen hatte.

»Drei Wochen«, wiederholte Tanis mit ruhiger Stimme, die Flint schaudern ließ. »Uns bleiben drei Wochen. Das sollte ausreichen. Ich werde nach Neraka zur Dunklen Königin gehen.« Seine Augen fuhren zu Berem, der schweigend neben ihm stand. »Und du kommst mit mir.«

Berems Augen waren vor blankem Entsetzen weit aufgerissen. »Nein!« wimmerte er und wich zurück. Caramon, der sah, daß der Mann weglaufen wollte, streckte seine riesige Hand aus und packte ihn.

»Du gehst mit mir nach Neraka«, sagte Tanis mit weicher Stimme, »oder ich übergebe dich gleich Gilthanas. Der Elfenlord liebt seine Schwester über alles. Er würde nicht zögern, dich der Königin der Finsternis auszuliefern, wenn er meint, daß er Laurana dadurch freibekommt. Du und ich wissen es besser. Wir wissen, daß es wenig ändern würde, wenn man dich ausliefern würde. Aber er weiß es nicht. Er ist ein Elf, und er würde glauben, daß sie ihre Versprechen hält.«

Berem starrte Tanis argwöhnisch an. »Du lieferst mich nicht aus?«

»Ich will herausfinden, was los ist«, erklärte Tanis kühl, »auf jeden Fall brauche ich einen Führer, der das Land kennt...«

Berem riß sich aus Caramons Griff frei und sah ihn gehetzt an. »Ich komme mit«, wimmerte er. »Liefer mich nicht dem Elfen aus…«

»In Ordnung«, sagte Tanis kühl. »Hör auf zu greinen. Ich will heute abend aufbrechen und habe noch eine Menge zu erledigen…«

Als er sich abrupt wegdrehte, war er nicht überrascht, eine starke Hand auf seinem Arm zu spüren. »Ich weiß, was du sagen willst, Caramon.« Tanis drehte sich nicht um. »Und die Antwort ist nein. Berem und ich gehen allein.«

»Dann geht ihr allein in den Tod«, sagte Caramon ruhig und hielt Tanis weiter fest.

»Nun, dann ist es das, was wir tun!« Tanis versuchte ohne Erfolg, sich von dem Krieger zu befreien. »Ich werde keinen von euch mitnehmen.«

»Und du wirst versagen«, sagte Caramon. »Ist es das, was du willst? Gehst du nur, um einen Weg zum Sterben zu finden, der deine Schuldgefühle beendet? Wenn das so ist, kann ich dir jetzt gleich mein Schwert anbieten. Aber wenn du wirklich Laurana befreien willst, dann brauchst du Hilfe.«

»Die Götter haben uns zusammengeführt«, sagte Goldmond leise. »Sie haben uns wieder zusammengeführt zu einer Zeit, in der größte Not herrscht. Es ist ein Zeichen der Götter, Tanis. Leugne es nicht.«

Der Halb-Elf senkte seinen Kopf. Er konnte nicht weinen, er hatte keine Tränen mehr. Tolpans kleine Hand schlüpfte in seine.

»Außerdem«, sagte der Kender fröhlich, »denk doch mal an den Ärger, den du haben wirst, wenn ich nicht bei dir bin!«

Eine einzige Kerze

Die Stadt Kalaman war in der Nacht, nachdem die Finstere Herrin ihr Ultimatum verkündet hatte, totenstill. Fürst Calof hatte den Kriegszustand über die Stadt verhängt, was bedeutete, daß alle Tavernen geschlossen und die Stadttore verriegelt waren, so daß niemand die Stadt verlassen konnte. Nur Familien aus den kleinen Bauern- und Fischerdörfern um Kalaman durften die Stadt betreten. Diese Flüchtlinge kamen vor Sonnenuntergang an, erzählten schreckliche Geschichten über Drakonier, die über ihr Land schwärmten, plünderten und alles niederbrannten.

Obwohl einige der Honoratioren von Kalaman gegen diese drastische Maßnahme waren, hatten Tanis und Gilthanas, zum ersten Mal gleicher Meinung, den Fürsten zu dieser Entscheidung gedrängt. Beide hatten in lebhaften und beängstigenden Bildern über den Niedergang der Stadt Tarsis berichtet, was sich als äußerst überzeugend erwies. Fürst Calof verkündete den Kriegszustand, aber dann starrte er beide Männer hilflos an. Offensichtlich hatte er keine Vorstellung, wie er die Stadt verteidigen sollte. Der entsetzliche Schatten der über ihnen schwebenden Zitadelle hatte den Fürsten völlig entnervt, und die meisten seiner militärischen Führer waren in keinem besseren Zustand. Nachdem Tanis einigen ihrer wahnsinnigen Ideen gelauscht hatte, erhob er sich.

»Ich habe einen Vorschlag, mein Fürst«, sagte er respektvoll. »Hier befindet sich eine Person, die fähig ist, die Verteidigung der Stadt zu organisieren...«

»Du, Halb-Elf?« unterbrach ihn Gilthanas mit einem bitteren Lächeln.

»Nein«, antwortete Tanis freundlich. »Du, Gilthanas.«

»Ein Elf?« fragte Fürst Calof erstaunt.

»Er war in Tarsis. Er hat Erfahrungen im Kampf gegen Drakonier und Drachen. Die guten Drachen vertrauen ihm und seinem Urteil.«

»Das stimmt!« gab Calof zu. Große Erleichterung breitete sich über sein Gesicht aus, als er sich an Gilthanas wandte. »Wir wissen, wie die Elfen über Menschen denken, mein Lord, und ich muß zugeben, daß die meisten Menschen über Elfen auch nicht besser denken. Aber wir wären dir ewig dankbar, wenn du uns in dieser Zeit der Not helfen könntest.«

Gilthanas starrte Tanis verwirrt an. Aber er konnte in dem bärtigen Gesicht des Halb-Elfen nichts erkennen. Es wirkt beinahe wie das Gesicht eines toten Mannes, dachte er. Fürst Calof wiederholte seine ›Ansprache‹, fügte etwas über *Belohnung* hinzu, da er Gilthanas' deutliches Zögern als Widerstreben interpretierte, die Verantwortung zu übernehmen.

»Nein, mein Fürst!« Gilthanas schrak zusammen, als er aus

seiner Träumerei erwachte. »Eine Belohnung ist nicht notwendig und auch nicht erwünscht. Wenn ich helfen kann, die Bewohner dieser Stadt zu retten, ist das Belohnung genug. In bezug auf die unterschiedlichen Rassen«, Gilthanas warf Tanis einen Blick zu, »habe ich vielleicht genug gelernt, um zu wissen, daß es da eigentlich kaum Unterschiede gibt, daß es sie nie gegeben hat.«

»Sag uns, was wir tun sollen«, sagte Calof ungeduldig.

»Zuerst möchte ich mit Tanis unter vier Augen reden«, antwortete Gilthanas, der bemerkte, daß der Halb-Elf gehen wollte.

»Gewiß. Dort durch die Tür zu deiner Rechten ist ein kleines Zimmer«, deutete der Fürst.

In dem kleinen, luxuriös eingerichteten Zimmer standen sich die beiden Männer in unbehaglichem Schweigen lange Zeit gegenüber. Keiner sah den anderen direkt an. Gilthanas brach schließlich das Schweigen.

»Ich habe die Menschen immer verachtet«, sagte der Elfenlord langsam, »und jetzt bin ich dabei, Verantwortung für ihren Schutz zu übernehmen.« Er lächelte. »Es ist ein gutes Gefühl«, fügte er leise hinzu und sah Tanis zum ersten Mal direkt an.

Tanis' Augen trafen Gilthanas', und sein grimmiges Gesicht entspannte sich einen Moment lang, obwohl er das Lächeln des Elfenlords nicht erwiderte. Dann senkte sich sein Blick, seine Miene verdüsterte sich wieder.

»Du gehst nach Neraka, nicht wahr?« fragte Gilthanas.

Tanis nickte wortlos.

»Deine Freunde? Gehen sie mit dir?«

»Einige von ihnen«, erwiderte Tanis. »Sie wollen alle mitgehen, aber...« Er konnte nicht weitersprechen, als er sich an ihre Treue erinnerte. Er schüttelte den Kopf.

Gilthanas starrte auf einen reichverzierten Tisch, fuhr mit seiner Hand geistesabwesend über das glänzende Holz.

»Ich muß gehen«, sagte Tanis mit schwerer Stimme und ging zur Tür. »Ich habe noch eine Menge zu erledigen. Wir wollen um Mitternacht aufbrechen...«

»Warte.« Gilthanas legte seine Hand auf den Arm des Halb-Elfen. »Ich... ich wollte dir sagen, daß es mir leid tut... was ich dir heute morgen gesagt habe. Nein, Tanis, geh nicht. Hör mir zu. Es fällt mir nicht leicht.« Gilthanas schwieg einen Moment. »Ich habe eine Menge gelernt, Tanis – über mich. Die Lektionen waren nicht leicht gewesen. Ich vergaß sie wieder... als ich von Laurana erfuhr. Ich war wütend und verängstigt und wollte jemanden verletzen. Du warst das erstbeste Ziel. Was Laurana getan hat, tat sie aus Liebe zu dir. Ich habe auch eine Menge über Liebe gelernt, Tanis. Oder ich versuche zu lernen.« Seine Stimme war bitter. »Meistens lerne ich über den Schmerz. Aber das ist mein Problem.«

Tanis sah ihn nun voll an. Gilthanas' Hand ruhte noch auf seiner Schulter.

»Ich weiß jetzt, nachdem ich Zeit zum Nachdenken hatte«, fuhr Gilthanas leise fort, »daß Laurana recht hatte mit dem, was sie tat. Sie *mußte* gehen, oder ihre Liebe wäre bedeutungslos gewesen. Sie hatte Vertrauen zu dir, glaubte so stark an dich, daß sie ging, als sie hörte, daß du im Sterben lägest, obwohl ihr klar war, daß das bedeuten könnte, zu einem bösen Ort zu gehen...«

Tanis senkte seinen Kopf. Gilthanas hielt ihn jetzt an beiden Schultern fest.

»Theros Eisenfeld sagte einmal, daß er in seinem ganzen Leben niemals gesehen hätte, daß etwas, was aus Liebe geschieht, zu etwas Bösem wird. Wir müssen daran glauben, Tanis. Was Laurana getan hat, hat sie aus Liebe getan. Was du jetzt tust, tust du auch aus Liebe. Die Götter werden sicher ihren Segen geben.«

»Haben sie Sturm gesegnet?« fragte Tanis barsch. »Er hat geliebt!«

»Haben sie nicht? Woher willst du es wissen?«

Tanis' Hand legte sich über Gilthanas'. Er schüttelte den Kopf. Er wollte glauben. Es klang wunderschön, herrlich... wie die Geschichten über Drachen. Als Kind wollte er auch an Drachen glauben...

Seufzend löste er sich vom Elfenlord. Seine Hand lag bereits auf der Türklinke, als Gilthanas wieder sprach.

»Leb wohl... Bruder.«

Die Gefährten trafen sich an der Stadtmauer, an der Geheimtür, die Tolpan gefunden hatte und durch die man zu den Ebenen gelangte. Gilthanas hätte ihnen natürlich die Erlaubnis geben können, die Haupttore zu passieren, aber je weniger Leute von dieser dunklen Reise wußten, desto besser, insbesondere was Tanis betraf.

Jetzt hatten sie sich in dem kleinen Raum oben am Ende der Stufen versammelt. Solinari versank gerade hinter den fernen Bergen. Tanis, der abseits von den anderen stand, beobachtete den Mond, dessen silberne Strahlen die Zinnen der entsetzlichen über ihnen schwebenden Zitadelle berührten. Er konnte in dem fliegenden Schloß Lichter erkennen. Dunkle Schatten bewegten sich. Wer lebte wohl in diesem fürchterlichen Ding? Drakonier? Die schwarzgekleideten Magier und dunklen Kleriker, die es mit ihrer Macht aus der Erde gerissen hatten und es nun in dicken grauen Wolken treiben ließen?

Hinter sich hörte er die anderen leise reden – alle außer Berem. Er stand – von Caramon scharf bewacht – mit aufgerissenen und ängstlichen Augen etwas abseits.

Lange Zeit betrachtete Tanis ihn, dann seufzte er. Wieder stand ein Abschied bevor, und dieser grämte ihn so sehr, daß er sich fragte, ob er überhaupt die Kraft dazu haben würde. Er schaute zur Seite. Die letzten Strahlen Solinaris berührten Goldmonds silbergoldenes Haar. Er sah ihr Gesicht – friedlich und gelassen, obwohl ihr eine Reise in Dunkelheit und Gefahren bevorstand. Und jetzt wußte er, daß er die Kraft haben würde.

Mit einem Seufzen trat er vom Fenster weg und zu seinen Freunden.

»Geht's los?« fragte Tolpan ungeduldig.

Tanis lächelte, er streckte seine Hand aus und streichelte liebevoll den komischen Haarzopf des Kenders.

»Ja«, sagte Tanis, »es geht los.« Seine Augen wanderten zu Flußwind. »Für *einige* von uns.«

Als der Mann von den Ebenen dem festen Blick des Halb-Elfen begegnete, spiegelten sich für Tanis Flußwinds eigene Gedanken in seinem Gesicht so deutlich wider wie die über den Nachthimmel ziehenden Wolken. Anfangs verstand Flußwind nicht, vielleicht hatte er nicht einmal Tanis' Worte gehört. Dann begriff er, was gesagt worden war, und sein strenges, ernstes Gesicht errötete, seine braunen Augen flackerten auf. Tanis sagte nichts, sein Blick ging nur zu Goldmond.

Flußwind sah seine Frau an, die mitten im silbernen Mondschein stand, wartend, in ihre Gedanken versunken. Auf ihren Lippen lag ein süßes Lächeln. Ein Lächeln, das Tanis erst kürzlich gesehen hatte. Vielleicht sah sie ihr Kind in der Sonne spielen.

Tanis blickte wieder zu Flußwind. Er sah den inneren Kampf des Barbaren, und Tanis wußte, der Que-Shu-Krieger würde anbieten – nein, er würde darauf bestehen, sie zu begleiten, selbst wenn er Goldmond zurücklassen müßte.

Tanis ging zu ihm und legte seine Hände auf seine Schultern und sah in die dunklen Augen des Barbaren.

»Deine Aufgabe ist erfüllt, mein Freund«, sagte Tanis. »Dein Weg im Winter war weit und lang genug. Hier trennen sich unsere Wege. Unser führt in die öde und trostlose Wüste. Du begibst dich auf den Weg durch grüne und blühende Bäume. Du trägst die Verantwortung für euer Kind, das ihr in diese Welt bringen werdet.« Er legte jetzt seine Hand auf Goldmonds Schulter und zog sie näher, sah, daß sie protestieren wollte.

»Das Kind wird im Herbst zur Welt kommen«, sagte Tanis leise, »wenn die Vallenholzbäume rot und golden sind. Weine nicht, meine Liebe.« Er nahm Goldmond in seine Arme. »Die Vallenholzbäume werden wieder wachsen. Und du wirst den jungen Krieger oder das junge Mädchen nach Solace bringen, und du wirst ihnen die Geschichte von zwei Menschen erzählen, deren Liebe so stark war, daß sie Hoffnung in eine Welt der Drachen brachten.«

Er küßte ihr wunderschönes Haar. Dann nahm Tika leise weinend seinen Platz ein und verabschiedete sich von Goldmond. Tanis wandte sich an Flußwind. Die ernste Maske des Barbaren war verschwunden, sein Gesicht zeigte deutlich seinen Kummer. Tanis konnte selber kaum durch seine Tränen sehen.

»Gilthanas wird bei der Planung der Verteidigung der Stadt Hilfe brauchen.« Tanis räusperte sich. »Ich hatte gehofft, daß dies wirklich das Ende eures dunklen Winters wäre, aber leider wird er noch ein wenig andauern.«

»Die Götter sind mit uns, mein Freund, mein Bruder«, sagte Flußwind mit tonloser Stimme, während er den Halb-Elfen umarmte. »Mögen sie auch mit dir sein. Wir werden hier auf deine Rückkehr warten.«

Solinari verschwand hinter den Bergen. Die einzigen Lichter am Nachthimmel waren die kalten, glitzernden Sterne und das entsetzliche Strahlen aus den Fenstern der Zitadelle. Die Gefährten verabschiedeten sich einer nach dem anderen von den Barbaren. Dann folgten sie schweigend Tolpan, überquerten die Mauer, traten durch eine zweite Tür und schlichen eine weitere Treppe hinunter. Tolpan schob die Tür auf. Mit den Händen an den Waffen traten die Gefährten vorsichtig hinaus.

Einen Moment lang standen sie zusammengedrängt da, starrten über die Ebene. Selbst in der tiefen Dunkelheit schien es, daß sie für Tausende von Augen aus der Zitadelle sichtbar waren.

Tanis stand neben Berem. Er spürte den Mann vor Angst zittern und war froh, daß er Caramon beauftragt hatte, ihn zu bewachen. Seitdem Tanis erklärt hatte, daß sie nach Neraka gehen würden, lag ein verzweifelter, gehetzter Blick in den blauen Augen des Mannes – ähnlich dem Blick eines gefangenen Tieres. Tanis ertappte sich dabei, Mitleid mit dem Mann zu haben, aber dann verhärtete er sich. Zu viel stand auf dem Spiel. Berem war der Schlüssel, die Antwort lag bei ihm und in Neraka. Aber wie sie die Antwort herausfinden sollten, das wußte Tanis noch nicht genau, obwohl sein Plan schon die ersten groben Umrisse angenommen hatte.

Weit entfernt brach der grelle Lärm von Hörnern durch die Nachtluft. Ein orangefarbenes Licht flackerte am Horizont auf – Drakonier, die ein Dorf verbrannten. Tanis hüllte sich enger in seinen Umhang. Obwohl es Frühling war, lag die Winterkälte immer noch in der Luft.

»Bewegt euch«, sagte er leise.

Er beobachtete, wie einer nach dem anderen über den Grasstreifen rannte, um in einem Wäldchen Deckung zu suchen. Dort warteten kleine, schnellfliegende bronzefarbene Drachen auf sie, um sie in das Gebirge zu tragen.

Dies könnte alles heute nacht vorbei sein, dachte Tanis nervös, während Tolpan in der Dunkelheit wie eine Maus davonhüpfte. Wenn die Drachen entdeckt würden, wenn die wachsamen Augen in der Zitadelle sie bemerken würden – alles wäre vorbei. Berem würde in die Hände der Königin fallen. Dunkelheit würde das ganze Land überziehen.

Tika folgte Tolpan. Flint lief keuchend dicht hinter ihr. Der Zwerg sah aus, als wäre er noch mehr gealtert. Der Gedanke, daß er vielleicht krank war, kam ihm in den Sinn. Aber er wußte, Flint würde niemals zurückbleiben. Jetzt lief Caramon durch die Dunkelheit, seine Rüstung klirrte. Er zerrte Berem mit sich.

Jetzt bin ich an der Reihe, dachte Tanis, als er sah, daß die anderen im Wald Deckung gefunden hatten. Zum Guten oder zum Bösen, die Geschichte neigte sich ihrem Ende zu. Er blickte zurück und sah Goldmond und Flußwind, die sie von dem kleinen Fenster im Turmzimmer aus beobachteten.

Zum Guten oder zum Bösen.

Was ist, wenn die Finsternis endet, fragte sich Tanis zum ersten Mal. Was wird aus der Welt werden? Was wird aus jenen werden, die ich zurücklasse?

Er sah zu den beiden Menschen hoch, die ihm so wichtig waren wie eine Familie – eine Familie, die er niemals hatte. Und während er sie betrachtete, sah er, wie Goldmond eine Kerze anzündete. Einen kurzen Moment leuchtete die Flamme in ihre Gesichter. Sie hoben ihre Hände zum Abschied, dann löschten sie die Flamme, damit unfreundliche Augen sie nicht entdeckten.

Tanis holte tief Luft, drehte sich um und lief los.

Die Dunkelheit könnte siegen, aber niemals würde sie die Hoffnung auslöschen können.

Und auch wenn eine Kerze – oder viele – flackert oder stirbt, neue Kerzen würden an den alten angezündet werden.

So brennt die Flamme der Hoffnung immer, leuchtet in der Dunkelheit bis zum Anbruch des Tages.